# にゃん!

鈴江三万石江戸屋敷見聞帳
(『にゃん! 鈴江藩江戸屋敷見聞帳』改題)

あさのあつこ

祥伝社文庫

目次

# 序

一筆申上《もうしあげ》まゐらせ候《そうろう》。

土用に入り、ひとしほ暑さ厳しく御座候《ござそうら》へども
お父上さま、お母上さまにおかれましてはご機嫌うるはしく――。

そこまで筆を進めて、お糸《いと》はため息を一つ吐《つ》いた。

筆を置き、まだ墨も乾かない半切紙をくしゃくしゃと丸める。竹で編んだ屑《くず》かご目がけて放ると、見事、すっぽりと入った。

あら、いい気持ち。

ほんの一瞬、心が晴れたけれど、一瞬は一瞬に過ぎず、お糸はまた物思いに沈んでいった。

駄目だわ。おとっつぁんやおっかさんにあんなこと、言えない。呆《あき》れるか、死ぬほ

ど心配するか、あたしの頭がどうかなったと騒ぐか……どっちにしても、心障《ざわ》りになるだけだもの。

また、ため息が零《こぼ》れてしまう。ため息を零しながら、お糸は見知った人の顔をあれこれ、思い浮かべてみた。

声高に、どころか、小声、囁《ささや》きの類《たぐい》であってさえ口にするのは憚《はばか》られる。下手をすれば、お手討ちになるかもしれないのだ。首が胴から離れ、穴の中に転がる。そんなのまっぴらだ。お糸はまだ十六歳、やりたいこともやらねばならないことも、たんとある。かといって、この秘密、己の胸一つに納めるには重過ぎる。重過ぎて、心が潰《つぶ》れそうだ。

誰かに聞いてもらいたい。誰かに打ち明けたい。

ここが、お糸の生まれ育った本所《ほんじょ》の地であれば、胸の内を打ち明けられる友も仲間もいるのだが、いかんせん殿さまお住まいの上屋敷だ。お糸は、町方から行儀見習いの名目で奉公に上がったばかり。胸襟《きょうきん》を開ける相手など一人も見当たらない。よしんばいたとしても、打ち明けた話を本気にしてくれるかどうか疑わしい。性質《たち》の悪い冗談と嗤《わら》われるか、滅相《めっそう》もないことを口にするなと窘《たしな》められるかだろう。もしかしたら、屋敷から追い出されるかもしれない。下手をすれば、この首が穴の中に……。

首に手をやり、お糸は身震いした。

さっきから、思いが堂々巡りをしている。

誰も信じちゃくれないわ。

奥方さまが猫の化身《けしん》だなんて。

そうなの、おとっつぁん、おっかさん。鈴江《すずえ》三万石の奥方珠子《たまこ》さまは、人ではないみたいなの。あたし、そのことに気付いてしまって。

また、身体《からだ》が震えた。しゃっくりまで出てきた。

ひっく。

自分でも驚くほど大きな息の音が出た。とたん、障子戸《しょうじど》が開いた。

「ひえっ」

今度は悲鳴を上げていた。

「何を驚いておる」

「あ……いえ、もっ、申し訳ありません。三嶋《みしま》さま」

平伏する。

鈴江三万石江戸屋敷の奥を取り仕切る上﨟《じょうろう》三嶋は、正室珠子の方を除けば、屋敷内では最も身分の高い女人《にょにん》だ。公家《くげ》か格式ある武家の出だろう。豪商の一人娘とはいえ、町人であるお糸はただ、平伏《ひれふ》すしかなかった。他の屋敷であれば顔を合わせ、口を利《き》くことさえ許されない雲上《うんじょう》の人だ。もっとも、三嶋は色黒でややえらの張った男顔をしている。月代《さかやき》を剃《そ》り、銀杏髷《いちょうまげ》に結えば、りっぱに勤番侍として通用するだろう。優美とか嫋《たお》やかとかからは、些《いささ》か遠い。御広敷《おひろしき》番の武士の中には、三嶋より、よほど優しげな面体の者もかなりの数いる。

声も低く、太い。嫋々《じょうじょう》と消えていく風情《ふぜい》はまるでなかった。その声で、名を呼ばれる。

「お糸」

「はい」

「珠子さまがお呼びじゃ。ただちに参上致せ」

「えええっ、またですか」

つい、砕けた口調になってしまった。慌《あわ》てて口を押さえる。三日前にも、お糸は珠子の御前《ごぜん》に呼び出されている。

町方の暮らしの話なぞを、ゆるりと聞いてみたい、と珠子が望んだからだ。その由《よし》を告げられたとき、お糸は誇張でなく腰を抜かしそうになった。

奥方さまにお目通りをする？　まさか……。

お糸は本所深川《ふかがわ》随一の豪商と謳《うた》われる呉服屋『きぬた屋』の娘だ。小国の鈴江より内情は豊かであるかもしれない。それでも、大名屋敷に侍女として上がるには、旗本を仮親にたてねばならなかった。身分とはそういうもので、小国であっても、れっきとした城主の正室と町方の娘の間には千里万里の隔たりがある……と、お糸は教えられていた。

なのに、奉公に上がって十日あまりで御殿向《ごてんむき》に呼ばれ、鈴江三万石伊集山城守長《いじゅうやましろのかみなが》義《よし》の正室珠子に拝謁するなど、前代未聞、まるで考えてもいなかった成行きだった。

どうしよう、どうしよう。

とんでもない粗相をしでかしそうで、怖い。気が張り過ぎて、息が苦しい。

身体も顔も強張《こわば》ったまま、お糸は珠子の前で額を擦《こす》りつけるほど深く低頭していた。

「そのように畏《かしこ》まらずともよい。面《おもて》を上げよ」

柔らかな声がした。

梅の香りを含んで頰《ほお》を撫《な》でる風のような、晴れ渡った空に響く雲雀《ひばり》の啼声《ていせい》のような、実に心地よい声だった。

その心地よさに誘われて、ふっと顔を上げていた。

えっ？

思わず声を上げそうになった。目を大きく見開いたのが、わかる。

猫がいた。

艶《つや》やかな毛の三毛猫がちょこんと座っていたのだ。桔梗《ききょう》色の眸《ひとみ》があまりに美しくて、束《つか》の間《ま》、見惚《みと》れてしまった。

え？　え？　ちょっ、ちょっと待って。何で猫がいるの。

「猫が」

声に出していた。とたん、「お糸、頭《ず》が高い」と三嶋に一喝された。

「奥方さまの御前である。控えや」

「あ、と、とんだご無礼を」

再び平身低頭する。

「よいよい。わたしが面《おもて》を上げるように命じたのじゃ。三嶋、堅苦しいことを言うでない。お糸とやら、顔を上げ、もそっと楽にするがよい」

再び柔らかな声がする。

お糸はゆっくりと、気息を整えながら身を起こした。

猫は……いなかった。

上座にいたのは、片外しの髷に、小袖《こそで》の女人だ。

このお方が、珠子さま……。

想像していたより、ずっと若い。お糸より二つ、三つ年上なだけではないだろうか。

息を呑《の》むような佳人ではないが、白い滑らかな肌と小さな顔の中の生き生きした双眸《そうぼう》が焼き付いてくる。なにより眸の美しい紫に惹《ひ》きつけられる。この眸に一度出会ってしまえば、誰であっても忘れられなくなってしまうのではないか。露に濡《ぬ》れた桔梗の一群れを見つけた。そんな心持ちがするのだ。

さっきの猫と同じ色……。

心《しん》の臓《ぞう》が激しく鼓動を刻む。

「猫が如何《いかが》した」

珠子が微笑《ほほえ》む。

「のう、お糸とやら。猫が如何したのじゃ」

「あ……いえ、わ、わたくしの見間違いにございました」

「何を見間違えた。申してみよ」

珠子の物言いには微《かす》かな笑いが含まれていた。お糸を咎《とが》める気配は微塵《みじん》もない。その声を聞いていると、心身の力《りき》みが知らず知らず抜け落ちていった。

「あ、はい。畏《おそ》れながら、奥方さまのおわす座に三毛猫がいたように見受けました」

「まっ、猫が。それは、おもしろい」

珠子が袖で口を覆い、くすくすと笑った。陽気な、軽やかな笑声《しょうせい》だ。つられて、お糸も笑いそうになったほどだ。さすがに、それは憚られて無理やり笑いを飲み下した。

「お糸、そなた、前々から不思議を見る力を持っておったのか」

陽気で軽やかな調子のまま、問われる。

「は……」

言葉が喉《のど》に痞《つか》える。ひくひくと震える。

「そ、そのようなことは……決して……」

「ないのか」

「ご、ございません」

冷や汗が全身をじっとりと濡らす。

「それは残念じゃ。世には、常人では見られぬ諸々《もろもろ》を見ることのできる者がおると聞いたことがあっての。もしや、そなたがそういう者ではないかと思うたが、的外れであったか」

「……は、はい。わたくしめには、決してそのような力は……」

「しかし、屋敷に入ったとたん、妖《あや》かしの気配がすると呟《つぶや》いたそうではないか」

跳び上がるほど驚いた。

あ、このお屋敷、妖かしの気配がする。もしかして、どこかにいるのかしら。

あの呟きを誰かに聞かれていたとは。珠子の耳にまで届いてしまったとは。

胆《きも》を冷やすと言うけれど、本当に臍《へそ》の周りから冷えが広がっていく気がした。今日呼ばれたのは、巷《ちまた》の話、下々《しもじも》の暮らしを語るためではなく、不敬な一言を女主《おんなあるじ》から叱責されるためだったのか。

「お、お許しくださいませ。奥方さま、どうかお許しを」

お糸、いいね。ご奉公に上がったら、余計なことを一切、口にするんじゃないよ。何を感じても、口はつぐんでおくんだ。そのことをゆめゆめ、忘れるんじゃないよ。わかったね。

母のお稲《いね》に、何度も念を押された。その度に、「よぉくわかってるわよ、おっかさん。あたし、もう子どもじゃないの。心配しなくていいから」といなしてきた。けれど、子どもだった。この屋敷に足を踏み入れたとたん、尋常でない気配を感じ、それを容易《たやす》く独り言として呟いてしまったのだ。

母の憂慮《ゆうりよ》は現《うつつ》のものになってしまった。

何て軽はずみなことを。

今さら悔やんでも遅いけれど、唇を嚙《か》みしめてしまう。

幼いころから、勘の鋭い子だと言われてきた。勘というより感じるのだ。ときには、見えることもある。

店に出入りする職人の肩に小さな鬼がちょこんと乗っかっていたり、客である大店《おおだな》のお内儀《かみ》さんの腰に臍の緒の付いた赤ん坊がしがみついていたり、近所のご隠居の後ろに黒いもやもやとした影が立っていたりする。そういう諸々《もろもろ》を感じ、見る。

自分が見たもの、感じたものを口にしてはいけない。口にすれば、忌み嫌われる。気味悪がられる。

お糸がそのことに思い至ったのは何歳のころだったろう。

小さな鬼は職人の妬心《としん》、赤ん坊はお内儀さんの腹に宿りながら始末された子、黒い影はご隠居の幾何《いくばく》もない余命なのだと気付いたのは、いつだろう。

「嫁入り前の娘に変なうわさがたっちゃあ、ことだよ。よくよく、お気を付け」

お糸が娘の盛りを迎えたころから、お稲はひどく気を揉《も》むようになった。お糸の縁談がなかなかまとまらないからだ。器量よしで、人柄もよい。音に聞こえた豪商『きぬた屋』の跡取り娘とくれば、婿入りの話は降るほどあってもおかしくはない。それなのに、一向に縁談が進まない。

――『きぬた屋』のおじょうさんは、一風変わっていなさるそうな。

そんなうわさに尾鰭《おひれ》、背鰭《せびれ》がついて、夜な夜な屋根に登って月と話をしているだの、狐《きつね》が憑《つ》いているだの、実は天狗《てんぐ》が運んできた娘だっただのと、突拍子もない世説に仕上がってしまっていると知ったとき、お稲は熱を出してまるまる三日、寝込んでしまった。

お糸の父親、きぬた屋芳佐衛門《よしざえもん》が、鈴江の江戸屋敷に奉公の口を見つけてきたのも、大名家で行儀見習いをさせ、お糸にさらに箔《はく》を付ける手立てとしてだけでなく、むしろ、暫《しばら》く世間から姿をくらまして、いいかげんなうわさの類が消えるのを待とうという目論見《もくろみ》があってのことだ。

『きぬた屋』が出入りしている大名や旗本家は数多《あまた》あるが、芳佐衛門はその中で三万石の小国を娘の奉公先に決めた。

「世帯が小粒なだけに、変に格式ばったところがなく、それなのに、お女中方の立ち振る舞いに一分《いちぶ》の緩みもない。よく、躾《しつ》けられている。お目見えは叶《かな》わぬが、奥方さまはたいそうな賢夫人であらせられるそうだ。姫さまが一人おられて、殿さまとの仲も睦《むつ》まじいとか。行儀見習いに上がるには、うってつけのお屋敷だぞ」

十日間を過ごしただけだが、芳佐衛門の言葉通り、鈴江の江戸屋敷の奥には秩序がきちんと保たれながらも、闊達《かったつ》な空気が流れていると察せられた。

ここで御末《おすえ》として一年あまり奉公し、『きぬた屋』に帰った後、婿をもらう。それが、芳佐衛門の描いた娘の将来図だった。異を唱えるつもりはないが、父の思惑通りに事が運ぶとは思えなかった。誰かと夫婦《めおと》になり、子を生《な》し母となり、静かに老いていく。そんな、平穏な一生を自分が送れるとはどうしても考えられない。なぜだと問われても返す答えは出てこないのだが。思いを上手《うま》く解き明かすのは至難だ。

お糸は、ともかくこの奉公の間に己の生きる道を見定めようと決意していた。そのための猶予の年余だと言い聞かせている。

そんな覚悟で奉公に上がってすぐ、珠子に呼び出され、ちょこんと座っている猫を見た。そして、粗忽《そこつ》な失言に冷や汗をかいている。

「お、お許しくださいませ。奥方さまどうかお許しを」

「許す？　なにをじゃ？」

珠子の一言に顔を上げる。桔梗色の眸とぶつかった。

「お糸は、おもしろいのう」

珠子がころころと笑う。まさに珠を転がすような澄んだ声だった。

「わ、わたくしがでございますか。いえ、いたって不調法でして……その、奥方さまをお喜ばせするような話など、とうてい無理で……あの、まことに恐縮ながら……恐縮ながら……」

しどろもどろになる。舌を嚙みそうだ。

そのとき、奥女中が高坏《たかつき》に載った茶を運んできた。お糸の前に置くと一礼し去っていく。その間、ずっと無言だった。

お、お茶まで。

出されてしまった。

「そうまで畏まっておっては、喉も渇こう。遠慮せずともよい。口を潤すがよい」

「は、はい。まことに畏れ、畏れ多いことで恐悦《きょうえつ》……いたぁっ」

とうとう舌を嚙んでしまった。

痛くて涙が滲《にじ》む。

「まぁ、お糸ったら」

珠子がさらに声を弾《はず》ませて笑う。他の女中も袖の陰で声を忍ばせて笑っていた。三嶋だけが渋面《じゅうめん》を崩さない。

笑いが小波《さざなみ》のように広がり、部屋の空気が和らぐ。

「そういえば、おさけどのも舌を噛んだことがございましたでしょう」

色黒の小柄な腰元が、隣の、これは背丈も横幅も人並以上の同僚に声をかけた。おさけと呼ばれた女中は盛り上がった頬をふるふると揺らし、首を振った。

「わたくしが？　そんな覚えはありませんけれど。おかかどのの覚え違いではありませんか」

「また、おとぼけになって。ほら、この前、お饅頭《まんじゅう》をいただいたときですよ。慌てて食べ過ぎて思いっきり、がしっと」

「まっ、おかかどの。それは内緒にしてって頼んだでしょ」

おさけがおかかの口を塞《ふさ》ごうとする。おかかが身を捩《よじ》ると、勢い余って二人ともその場にどうっと倒れた。

「これ、珠子さまの御前であるぞ」

三嶋が一喝するより早く、珠子が噴き出す。主人が笑ったのだ、侍《はべ》る者も遠慮が薄らぐ。

部屋にはまた、女たちの笑い声が溢《あふ》れた。

まあ、何とよくお笑いになるお方だろう。

楽しい。余計なものが削《そ》がれて身も心も軽くなるようだ。

結局、一刻（約二時間）あまりお糸は珠子の前でとりとめなくおしゃべりをした。

江戸の娘の間で流行《はや》りの髷や帯の結び、評判の読本《よみほん》、巷話、『きぬた屋』の内の様子、手習い所やお習いごとのお師匠さんのこと等々。

「お糸の話はおもしろいのう。つい、時が経《た》つのさえ忘れさせる。たいしたものじゃ。褒美《ほうび》をとらそう」

珠子は高坏に載った菓子を自ら包むと、お糸に向かい軽く頷《うなず》いた。

「お糸、ちこう」

奥方が自ら町人の娘に菓子を手渡すというのだ。異例も異例、稀《まれ》も稀な仕儀ではないだろうか。するすると解《ほど》け、楽になっていた気分が再び張り詰める。

「お糸、珠子さまの許《もと》へ。早《はよ》うしやれ」

固まり動けないお糸を三嶋が促す。

「あ……は、はい」

貴人の前での立ち振る舞い、礼儀作法などは一応、学んではきた。しかし、実際の場になると、頭の中が真っ白になってしまう。

早く、早くしなくちゃ……。

足も手も震えて、上手く力が入らない。

ふいに珠子が立ち上がった。

お糸の前まで進み、腰を下ろす。お糸の手を取り、菓子の包みを握らせた。

「よき話を聞かせてくれた。褒美じゃ」

「あ、あ……はい。も、も、もったいのうございます」

恐縮を通りこして、信じ難い思いがしていた。

珠子からは馥郁《ふくいく》とした香りが漂ってくる。その香りを嗅《か》いだだけで、朦朧《もうろう》としてしまうではないか。

「お糸」

珠子がお糸の手首を摑《つか》んだ。妙に柔らかい。そして、温かい。

え？

目を瞠《みは》った。手首を摑んでいるのは人の指ではない。白い毛がびっしりと生えている。

えええっ？

瞬《まばた》きして、珠子を見る。

桔梗色の眼をした三毛猫がにんまりと笑っていた。

「にゃん！」

短い鳴き声が聞こえた。

耳元というより、耳の底に直《じか》に響いてきた。

ね、猫？

「今日は楽しませてもろうた。礼を言います」

珠子は立ち上がると、隣室へと消えた。女中たちが一斉に頭を下げる。お糸だけが口を半開きにしたまま、後ろ姿を見送った。

嫋やかな女人の姿だった。尻尾《しっぽ》もぴんと尖《とが》った耳もない。

襖《ふすま》が音もなく閉まる。

その襖絵が松の枝で眠る猫であることに、お糸はやっと気が付いた。

奥方さまは猫の化身なのだろうか。

三日間、そればかりを考えていた。そして、
奥方さまは猫の化身だ、間違いなく。

その答えに行き着いた。そうとしか思えない。屋敷内に初めて足を踏み入れたとき感じたあの妖かしの気配。あれは、奥方さまから放たれていたのか。

妖かしがみな人を害するとは限らない。職人に憑いた小鬼だとて、お内儀さんに纏《まと》いついていた赤ん坊だとて何の悪さもしなかった。むしろ、人の心が、行いが人ならざるものを生み出す。真に怖いのは人そのものだ。よく、わかっている。

でも、でも、幾らなんでも、お大名のご正室さまが猫の化身だなんて……。

商家の女房や、職人の親方とは違う。一国の領主の妻だ。

それが猫。

いったい、奥方さまは鈴江をどうなさるおつもりなの。

『玉藻前御園公服《たまものまえくもいのはれぎぬ》』という芝居を観《み》たことがある。

数万年を生きた白面金毛九尾《はくめんこんもうきゅうび》の狐が絶世の美女玉藻前に変じ、鳥羽法皇《とばほうおう》の側女《そばめ》となって日本国に禍《わざわい》を及ぼそうと企てていた。九尾の狐は天竺《てんじく》、唐土《もろこし》においても国王の寵妃《ちょうひ》となり、悪行の限りを尽くしていたのだ。正体を見破られた玉藻前は殺生石《せっしょうせき》と化し、空を行く鳥さえ落ちるほどの毒気を吐き出したが、玄翁和尚《げんのうおしょう》により調伏《ちょうぶく》された。

そんな筋書きだった。

まさか、奥方さまも玉藻前のように国を乱すおつもりでは。

そこまで思案して、お糸は首を傾《かし》げる。

玉藻前は、まさに傾国の美女。法皇の心を蕩《とろ》かせるほどの色香と美貌《びぼう》の持ち主という役柄だ。しかし、珠子は確かに美しくはあったが、人並外れた美女というわけではない。どちらかといえば、愛嬌《あいきょう》のある可愛《かわい》らしい顔立ちをしていた。それに、狐と猫の違いかもしれないが、奸計《かんけい》を案じ、一国を滅ぼすほどの邪悪な気配、悪意はどこにも感じられなかった。むしろ、朗《ほが》らかで温かくて心地よいお方ではなかったか。

うーん、でも、奥方さまが猫の化身なんて、やっぱりどうも奇妙だわ。どうにもへんてこ過ぎる。放っておいていいのかなあ。

思案はあちらにぶつかり、こちらで行き止まり、お糸は途方に暮れてしまう。三日間で五つも六つも年を取った気がした。

そして、今日、再び珠子に呼ばれたのだ。

しかも、通されたのは最も奥まった一室、珠子の私室だった。侍女は一人もいない。珠子と三嶋とお糸の三人だけだ。

ひえっ、ま、まさか。

よくも、正体を見破ったな。生かしてはおけぬ。

と、喉笛をがぶりと食い千切られるとか……。

「喉笛を食い千切ったりはしないから」

珠子が言った。

「安心していいわよ。お糸ちゃん」

へ？　お糸ちゃん？

珠子が笑う。また、あのくすくす笑いだ。

「あ、あの奥方さま……」

「いいの、いいの。そんなに畏まらなくていいの。名前で呼んでくれていいから。ふふ、お糸ちゃん。あたしの正体、気付いているんでしょ」

珠子は指を丸め、おいでおいでをするように上下に振った。招き猫の動きだ。

「三嶋から、ちょっと毛色の変わった娘《こ》が入ったと聞いて、どんな娘かなあってすごく気になっちゃってね」

ぺろりと舌を出すと、珠子は手の甲を舐《な》め始めた。その甲で頬を軽くこする。

ひえっ、か、顔を洗ってる？

「そしたら、まあ、ちゃんと〝見える娘〟じゃない。しかも、気立てがよさそうだし、器量よしだし、頭の回りも速いし」

「あら、そんな」

頬が上気してしまう。

こんなに真っ直《す》ぐに褒められると、真っ直ぐに嬉《うれ》しくなる。

「行儀見習いの奉公って聞いたけど、お糸ちゃん、世間並に所帯を持って、子どもを産んで、りっぱに育てて、子どもたちや孫に囲まれてあの世に旅立つって一生を送る人じゃないわよね」

「え？　そっ、そうでしょうか」

「またまた、とぼけちゃって。世間並の一生を送りたいなんて、ちっとも望んでないって、自分の心持ち、よーくわかってんでしょ」

首肯《しゅこう》してしまった。

そうなのだ。お糸は、父や母が望むような生き方に少しも心惹かれないのだ。誰もが認め、羨《うらや》ましがるような幸せを欲しいとは思わない。変わり者とうわさされるのも、縁談が持ち上がらないのも一向に気にならない。むしろ、ありがたかった。

妻、母、『きぬた屋』の跡取り娘であり女主人。さまざまな役目、立場を背に括《くく》りつけられて身動きできなくなる前に、お糸はお糸の眼で耳で世の中というものを知りたかったのだ。奉公を決めたのも、大名の屋敷なら、見知らぬ諸々に出会えるかもと考えたからだ。奥方が猫の化身などという突拍子もない現《うつつ》にぶつかるとはさすがに、思い至らなかったが。

茫洋《ぼうよう》とした人の世を知り尽くすことなど誰にもできない。天子さまだって公方《くぼう》さまだって叶わぬことだ。でも、せめて一端でも、ほんの端だけでもこの手で触り、摑んでみたい。

そう望んでいた。

ずっと胸に秘めて明かしたことのない思欲を、珠子はどうやって察したのだろう。

これも、妖かしゆえの力なのか。

「あのう……。奥方……いえ、珠子さま、わたくしの胸の内を覗《のぞ》き見られましたか」

珠子が瞬きする。

きょとんとした顔が可愛い。

「あたしが？ お糸ちゃんの？ やだ、まさか。そんな芸当、できっこないでしょ。あたし、ただの猫なんだから」

「いや、ただの猫は人に化けたりしませんから」

「あら、失礼ね」

珠子がぷっと膨れる。

ますます可愛い。

「言っときますけどね、他人の胸の内を覗くなんて力、あたしにはないわよ。よしんばあっても、そんな不躾《ぶしつけ》な真似《まね》、頼まれても脅されても、目刺し百串やると言われてもしないわ。人としても猫としても礼に反するでしょ」

「あ、もっ、申し訳ありません」

猫にも礼があるとは知らなかったが、人としては確かに不躾な問いかけだった。まったく関わりないが、目刺しはお糸の好物でもある。

「あ、もう、すぐに頭を下げないの。そんなに畏まらなくていいってば。種明かしはこのヒゲよ。あたしね、お糸ちゃんみたいな娘《こ》を待ってたの。だから、すぐにヒゲにピーンときたわけ」

珠子の指が鼻の横を撫でる。

目を凝らすと、半分透けた長いヒゲが見えた。

「えっと、なるべくわかり易《やす》く、段取りよく話すね。あたしは、別に珠子って人に取り憑いたわけじゃないの。そこのところ思い違いしないでね」

「はあ……」

思い違いも何も、全てがちんぷんかんぷんだ。

「お糸ちゃんさ、ずっと九尾の狐とあたしのこと重ねてたでしょ」

「ええっ、珠子さま、やはりわたくしの胸の内を」

「やだ、ちょっと鎌をかけてみただけ。お糸ちゃんがわかり易いのよ。まっ、裏表がないところがいいんだけどさ。で、九尾の狐ね、あの悪狐は何万年も生きてたって話の中ではなってるけど、あたしはほんの千年ほどなの。うーん、確か嵯峨帝《さがてい》の御世《みよ》のころだったかなあ、生まれたの」

さ、嵯峨帝？　平安京の？

「ほら、世間では長生きした猫が猫又《ねこまた》って妖怪になるとか信じられてるでしょ。でも、あれ、違うの。あたしたちはもともと、そういう種族なのよ。妖怪とか化け物とか好きに呼んでいいけどさ、熊族とか人族とか犬族とかと同じで、猫族なんだけどちょいと不思議な一族ってのが、あたしたちなわけ。あ、あたし、一応一族の長《おさ》の娘で、名前はむろん珠子。みんなからは珠姫って呼ばれてたわ。改めて、よろしくね。お糸ちゃん」

「は……。いえ、その、こちらこそ……。あ、あの、でも、その猫族なんだけどちょいと不思議な一族の姫ぎみがどうして、鈴江の奥方さまにおなりになったのですか。あ……殿さまも、猫族なんだけどちょいと不思議な一族のお一人であらせられるのでしょうか」

「殿さまは正真正銘の人間よ。あたしが猫族なんだけどちょいと不思議な一族だってこともご存じないの。あたしのこと、ごく普通の武家の娘だって信じていらっしゃるわ。殿さまを騙《だま》す気は毛頭ないのだけれど、今さら、ごめんなさい、あたし人ではありませんでしたなんて言い辛《づら》くて……」

　珠子が目を伏せる。

　やっぱり、やっぱり可愛い。

「なにしろ、一目惚《ひとめぼ》れなの」

「え？」

「あたし、殿さまに一目惚れしちゃったのよ。桜見物にお出ましになった折に、たまたま、桜の下で昼寝していたあたしを抱き上げて『おお、何と愛《う》い猫じゃ』って耳の間を掻《か》いてくださったの。そのお心根というか、お人柄にあたしヒゲがビビーンとなっちゃって。ああ、ほんと、心の臓がひっくり返るぐらいどきどきしたわ」

　猫族なんだけどちょいと不思議な一族であっても、心の臓がひっくり返るんだ。けど、珠子さま、ほんと、可愛い。

出逢《であ》いのときめきを思い出してか、珠子の頬は桜色に染まっていた。眸も潤んでいる。可愛い過ぎる。

「想いが募《つの》って、募って、あたし、殿さまの奥方になろうって決めたの。正室でなくても側室でもよかったんだけど、父さんがさ、由緒ある猫族なんだけどちょいと不思議な一族……これ長過ぎるわね。まあ略して、ちょいと不思議一族の姫ともあろうものが、人ふぜいの側室になるとは何事かって怒っちゃって。我が娘なら御台所《みだいどころ》とも、皇后とも呼ばれて不思議はないのだぞ、だって。うちの父さん、誇り高いし、小難しいところがあるのよ。そのくせ、いいかげんで抜けてるとこもあって……。ともかく一風変わった人、いえ、猫なのよ。でも、あたしがご飯も食べずに泣くものだから、さすがに不憫《ふびん》に思ったのね。あっちこっちにぱぱっと手を回しちゃって、あたしをさる大名の娘に仕立てたわけ。それで、めでたく鈴江の殿さまに嫁ぐことができたの。そういうの訳無いの。なにしろ、六千年近く生きてるんだから」

「ろ、ろろ六千年でございますか」

「そうよ。なのに、わしはまだまだ若いなんて言ってんの。まっ、父さんのおかげで、こうして殿さまのお側《そば》に侍られたのだから、悪くは言えないけど。ここまでは、わかってくれた？」

「はぁ……まだ、夢見心地ではございますが、何となくは解しましてございます」

珠子が鷹揚《おうよう》に頷く。

「あたしは念願かなって殿さまの妻になり、姫までもうけることができた。これ以上の幸せはないと思ってる。でもね、国屋敷というのは意外に大変なところで」

珠子の声がすうっと低くなる。

「敵がうじゃうじゃしてるのよ」

「敵？　このお屋敷の中にでございますか」

「そうそう。うじゃうじゃよ。まずは、公儀の隠密《おんみつ》が何人か入り込んでるの。これは、うちに限ったわけじゃなくて、どの国にも何人かは潜り込んでるはず。隙《すき》あらば因縁をつけてお家の取り潰しや石高《こくだか》の減をと狙《ねら》ってるわけ。公儀、公儀といったって内情は火の車。どうやって、金庫の中身を集めるかに四苦八苦してるんだから」

「因縁をつける……。それでは、まるで破落戸《ごろつき》、ならず者の類ではございませんか」

「そう。破落戸、ならず者の類なのよ。日本国の政《まつりごと》を司《つかさど》っているくせに、目先の益だけしか見えてないの。お家が取り潰しになったら、家臣がどうなるのか、浪人が増えれば国がどうなるのか、まったく考えようともしないんだから。破落戸ならひっ捕まえることもできるけど、公儀の執政方となるとそうもいかないでしょ。まったく困ったものよねえ」

「珠子さま」

三嶋が軽く咳《せき》払いをする。

「お声がちと高《たこ》うございますよ。お気を付けなされませ」

珠子の眸がちらりと横に動いた。

「気を付けねばならぬかのう」

「そのようにございますな」

音もたてず三嶋は廊下へと出ていった。出ていくときなぜか、打掛《うちかけ》をはらりと脱ぎ捨てた。

主の前で立ったまま打掛を捨てたのだ。臣下としてあるまじき行いだった。しかし、珠子は一言も咎めようとはしなかった。お糸はとっさににじり寄り、打掛を畳もうと手を伸ばした。

「それだけじゃないわ。家中にも敵がいるの」

手が止まる。

「こっちの方が性質《たち》が悪いかも。殿さまを亡き者にしようと企《たくら》んでいるんだから」

「ええっ、まさか。誰がそんな企みを」

このところずっと驚いてばかりだ。

「殿さまの叔父上よ。大殿、殿さまのお父上の弟なんだけど、大殿がご存命のうちから、次期城主の座を狙ってたらしいのね。うちの殿さまがご妾腹《しょうふく》で、しかも、母ぎみの身分がさほど高くなかったことにねちねち拘《こだわ》ってさ、城主の器ではないとかなんとか、いちゃもんつけるわけよ」

「今度は、いちゃもんですか」

「そうよ。でも、殿さまが取り合わないものだから業《ごう》を煮やして、殿さまに後嗣《こうし》たる男の子が生まれる前に、殿さまのお命を頂くか、無理やり隠居させるかって、あれこれ国元で企んでるらしいの。そいつに与《くみ》する重臣たちもいるようで、手先をこの屋敷に送り込んでるのよ。その間者《かんじゃ》たちは臣下の振りをしつつ、殿さまのお身の回りの動きを逐一国元に知らせてるわけ」

「まあ、まあ」

としか言えなかった。武士の世界とは何と油断がならず、陰湿で非情なものなのだろう。権謀《けんぼう》が渦巻き、策略が横行する。忠義や大義はどこに消えた？

「あたしは、殿さまをお守りするの」

珠子が低いけれど、決然とした声で告げた。

「公儀だろうが、叔父上だろうが、負けるもんですか。あたしが殿さまをお守り、お支えする」

「珠子さま」

珠子は本気だ。本気で山城守の、夫の盾になろうとしている。

胸が熱くなった。

男の忠義より女の想いの方がずっと強く、頼もしいことがあるのだ。

何て、すてきな方だろう。

お糸は珠子の前に指をついた。

「珠子さま、及ばずながら、わたくしめもお役に立ちとうございます。いえ、なにとぞお役立てくださいませ」

珠子がすっと息を詰めた。居住まいを正す。

「では、お糸。そなた、わたし付きの侍女となってくれますか」

「えっ、珠子さま付きの？　わたくしは町方の出でございます。そのようなお役に就けましょうか」

「出自などどうでもよい。心より信じられる者を側におきたいのじゃ。そして、力になってもらいたい。お糸、頼む。どうせ、明日にでも侍女が一人、暇《いとま》を願い出るはずじゃからな」

珠子が言い終わらないうちに、隣室から悲鳴が上がった。

襖が開く。

「きゃっ」

お糸も叫んでいた。

「と、虎《とら》？」

屏風《びょうぶ》絵や絵草紙《ぞうし》でしか見たことはないが、襖の向こうから現れたのは虎に違いない。虎は口に女をぶらさげていた。恐ろしさに歪《ゆが》んではいるが、その顔に見覚えがあった。三日前、お茶を運んできた女中だ。

虎が口を開ける。

女中はその場にうつ伏せになり、身体を震わせた。

「お友《とも》、主の話を盗み聞くとはどのような謂《いい》か。申し述べてみよ」

お友の髷はつぶれ、着物の肩口は裂け、帯は解けかかっていた。

「そなたが、間者であるとは察しておった。先般、殿さまの御膳に薬を混ぜたのも、そなたの仕業《しわざ》であるな。殿さまが御帰国のため、江戸を発《た》たれる前夜のことじゃ。よもや忘れたとは言わさぬぞ」

「……奥方さま、決してそのような……」

「ほう。覚えがないと申すか」

「天地神明に誓って……」

「ほほ。天地神明に誓わずともよい。後ろの虎で試してみるがよい。まことをしゃべればよし、この期《ご》に及んでまだ嘘言《おそごと》を申すなら、虎の餌食《えじき》となろうぞ」

「ひ、ひえぇ。それればかりは」

「お友、そなた、国元からの回し者であるのか」

「そ、それは……そのようなことは……」

虎が、がばりと口を開けた。お糸の足裏ほどもある舌や尖った牙《きば》がはっきりと見えた。お友の頭にぽたぽたと涎《よだれ》が落ちる。

「あぁあぁ、お許しを。そうでございます。そうでございます。わたしは、ただ命じられただけで……、お許しくださいませ」

虎の低い唸《うな》りが響く。お友が白目を剝《む》いた。そのまま畳に突っ伏すと、ぴくりとも動かなくなる。

「あら、気を失っちゃったみたい。ふふん、これでちっとは懲《こ》りたでしょ」

虎の耳がひくりと動いた。

三嶋の打掛をくわえると、あっという間に隣室の闇に消えた。

「奥方さま、奥方さま」

廊下から慌ただしい足音がする。

「奥方さま、ご無事にあらせられますか」

「うむ。大事ない。入れ」

「ご無礼つかまつります」

戸が開く。袖をくくり薙刀《なぎなた》を携えた数人の女が畏まっていた。番衆と呼ばれ、奥御殿の警護を司る強者《つわもの》たちだ。

「悲鳴を聞き及び、参上致しました。なにかご変事がございましたか」

「ふむ。お友が心を乱し、無礼を働いた。今日一晩、どこぞに留め置き、明日、夜の明けぬうちに屋敷から追い出すがよい」

「畏まりました」

番衆がお友の両腕を抱える。

「あ……、ひえっ、虎が虎が、助けてえっ。助けてえっ」

再び叫び出すお友を、女たちは引きずるようにしてひっ立てていった。

「ね、これで侍女が一人、足らなくなるの。お糸ちゃん、お願いできるわよね」

桔梗色の眸には真剣な光が宿っていた。

お願い。あたしの力になって。

「珠子さま、精一杯、勤めさせていただきます」

深々と低頭する。

珠子が安堵《あんど》の息を吐き出した。

「三嶋、明日にでもお糸の部屋を用意してやるがよい」

「承知致しました」

打掛を羽織った三嶋が、いつの間にか襖の前に畏まっている。

お糸と眼が合った。

さっきの虎は……。

三嶋がふんと鼻を鳴らした。取り澄ました横顔になる。

くすり。

珠子が笑った。

一筆申上まゐらせ候。

お父上さま、お母上さまにおかれましては、暑さ厳しきみぎり――。

ぽたっ。墨が落ちて、紙を汚した。

お糸は筆を置き、大きく息を吐いた。暫く考え、道具を全て仕舞い込んだ。

廊下に出る。

眩《まばゆ》い夏の光が庭を照らしていた。

揚羽蝶《あげはちょう》が濃い緑の葉の間を飛び交っている。

おとっつぁん、おっかさん、あたし元気よ。

父や母に呼びかける。

珠子さまは、とっても不思議な、どうにも奇妙なご主人さまだけど、すてきなんだ。この景色のようにすてきで、わくわくさせてくれるのよ。

おとっつぁん、おっかさん。あたし、ここでできることをやってみる。ここ、鈴江の江戸屋敷でなら、あたしの本当の仕事が見つかるような気がする。だから、何にも心配しなくていいからね。もしかしたら、一年や二年じゃ帰らないかもしれないけど。

「お糸、お糸」

誰かが呼んでいる。

「はぁい。ただいま」

お糸は身を翻《ひるがえ》し、足早に廊下を行く。
頭上を二羽の蝶が縺《もつ》れながら、飛び過ぎた。

# その一　猫は世につれ、世は猫につれ

いええぃっ。

気合とともに打ち込んだ一撃がぴしりと弾《はじ》かれた。弾かれたはずみで、お糸はよろめく。辛《かろ》うじて踏み止《とど》まったが、次の瞬間、肩口に鋭い痛みが走った。竹刀《しない》でしたたかに打たれたのだ。

「いたっ」

腕が痺《しび》れて、力が入らない。

からからから。

竹刀が床に転がり、乾いた音を立てた。

「まいりました」

と床に手をつく……つもりだったが、息は上がっているし、腕は痺れているし、足はふらつくしで、お糸はその場にしゃがみ込み、喘《あえ》ぐのがやっとだった。

「まだまだじゃのう、お糸」

三嶋が袖《そで》を括《くく》っていた細紐《ひも》を解《ほど》く。

「踏み込みが今一つ、甘い。それゆえ、切っ先が届かぬのじゃ。確《しか》と心しておけ」

「あい、わかりました。ご指南、まことにありがとうございます」

と頭を下げる……つもりだったが、気息は乱れたままで「あい……ました。ごし……まこと……ござ……ます」と、途切れ途切れに言うのがやっとだった。

「どうじゃ、もう一番、参るか」

三嶋が竹刀を横に払う。

ひゅんと、風を切る鋭い音が響いた。

ひえっ、冗談じゃないわ。もう無理、天地がひっくり返っても無理。

お糸は慌《あわ》ててかぶりを振った。汗が散る。できることなら、剣術の稽古《けいこ》より、着替えがしたい。汗まみれの身体《からだ》が気持ち悪くてしかたないのだ。が、三嶋は袖を括り直している。この程度では、稽古の内には入らぬとでもいいたげな顔つきだ。むろん、汗の一粒も浮かべてはいない。

さすが、鈴江三万石の江戸屋敷の奥を束ねる上臈《じょうろう》と感心すべきか、元は虎《とら》なんだから強いのは当たり前だと開き直るべきか。喘ぎながら、お糸は考える。考えられる余裕が戻ってきた。

「ささっ、お糸、もう一勝負じゃ」

だから、無理ですって。ご勘弁を。

「あ、あの三嶋さま、他のみなさま方にも、お稽古を……」

振り返ると、白鉢巻きに紅襷《べにだすき》姿の女たちが一斉に目を伏せた。

ええっ、誰も替わってくれないつもり？　そんな薄情な。

「もう、そこまでにしておくがよい」

涼やかな声がした。

「これは、珠子さま」

三嶋が膝《ひざ》を折る。お糸も、女たちもその場に平伏《ひれふ》した。

鈴江城主、伊集山城守長義の正室珠子が奥女中二人を従えて立っていた。淡い紅葉《もみじ》色の小袖に流水文様《りゆうすいもんよう》の打掛《うちかけ》を身につけている。水の流れには、やはり紅葉色の手鞠《てまり》が浮かんでいた。肩と腰と裾《すそ》と袖に一つずつ。珠子のお気に入りの衣だ。というか、珠子はこれより他は数着しか打掛を持っていない。

お糸は呉服屋の娘だから、着物の良し悪《あ》しは一目でわかる。珠子の身につけている小袖や打掛は、どれもそれ相応の品ではあるが飛び抜けて高価なものではない。櫛《くし》や簪《かんざし》といった飾り物もいたって質素だ。普段は、櫛一つを挿しただけのときもある。小国とはいえ大名の正室ともなれば、もう少し着飾ってもおかしくないと感じることも、しばしばだった。

お糸の母、お稲は着道楽でも贅沢《ぜいたく》好きでもないが、それでも、見事な友禅《ゆうぜん》の小袖や珊瑚《さんご》の簪、金糸銀糸の帯を余るほどに所有していた。それに比べれば、珠子のお納戸はいかにも淋《さび》しい。何しろ、箪笥《たんす》一棹《ひとさお》で事足りるのだから。

お糸の実家《さと》、『きぬた屋』の軒先を歩けば、雨に濡《ぬ》れずに町内を抜けられるとまで言われている。それはあまりに大仰ではあるが、江戸で知られた豪商であることに違いはない。三万石の鈴江より江戸の豪商の方が、内情はかなり豊かだ。

大小にかかわらず、今、たいていの国の財政は逼迫《ひっぱく》している。金庫は空っぽになって久しく、振っても揺すってもびた一文転がり出ないとまで言われていた。北方の領では、毎年餓死者が出ているとも聞いた。その国の窮状を救ったのは、政《まつりごと》を司《つかさど》る武士ではなく、一旦は買い上げた米を領民のための布施米《ふせまい》として振る舞った札差《ふださし》であったとも聞いた。真偽のほどは定かではないが、時代は、武家から商人の手に移ろうとしているのかもしれない。

ただ、鈴江は知行高《ちぎょうだか》は低いながら、温暖な気候に恵まれ天災の少ない土地柄であるうえに海や山の幸も豊富で、石高以上に富んでいるとか。とすれば、江戸屋敷の掛《かか》りが極端に削られているわけでもないだろう。珠子がささやかな贅沢をする余裕ぐらいはあるのではないかと、お糸は思う。

多分、あるだろう。ないのは、当の珠子の気持ちだ。絢爛《けんらん》に己を飾る気持ちがない。豪華な打掛にも、小袖にも、帯にも、簪にも、櫛にも、何の興《きょう》もわかないのだ。

「だって、猫だもの」

珠子は言う。

「猫は毛の手入れさえしてれば満足なの」

「はあ、毛の手入れを……なるほど」

納得できた。自前の美しい毛皮があるなら、友禅の打掛も西陣《にしじん》の帯も欲しないというわけだ。そう納得していいかどうかは、悩むところだが。

お糸は自分のつるつるの腕に触れ、何となく笑ってしまった。

それが数日前の下午《かご》、昼八つ（午後二時頃）のころだ。

鈴江の江戸屋敷の奥では、幾《いく》つかの決まりごとがある。夜は一刻ごとに火の見廻《まわ》りをするとか、出入りの商人たちからどのようなわけがあっても金銭を受け取らないとか、月の初日と中日は、白米の代わりに雑穀を食するとかの類《たぐい》だ。

お絹《きぬ》の方、今は香礼院《こうれいいん》と名乗る長義の生母が原案を作り、珠子が引き継ぎ手直しを施《ほどこ》した。

その中に、昼八つには気の置けぬ者と茶や菓子を楽しむべしという一条がある。珠子によれば、

「ほら、お屋敷勤めって、何かと気苦労が多いでしょ。奥は女ばかりだし、身分の上下とかもあるし。だから、一日の内どこかで一息、つきましょうってことなの。食べて、しゃべって、笑えば元気が出るじゃない。お菓子は、出入りの商人からまとめて安く買うの。まあ、大福のことが多いかな」

「はあ、あの、珠子さまは、おやつに何をお召し上がりになるのでしょうか」

「だから、大福よ。みんなと同じ」

「お、奥方さまが大福を？」

「そうよ。そりゃあ、あたしとしては大福より煮干しか鯣《するめ》の方がいいわよ。好物だもの。でも、人間の格好《かっこう》で、しかも、城主の妻が鯣の足をくちゃくちゃ嚙《か》むわけにもいかないでしょ」

「はあ、確かに……」

城主の妻が大福を頰張《ほおば》っているのも如何《いかが》なものかとは思う。しかし、珠子なら大福

を頬張っていても十分に愛らしいだろうとも思う。

昼八つ、屋敷の奥で働く女たちの誰もが、同じ菓子を食《は》み、茶を飲み、おしゃべりに興じる。ほんの一時のほんの慎ましい営みが微笑《ほほえ》ましい。

「てことだから、お糸ちゃん、あたしたちとおやつ、しましょう」

「へ？　あたしたちって」

「だから、あたしと三嶋とお糸ちゃんの三人。気の置けない者どうしでいいでしょ」

「気が置けないって……そ、そんな。珠子さまは殿さまのご正室であらせられます。あ、あたし、いえ、わたくしめのような者が同じ席で食するなどと、もっての外《ほか》でございますれば」

「大福、嫌いなの？　鰯の方がいい？」

「あ、いえ。大福は好物でございます。毎日、食べても飽きません。けれど、わたくしはただの侍女としてご奉公しておりますれば、やはり……」

「友だちでしょ」

「は、友だち？」

「違うの？　あたしはそう思ってんだけど。そりゃあ表向きは一応、主従の間柄になるけど、そんなの表向きだけのことでしょ。お糸ちゃんはあたしの正体を知ってるわけだし、知っててもちゃんと付き合ってくれてるわけだし、一緒にいて楽しいし、あたしとしては、最高の友だちができたって感じなんだけど。違う？」

違う？と問うてきたとき、珠子は少し受け口になり、大きな桔梗《ききょう》色の眸《ひとみ》をくるんと動かした。

ううっ、か、可愛《かわい》い。

珠子は可愛い。

ある意味数奇な、ある意味重い運命を背負いながらも、そんな暗さなど微塵《みじん》もみせず、ひたすら可愛い。健気《けなげ》で、ひたむきで、ともかく可愛い。

珠子が眸を動かす度に、お糸の胸はきゅんと縮まる。確かに、愛らしい猫に見詰められたら、こんな気持ちになるだろう。お糸は昔から、大の付く猫好きだった。

「ね、いいでしょ。そんなに畏《かしこ》まらないで、一緒におやつにしましょうよ。ね、ね」

「は、はい」

ということで、昼八つ、お糸は珠子の部屋に腰を落ち着けることになった。

慣れてしまえば、珠子は話題豊富な実に愉快な話し相手だった。何しろ嵯峨天皇の世に生まれたというのだから、珍しくもおもしろい話は幾らでも出てくる。ついつい聞き入ってしまう。

「薬子《くすこ》の変ってあるじゃない。あの藤原《ふじわらの》薬子って絶世の美女ってことになってるけど、意外にそうでもないのよね。でも、声はきれいだったわよ。そういうのって得よね。御簾《みす》越しだと、どんな美女かと思っちゃうもの」

「大坂城落城のとき、あたし、大坂にいたの。人間界に修行にきてたのね。まあ、あれだけのお城が焼け落ちるんだから、すごいものよ。この世に確かなものなんか何にもないって気分になっちゃう。たくさんの人が死んで……。ほんと戦《いくさ》って気持ち悪いわよね。あんな下品で気持ち悪いこと、何で人は繰り返すのかしら。まあ、徳川《とくがわ》さまの世になってから、大きな戦がないのだけは嬉《うれ》しいわね。ああ、そうそう、あたしはその大坂城に出入りしていた油屋に飼われていたんだけど、そこの主人たらちゃっかり徳川陣営にも油を卸《おろ》してたね。ちょっと節操が無さ過ぎるとも言えるけど、逞《たくま》しいのは逞しいでしょ。その油屋、後に大坂でも一、二を争う大商人になったの」

そんな話を聞いていると、読本《よみほん》の中に入り込んだような気になる。胸がときめいて、心身が軽くなる。いつの間にか、昼八つは待ち遠しく、楽しみでならない一時になっていた。

しかし、昨日は少し様子が変わっていた。

どういう経緯《いきさつ》だったか江戸の娘の習い事の話になり、お糸は奉公に上がる前に小太刀《こだち》を習っていたことを告げた。習ったといっても、ほんの少し齧《かじ》った程度だったが、筋はいいと褒められた覚えがある。お糸も琴や活花《いけばな》の稽古より、自分の性《しょう》に合っていると感じはしたが、道場に通い始めて間もなく鈴江の江戸屋敷への奉公が決まり、それっきりになってしまった。

「まあ、小太刀を。やるじゃない、お糸ちゃん」

「それほどのことはございません。ほんの数カ月しか通えませんでしたので。何とか素振りのやり方を覚えた程度です。でも」

「でも？」

「はい、剣の稽古は楽しゅうございました。身体を思いっきり動かせて、お稽古の後は心身ともに軽くなった心地がしたものです」

「ならば、やってみるか」

低い声がぼそりと呟《つぶや》いた。

三嶋だ。

いつもは、ほとんど口を開かず、黙ってお糸と珠子のやりとりを聞いている三嶋が、お糸に話しかけたのだ。

「は？　やってみるとは？」

「剣の稽古じゃ。屋敷内には稽古場もある。そこで、小太刀を習うのもよかろう」

「どなたに習うのでございますか」

「わたしじゃ」

三嶋が僅《わず》かに胸を張った。

「三嶋さまが！」

思わず腰を浮かせていた。

「ああ、そうそう。三嶋は小太刀の遣《つか》い手なの。並じゃなく強いのよ。もっとも」

そこで珠子は肩を窄《すぼ》め、軽やかに笑った。

「本来の姿に戻ったときの方が、よほど強いけどねえ。何てったって虎なんだから。どんな剣士も敵《かな》うわけないもの」

そりゃそうだと頷《うなず》きそうになる。

「珠子さま。お口が過ぎますぞ。誰が聞き耳をたてておるか知れません。お慎みください」

「はいはい。で、お糸ちゃん、どうする？」

「はあ、やってみたい気はしますが。でも、三嶋さまにご指南いただくなんて、もったいのうございます」

「わたしはかまわぬぞ。そなたが、小太刀を使えるようになれば、珠子さまをお守りするのに役にも立とう」

珠子さまをお守りする。

その一言で、お糸の心は決まった。

このちょっと不思議で可憐《かれん》な女主人を守るためなら、どんな苦労も厭《いと》わない。そんな心持ちになっている。

その心持ちに、お糸自身が驚いてしまう。ほんの数カ月前まではまるで見知らぬ女人（女猫？）、お糸とは縁もゆかりもないお方だったのだ。それが、今は本心から仕えるただ一人の主人だ。これが縁《えにし》と言うのなら、人の出逢《であ》いこそが摩訶《まか》不思議ではないか。珠子は人ではないけれど。

ともかく、昨日の今日、お糸は三嶋から稽古をつけてもらうことになった。

江戸屋敷の奥まった一角にある道場は、若い武士たちが我が身を鍛え、励む場所だった。が、時刻を分けて、奥女中たちの薙刀《なぎなた》、小太刀の稽古場ともなる。ときには、体術や捕縛術の指南まであった。

強くなければ、守れない。

己も他人《ひと》も守れない。

女たちはそのことを、骨身に染《し》みて知っていたのだ。

お糸は、それなりの覚悟と決意を持って道場に立った……つもりだったが、三嶋の稽古は考えていた以上の厳しさだった。

ともかく歯が立たない。

切っ先が、その大きな身体に触れることさえ叶《かな》わなかった。さして動いた様子もないのに、お糸の打ち込んだ竹刀はことごとくかわされるか、撥《は》ね返されるかだ。

うーんすごい。まったくすごい。ものすごく強い。さすが虎だわ。半端じゃない。

などと感心している場合ではなかった。

こんな稽古が続いたら、正直、身体がもたない。

「ささっ。お糸、もう一勝負じゃ」

三嶋は竹刀を構え、お糸を見やる。

剣先も視線もぴたりと決まり、微動だにしない。

闘志がみなぎっている。三嶋は本気でお糸を鍛え上げる腹積もりらしい。

虎に睨《にら》まれた兎《うさぎ》の心がわかる。竦《すく》んでしまって動けない。

やだぁ、食べられちゃうよ。

半べそをかきそうになったとき、道場に珠子が現れたのだ。

「もう、そこまでにしておくがよい」

微笑みながら珠子が言う。

後ろに二人の腰元を従えていた。おかかとおさけだ。

「これは、珠子さま」

三嶋が腰を落とし、頭を下げた。お糸も他の女も倣《なら》う。

「三嶋、相も変わらず熱心じゃのう」

「はい。お糸はなかなかに筋がよろしゅうございますゆえ」

ええっ、そうなの？　あたし、竹刀を握ったのはほんとに久し振りなんですけど。

「みっちり鍛えれば、ひとかどの剣士になれるやもしれません」

ひえっ、それはないない。ひとかどの剣士じゃなくて、あたし、ひとかどの珠子さま付きの腰元になりたいんです。

「よって、これからは暇あるごとに、稽古をつけようかと存じます」

ひえええっ。暇、ないです。忙しいです。こまごまと仕事があります。

「ほどほどにしておけ」

珠子がほっと吐息を漏らした。

「こと剣に関しては、そなたはちと本気になり過ぎる。過ぎるものは往々にして害となるのではないか。お糸にはお糸の仕事も役目もある。そなたにも為《な》すべきことが、山ほどあろう。他の者たちとて同じじゃ。何事もほどほど、適度にしておくがよい」

「珠子さま」

三嶋は坐《ざ》したまま珠子を見上げた。

「お言葉を返すようではございますが、お身回りの警護は何よりの急務かと存じます。信用でき、腕の立つ者を一人でも多く、お近くに侍《はべ》らせておかねばなりません。なにしろ」

立ち上がり、三嶋は二人の腰元を睨んだ。

「この者たち、剣の腕はからっきし。何の役にも立ちませぬので」

おかかとおさけは、顔を見合わせ、身を縮めた。二人とも三嶋と同じく、珠子の輿《こし》入れのさいに侍女として付き従ってきた。つまり、ちょいと不思議一族なのだ。

「おかかもおさけも、よう奉公に励んでくれておる。強うなるだけが務めでもあるまいて。のう、おかか」

丸くて浅黒い顔をしたおかかが、頭を下げる。

「お糸、こう見えても、おかかは針の名手なのです。わたしのこの打掛も」

珠子が軽やかに袖を振る。手鞠《てまり》がころりと転がったように見えた。

「この小袖も全て、おかかが縫うてくれた。なかなかであろう」

「まあ。それは存じませんでした。お見事なお手でございます」

嘘《うそ》でなく愛想でなく、目を瞠《みは》っていた。

打掛が縫えるなんてすごい。本物の縫師だわ。

声に出さない賞賛が聞こえたわけもあるまいが、気持ちの幾何《いくばく》かは伝わったらしい。おかかが頬を染めた。

「打掛だけではない。おかかはのう、一度目にしたならどのような物であっても、縫い上げることができるのじゃ。むろん、針と糸と布があればじゃが」

「どのような物でも、でございますか」

「そうじゃ。この前はどぉれすとやらを縫うてくれた」

「どぉれす？」

なんだろう、それは。聞いたこともない。

「どぉれすとは、外《と》つ国《くに》の女子《おなご》の衣装だそうじゃ。わたしも書物で見ただけであるが、それをおかかは見事に作り上げたのじゃ。我が腰元ながら、あっぱれな手並みであった」

「奥方さま、もったいのうございます」

おかかが深く屈《かが》み込む。

主人からこれほどの言葉を貰《もら》えば、おかかでなくとも恐縮するだろう。恐縮し、喜びに胸が震えるだろう。

お糸はほんの少しだが、おかかが羨《うらや》ましくなった。

「おさけは、手妻《てづま》が上手《うま》い。よう楽しませてもろうておる」

「は、手妻？」

珠子がおさけに向かって頷く。

おさけが、膝を進めた。こちらは、なかなかの大柄だ。むろん三嶋には遠く及ばないが。

「お糸どの」

身体つきには釣り合わない円《まろ》やかな声で、おさけがお糸を呼んだ。

「はい」

「奥方さまのご命により、拙《つたな》き芸ながら披露致します」

「は、はい」

え？　ご命なの？　手妻を見せるって、そんな大げさなもの？

どうせ、子どもだまし程度の素人《しろうと》芸でしょ。

「ご覧くだされませ」

おさけが右手を突き出す。指の間に、四つの玉が挟まれていた。

紅、青、紫、白。

お手玉を一回り小さくして、まん丸くしたような形だ。

「お糸どの、玉は幾つございます」

「は？　それは……四つですけど」

「四つ？　まことでございましょうか。よく、ご覧になって」

おさけがお糸の目の前で右手を左右に振る。けっこうな速さだ。その速さに追いつこうと、お糸は黒目を動かす。

よくご覧になってと言われても、四つは四つでしょ。どう見たって、四つに決まって……。

「ええっ、えーっ」

声を上げていた。口が大きく丸く開いたのがわかる。とんでもない間抜け面《づら》になっているのだろうが、そこまでかまう余裕がなかった。

驚いた。心底、驚いた。

「如何でございます」

おさけがにんまりと笑った。

「玉は幾つございます」

「……二つです」

紅と青。二つの玉だけが目の前にある。

紫と白はどこに消えたの？

「さて、今度は」

おさけが二つの玉を両手で握り込む。そこに、ふっと息をかけた。

「さて、お糸どの。わたくしの手の中にございます玉、はたして何色と思われます？」

「それは……紅と青です。多分……」

「紅と青。さて、どうでございましょう。ほれ」

おさけが指を開く。

今度は声が出なかった。

手のひらには白い玉が一つだけしかなかったのだ。

「そんな、ばかな……。そんな……でも……ええっ」

さっきよりさらに驚く。驚き過ぎてのけぞり、のけぞり過ぎて尻もちをついてしまった。

おほほほほ。珠子が袖口で口元を隠し、笑った。

「そのように驚いて、お糸はおもしろいのう」

「ほんに。ここまで驚いてくださいますと甲斐《かい》がございます。でも、お糸どの。驚かれるのはこれからでございますよ」

ええっ。ま、まだあるわけ？

「それっ」

かけ声もろとも、おさけが白い玉を高く放り投げる。それから、落ちてくる玉を袂《たもと》で受け、包み込んだ。

「そぉれっ、今度はもっと高く飛んでおいき」

矢羽模様の袖がひるがえった。

ばさばさばさ。

羽ばたきの音がする。白い一羽の小鳥が飛び立ったのだ。

天井辺りを二度旋回し、床に降りてちょんちょんと歩き、また飛び立つと今度は武者窓の隙間《すきま》から外へと出て行った。

鳥？　玉が鳥？　初めが紅と青で、でも白で、鳥で、ちょんちょん歩いて、飛んでいっちゃって……。

頭がくらくらする。

「まあ、すごい」「お見事でございます」

女たちの間からも感嘆の声が上がった。手拍《てばた》きまで起こる。

「おさけ、見事な手並みではあるが」

珠子がこほんと一つ、空咳《からぜき》を漏らした。

「あまりちょろちょろ動く物を見せるでない。鼻の辺りがむずむずしてしまう」

「あ、申し訳ございませんでした。お許しくだされませ」

「よいよい。おまえの手妻はいつ見ても楽しい。如何じゃ、お糸」

「はあ、如何も刺峨《いらが》もあったもんじゃありませんよ。天がおっこちてきても、こんなに驚かないです。まったく、おったまげるったぁこのことですね。はぁ、おったまげた。おった髷《まげ》なら誰が結う。おったま下駄《げた》なら誰が履くってね」

口をつぐむ。慌てて両手で押さえる。押さえても遅いけれど、押さえる。珠子もおかかもおさけも、瞬《まばた》きもせずにお糸を見下ろしていた。三嶋だけが、さも苦々しそうに口元を歪《ゆが》めている。

いけない、やっちゃった。

お糸の実家《さと》『きぬた屋』は名の知れた大店《おおだな》であるが、父の芳佐衛門も母のお稲も、お糸を高貴な女人のように育てたわけではない。幼いころは、お糸が周りの長屋や小商いの店の子どもたちと一緒になって遊ぶのを、見て見ぬ振りをしていた。

お糸は一人娘。やがて『きぬた屋』の跡継ぎになる身だ。世間と隔てられ、世間を知らずに育っては商家の主人にもお内儀《かみ》にもなれない。それが芳佐衛門の考えであったらしい。おかげで、お糸は裏長屋へも小体《こてい》の店へも好きに出入りできた。その出入りしていた長屋に、源助《げんすけ》という香具師《やし》の男がいて、粗悪な品を舌先三寸で売り歩いて暮らしを立てていた。源助は根っからの子ども好きだったらしく、子どもたちを集めては、香具師の口上を教えてくれた。

さぁ買って、買って、買って帰りなお姐《ねえ》さん。

蟻《あり》がとうさん、蛙《かえる》がかあさん。あたしゃ、お江戸の梅で鳴く。ほっほっほけきょ、ほーほけきょ。

おかしくて、おもしろくて、お糸は何度もせがみ、丸覚えして喜んでいた。さすがにお稲が聞き咎《とが》め、長屋への出入りは一切、禁じられてしまったのだが。

三つ子の魂、百まで。

幼いころ染み付いた口上が、何かの拍子にぽろりと零《こぼ》れたりするのだ。今は、驚いた拍子に飛び出してしまった。

「ひえっ、お、お許しくださいませ。つい……」

「今のは、香具師の口上であるか、お糸」

「ひええっ、いえ、それは……はい」

よくご存じでと言おうとして、辛うじて舌を止めた。

嵯峨帝の御世《みよ》から生きているのだ。香具師の口上ぐらい知っているだろう。嵯峨帝の御世に香具師がいたかどうかは定かでないが。

「おもしろい。一度、ゆっくり教授してたもれ」

「はい……って、そ、そのような、珠子さまにお教え致しますような、そんな類の……あの、そんなこと」

「できま線香《せんこう》、そっちは鮟鱇《あんこう》。であるか」

珠子が肩を竦め、笑う。

「珠子さま。いいかげんになさいませ。お糸、些《いささ》か図に乗っておるぞ。何が、そっちは鮟鱇じゃ」

「いや、それは珠子さまが……」

三嶋が睨みつけてくる。

「ともかく、そなたには剣の才がある。それをみっちり磨き、珠子さまをお守りするのじゃ。わかったな」

「は、はい」

針も使えないし、手妻もできない。この女主人を守りたい気持ちだけは十分にある。だとしたら、この道を励むしかない。それに気になる。

さっきから、三嶋は珠子を守ると繰り返していた。三嶋は本気だ。本気にならねばならないほど、珠子には危険が迫っているということか。それは、鈴江の事情と関わり合っているのか。

「焦らずともよい。しかし、才があるのなら、それを伸ばしてたもれ。そなたにはこの先諸々《もろもろ》、助けてもらわねばならぬであろうからのう」

珠子は真っ直《す》ぐにお糸を見詰めてきた。

もう笑っていなかった。張り詰めた眼差《まなざ》しが痛いほどだ。

お糸はその眼差しを受け止め、息を呑《の》み込んだ。

「おかかさま」

お糸は隣に座るおかかに声をかけた。

「すみません。また、糸が縺《もつ》れてしまって……」

縫っていた布きれを差し出す。これで三度目だ。おかかについて、針の練習を始めてからまだ半刻《はんとき》(約一時間)ほどのものだろう。その間に、三度も糸を縺れさせた。難儀な縫い方をしているわけではない。ただの返し縫いだ。それも、稽古用の端切れをちくちくやっているに過ぎない。

「どれどれ」

おかかは嫌な顔もせず、お糸の絡ませた紅糸をちょいと直してくれた。本当に、ちょいだ。針の先でちょいと突いただけで、縫い目に絡みついていた紅糸が解ける。

「おさけさまの手妻みたいに、お見事ですねえ」

「まあ手妻だなんて」

おかかが口元を綻《ほころ》ばせる。

「この程度で手妻なんて。お糸どの、些か大げさ過ぎます」

「だって、本当にそう思うんですもの。何で、こんなに簡単に糸が解けるのか……。いえ、そもそも、どうしてそんなにすいすい縫っていけるのか。手妻でなかったら妖術だわ」

「まあまあ」

おかかの浅黒い顔に笑みが広がる。

「お糸どのは、本当におもしろい方ですねえ。お針が妖術だなんて、そんなことどうして思い付けるのかしら」

「だって……」

「お針は妖術じゃありませんよ。ただ慣れればいいんです。針に慣れれば、勝手に手が動くようになりますから」

それが難しいのだ。

この細く尖《とが》った縫い用の道具が、いつか手に馴染《なじ》み、思うように動いてくれるなんてちょっと信じ難い。何しろ、

「おまえの不器用さには負けたよ。手の施しようがないね。あたしゃ、名前を付けまちがえた」

と、母のお稲にさえ匙《さじ》を投げられたのだ。

大店の娘だから針など使えなくても困らない、なんて不遜《ふそん》な考えを持っているわけじゃない。

本当にできないのだ。嘘偽りなく下手くそなのだ。嘘偽りを言う必要もないが。

髪はちゃんと結える。並より上手いぐらいだ。包丁だってそこそこ使える。煮付け物の味付けにも、やはりそこそこだが自信がある。針だけがどうにもならない。情けないぐらいどうにもならない。いや、ぐらいじゃなくて、正真正銘情けない。それでも今まではお針下手であることをさほど気にしていなかった。人には得手不得手がある。あたしはお針が不得手、ただそれだけのことじゃないのと、開き直る気持ちでもあった。

でも、それではいけない。自分の小袖ぐらい拵《こしら》えられないようでは、珠子さまの侍女は務まらない。

鈴江の江戸屋敷では、やれることは全部、自分でやるのだ。むろん、役割はある。上臈もいれば下働きの御末《おすえ》もいる。それぞれにそれぞれの仕事があるのだ。それぞれの役割を果たしたうえで、さらに己を磨き、高める。

そんな雰囲気が奥向きには漂っていた。

日を定めて、剣術や琴や箏《そう》、手習い、お針、算盤《そろばん》や帳簿、魚のさばき方まで稽古および講義があるのだ。奥にいる女たちは身分、立場に関わりなく、手が空いていれば、自分の好きな稽古に顔を出すことが許されていた。というより、奨励されていた。

師匠は女たちが務めることもあったし、外から呼ばれることもあった。この前の『正しい帳簿の付け方と読み方』という講義のさいは、お糸の実家《さと》『きぬた屋』から番頭の一人が遣わされた。

正平《しょうへい》という四十がらみの二番番頭から、女たちは帳簿付けの基《もと》を習ったのだ。部屋から廊下に人が溢《あふ》れるほどの盛況ぶりだった。

「何とも、おもしろいところでございますなあ」

役目を終えた後で、お糸と茶を飲みながら正平が言った。その口振りは呆《あき》れたようであり、楽しそうでもあった。

「わたしもこの年になるまで商い一筋でやってきましたが、江戸屋敷の奥向きで、お女中のみなさまに帳簿の講義をするなんて……」

「夢にも思っていなかった？」

「はい。そりゃあ誰だって思わんでしょう。しかも、お女中のみなさま方がたいそう熱心で、いや、驚きました」

「珠子さまのお考えなのよ」

そこでお糸はちょっと胸を張った。

「これからは、女だろうが武家だろうが、商いのイロハを知るべきだっておっしゃるの」

「ほぉ、嗜《たしな》みや修身ではなく商いのイロハですか」

「そうなの。嗜みも修身も大切かもしれないけど、これからは商いを知るってことが大事になるんですって」

「へえ、それはまた、お大名の奥方さまとしては一風変わった方でございますなあ」

正平が口をつぐむ。

そう続けるつもりだったのだ。さすがに『きぬた屋』の番頭。不用意な一言を呑み込むコツは心得ている。

そうなの、珠子さまって一風変わったすてきなお方なの。

正平に顔を向け、お糸は小さく笑ってみせた。

「嗜みも修身も大切かもしれないけど、特にいろんな嗜みがあるのっていいことなんだけど、長い目で将来《さき》を見れば、やっぱり、商いを知るってことが一番だって、あたしは思うわけ」

この前、煮干しを齧りながら珠子が言ったのだ。

「そうなんですか」

お糸は煮干し、ではなく花林糖《かりんとう》を摘《つ》まんでいた手を止めた。

「商いって、そんなに大切なものでしょうか」

「大切よ、とっても」

パリッ。

珠子の白い歯が大ぶりの煮干しを嚙み砕く。

「あ、もちろん、お百姓さんも職人さんも、とっても大切。けど、屋敷の奥で田植えだの屋根葺《やねふ》きだのの稽古までは、さすがにちょっと無理でしょ。機織《はたお》りぐらいなら何とかなるかもしれないけど、道具を幾つも持ち込むのが難儀でねえ。ま、だから商いの基を習うのが、一番手っ取り早いわけ」

「あのう、お武家さまは如何なのでしょうか。伺っておりますと、あまり大切なご身分でないように聞こえますが」

主人、しかもれっきとした諸侯の正室に問うことでも、口調でもない。わかっているけれど、珠子のざっくばらんな雰囲気につい釣られてしまう。三嶋が傍《かたわ》らにいれば「お糸、調子にのるでない」と一吼《ほ》え、いや、一喝されただろう。幸いなことに、三嶋は表に出向いていて、その場にいなかった。

「あー、お武家ねえ」

煮干しを飲み下し、珠子がはたはたと手を振る。

「駄目だわねえ」

「駄目？　駄目と申されますと？」

「武士の世って、あんまり長続きしないんじゃない」

パリッ。パリッ。

小気味よい音をたてて、珠子の口の中で煮干しが砕かれる。

「珠子さま」

お糸は花林糖を手にしたまま身を乗り出していた。

「それ、どういうお話なんですか。長続きしないってことは、いつか無くなっちゃうってことですか」

「まあ、簡単に言うとそうなるかも」

のけぞりそうになった。

武士の世が無くなる？

信じられない。ありえない。

この世には身分というものがある。その頂《いただき》に武士はでんと座り、君臨しているではないか。消えるなどと、考えたこともなかった。

「ま、まさか。そんなことあるわけが」

「あるのよ」

「あるんですか」

「あるわね。それも、そんなに遠くない未来《さき》だと思うわよ。あら、やだ。煮干しを一袋全部、食べちゃった。食べ過ぎだわ。三嶋に怒られちゃう」

「どうして、そんなことになるのでございます」

珠子が肩を竦めた。

「だって、美味《おい》しいんだもの。つい、止まらなくなっちゃって。あたし、昔から煮干しが大好物なの。鮪《まぐろ》の頭《かしら》や目刺しより好きなぐらい」

「……いえ、煮干しの話じゃありません。武士の世の方です」

「ああ、そっちね。お道具だってそうでしょ。古いもの、使い勝手の悪いものは消えちゃうじゃない。それと同じよ」

同じよと断言されても、どこがどう同じなのか、お糸にはさっぱりだ。武士という身分と古道具が重ならない。

「お糸ちゃん、そもそも武士の一番の役目は何だと思う」

懐紙《ふところがみ》で口元を拭《ぬぐ》うと、珠子はにっと笑った。

武士の役目、役目、一番の役目。

「政《まつりごと》でございましょうか」

「はい、大外れ」

珠子が胸の前で両手を罰点《ばってん》の形に交わらせる。

「え、違いました？」

「違いまーす。武士でなくとも政はできるでしょ。頼《より》ちゃんが幕府を開く前は、お公《く》家《げ》の面々が司ってたわけだから」

「頼ちゃん？　どなたです？」

「源《みなもとのよりとも》頼朝ちゃん。鎌倉《かまくら》に幕府を開いた男《ひと》よ。知らない？」

「あ。いえ……よ、頼朝公の御名ぐらいは存じております」

「いやもう、これがどうしようもないぐじぐじした男でねえ。一日中、寝ても覚めても悩んでんの。それで、奥方ってのがやたら気が強くて、ぐじぐじ亭主に苛々《いらいら》しちゃってるわけ。周りは陰険なやつが多くて、あたしとしては頼ちゃんがかわいそうだったなあ。あの気性はいただけないけどね」

「はあ、鎌倉幕府の頼ちゃんて、ぐじぐじしてたんですか」

「そうよ。年取るほどにぐじぐじ振りが高じちゃってね、『おれは、あのまま伊豆《いず》で暮らしていた方がよかった』だの『おれの心内を誰もわかってくれない』だの『おれのことを将軍の器でないと思ってるやつが、大勢いるんだ』だの、ため息と愚痴の垂れ流しよ。あれじゃ、奥方が頭にくるのもわかるわねえ」

奥方というのは北条時政《ほうじょうときまさ》が娘、尼将軍と呼ばれた政子《まさこ》のことだろうか。やたら気が強くて、亭主に苛々して、しょっちゅう怒っているおかみさんの姿しか浮かばない。

珠子と話をしていると、ときどき付いていけなくなる。その付いていけない話がとてつもなくおもしろい。付いていけないけれど、聞きたい。一晩中でも聞いていたいと望んでしまう。

「戦よ」

お糸の目の前で珠子はぱちんと指を鳴らした。ぐじぐじ亭主と苛々女房の話はここまでらしい。

「武士の一番の役目は、戦に出ること。戦うこと、でしょ」

「あ、なるほど。でも、今は太平の世です。戦などどこにもございませんでしょう」

「それよ」

もう一度、指が鳴る。

「戦のない世に武士の出番はないの。昼間の行灯《あんどん》なみに無用の長物《ちょうぶつ》でしょう。無用のものはいずれ廃《すた》れる。それが世の定めってもんよ」

「はあ、なるほど」

「武士だお公家だと威張ってみせてもさ、自分たちじゃ何にもできないの。お百姓がお米を、職人さんが物を作って、商人がそれらを回してるから何とかなってるだけでしょ」

「はあ、確かに」

「あたしは、みんなにどんな世の中になっても生きていける術《すべ》を身に付けてもらいたいの。せっかく縁があって奉公してくれてるんだもの、鈴江のお屋敷で働いていてよかったって思ってもらいたい」

「珠子さま、ちょっ、ちょっと待ってください。どんな世の中って……今の世が崩れる日が、そんな間近に迫ってるんですか」

「うーん、それがねえ」

珠子は首を傾《かし》げ、手の甲を舐《な》め、顔を拭《ふ》き始めた。鬢《びん》の間から白い耳がひょこりと覗《のぞ》く。

「珠子さま、駄目です、駄目」

「うん？」

「お耳が覗いてます。あっ、おヒゲも」

「あ、いけにゃい。煮干しを食べ過ぎて気が緩んじゃった」

奥に仕える女中たちの大半は、珠子の正体を知らない。知られたら大変だ。屋敷内は上を下への大騒ぎになる。この江戸屋敷内においても国元においても、現城主であり、珠子の夫たる長義に対し不穏な動きがあると聞く。用心の上にも用心を重ねねばならない。珠子は耳とヒゲを引っ込め、顔を洗うのを止《や》めた。

珠子さまは窮屈ではないのかしら。

こういうとき、お糸は考えてしまう。

伊集家の正室に納まるまで、珠子がどんな人生（猫生？）を送ってきたのか、まるで推《お》し量れない。薬子や頼ちゃんや大坂の油商人の飼い猫になっていた以外のことは、何も知らないのだ。でも、猫族なんだけどちょいと不思議な一族の長《おさ》の娘として気儘《きまま》に、軽やかに生きてきたのではと考えはする。

珠子といると風を感じるのだ。気儘で軽やかな風を。

とすれば、思うように自分の本来の姿に戻れない、正体を隠し通さねばならない今が息苦しくはないのか。辛《つら》くはないのか。

風を閉じ込めることはできない。

珠子は己の内の風を無理やり閉じ込めようとしている。できないことをやろうとしている。

そうではないだろうか。

少し、少しだけお糸は心配になるのだ。

「お糸ちゃん、ありがとう。これでいいかしら」

珠子が鬢の辺りを軽く撫《な》でる。

「はい、たいへん結構でございます」

お糸は珠子の艶《つや》やかな髪に目をやって、頷いた。

いつの間にか、八つどきに珠子と煮干しや花林糖（ときに大福や鰹節《かつおぶし》）をつまみながらあれこれ話をするのが、お糸の習いとも楽しみともなったのだ。

ともかくと、お糸は決意する。

ともかく、あたしは珠子さまをお守りするのだ。どのような時代が来ようとも、珠子さまがどのような生き方を選ばれようとも、お側《そば》に仕え続けるのだ。

本気の決意だった。どうして、ここまで珠子に惹《ひ》かれるのか、正直、お糸にも解《げ》せない。我が心の内でありながら、摑《つか》めないのだ。

猫は小さいときから大好きで、何匹も飼っていた。でも、猫好きが事訳とは思えない。犬だって好きなのだ。虫も嫌いではない。蠅《はえ》や蚊はいただけないが、花から花へと移る蝶《ちょう》の優美さや茜《あかね》空に舞う蜻蛉《とんぼ》の涼やかさは、たいそう気に入っている。だから、猫が別格なわけじゃない。

でも、珠子は別格だ。

どうしてだろう？　珠子のどこに、どうして惹かれてしまうのだろう。お糸は思案する。思案しても答えは見つからない。

まあ、いいわ。訳なんてどうでもいい。あたしが珠子さまのお側に侍りたいのは事実なんだから。正真正銘、あたしが望んでいるんだから、それでいい。

心のままに、己の想いに素直に生きるだけだ。

そう開き直る、いや、心を定めると背筋が伸びる。心身が軽くなって、息がすっと流れる。

よしやるぞと、力が漲《みなぎ》る。その力み方に些かの懸念を感じるのか、

「お糸ちゃん、あんまりはりきらないで」

と、珠子がやんわり戒《いまし》めてきた。

「駕籠舁《かごか》きと一緒よ。初めに飛ばし過ぎちゃうと、後で息切れしちゃうでしょ。で、結局、目指す場所に着く前にへろへろになっちゃったってことになりかねないの」

「はあ、駕籠でございますか」

「そう、担《かつ》いだことある？」

「いえ。さすがに、ございません」

「でしょうね。お糸ちゃんが駕籠を担いでいる姿、どうにも浮かんでこないものねえ」

「わたしだけでなく、たいていの女は駕籠を担いだことなどないと思いますが」

「あら、そういえばそうだわね」

珠子がころころと笑う。その笑声が消えるのを待って、三嶋がずいと膝を進めた。

この日は表での仕事もなく、朝からずっと主《あるじ》の傍らに侍っている。

「お糸」

「はい」

「珠子さまの御《おん》ために励もうとするその心根は、まさに忠義と呼ぶに相応《ふさわ》しかろう。町方の出でありながら、あっぱれな心意気である」

「はあ……畏《おそ》れ入ります」

と答えはしたものの、お糸は何ともちぐはぐな心持ちになる。忠義などと大仰なものではない。珠子が好きだから力になりたい。側にいたい。それだけのことだ。武士とか町方とかの身分は関わりないと思うし、あっぱれと褒められる類のものでもない。

珠子と目が合う。

珠子が片目をつぶる。

わかってる、わかってる。三嶋は万事、この調子だからね。

声にならない声が聞こえた気がした。が、頷くわけにも微笑み返すわけにもいかない。ただ、畏まって頭《こうべ》を垂れているしかなかった。

「しかし、心意気だけではお役には立てぬ。まこと、お役に立ちたければ、文武に励まねばならぬのじゃ」

う、嫌な予感が……。

「そなたの心意気に応えるために、わたしも剣の稽古をさらに増やさねばなるまい」

「ひえっ」

「これからは体術、槍《やり》、薙刀の稽古も加えようぞ」

「ひええっ」

三嶋さま、とことん武闘派なんだ。

「ちょっ、ちょっとお待ちください。わ、わたくしと致しましては、剣の修行もさることながら、あのその、最も苦手なものから取りかかりまして、あの、ですから」

三嶋の眉間にくっきりと皺《しわ》が刻まれる。普段も怖いが、眉を顰《ひそ》めた三嶋の怖さはまた格別だ。

「苦手とは何ぞ」

「そっそれは、えっと、あの、お、お針で」

「針、とな」

「は、はい。わたしは昔から針が大の苦手でございまして。それはもう、己の口で言うのも憚《はばか》られるほどで。おっかさん……母が申しますのに、糸という名前が恥ずかしいほど下手くそだとか。針や糸に申し訳なさ過ぎると、よく、叱《しか》られました」

「まっ、おかしい。おもしろいお母上ねえ」

珠子が身を乗り出して、笑う。

「はあ、おもしろいと言えばおもしろくはありますが、あ、いえ、母はこっちにおいといて、で、ですから三嶋さま、あの、お針の稽古が先かと存じまして。えっと、針が使えないのに剣が使える道理もなく……」

「なるほど、理屈は通ってるわねえ」

珠子は真顔になり、相槌《あいづち》を打つ。

「道理も理屈も通っておりませんよ。針と剣はまったくの別物。縫い物が苦手だから剣士になれぬのであれば、大半の剣士は失格ではありませぬか。剣も針も教えている道場など聞いたことも見たこともございません」

確かに、と首肯しそうになった。三嶋の言い分の方がだいぶまっとうだ。その場しのぎの言い逃れなど、太い指先でひょいと弾き飛ばされてしまう……と思いきや、

「まあでも、己の足らぬところ、苦手なものを克服するため、精進《しょうじん》し、努めるのは剣の修行にも繋《つな》がる道ではありますな」

と、三嶋はあっさり諾《うべな》った。

「へ？」

「お糸、よかろう。おかかの許《もと》でしっかり針の腕を磨け」

「は？　あ、はい」

「ただし、剣の稽古を疎《おろそ》かにしてはならぬ。三日に一度は、道場に顔を出すように致せ。わかったな」

「はい」

三日に一度なら、何とかなる。

お糸はほっと胸を撫で下ろした。

珠子を守るためには剣の腕が入り用だ。腕を磨き、少しでも役に立ちたい。本心からそう思っている。しかし、連日、三嶋のあの厳しい稽古に耐えられるかどうか、我ながら心許ないのだ。

「ちょうど縫い子が一人、暇《いとま》を取って実家《さと》に帰ってしまったところである。おかかが猫の手も借りたいほど忙しいとぼやいておった」

いや、猫の手はみなさんお持ちでは……。

「お糸が一人前の縫い子になれば、おかかの負担も軽くなろう。月が明ければ早々に、袷《あわせ》が二十枚ほど入り用となる。しっかり、針を習うとよい」

「はい、畏まりました……って、ええっ、袷二十枚」

ひっくり返りそうになった。

「来月の三日、つまり、鈴江の初代ご城主の命日にあたる日なんだけど、その日に歴代城主の菩提寺《ぼだいじ》、金蔵院《こんぞういん》に奉納する習わしがあるのよ。ほんと、嫌になっちゃう」

三嶋より先に珠子が答えた。鼻の付け根に皺を寄せ、絵に描いたような〝嫌になっちゃう〟の顔つきだ。

「お寺に袷を二十枚、奉納するのでございますか」

「その他に白絹を十五反、砂金同じく十五袋、その他あれやらこれやらあってねえ。江戸屋敷はその内の袷と砂金七袋を調達することになってんの」

「でも、あの、えっと、有り体《あてい》に申し上げて、お屋敷にはそんな余剰なお金は……」

「ありません。ご多分に漏れず、鈴江の内情も火の車よ。江戸でも国元でも切り詰められるだけ切り詰めてんの。お糸ちゃんたちのお給金も雀《すずめ》の涙ほどで、申し訳ないと思ってるんだけど……ほんと、ごめんね」

「あ、いえ。滅相《めっそう》もございません」

給金など気にしてもいなかった。正直、金の苦労とは無縁のまま育った。贅沢三昧《ざんまい》に生きてきた覚えはないが、このお屋敷の暮らしをとても質素だとは感じてしまう。切り詰められるだけ切り詰めている。珠子の一言に嘘はない。

「幾ら菩提寺とはいえ、ご家中の財政が窮乏している折、どうしてこれほどの品々を奉納しなければならないんです？　しかも、毎年なんてむちゃくちゃじゃないですか」

「そう、むちゃくちゃなの」

珠子の鼻の皺が深くなる。

「ほんと、腹が立つ。とんでもない悪習よねえ。城主の菩提寺が家中からなけなしの財を吸い上げるなんて、言語道断、以《もっ》ての外《ほか》でしょ」

珠子がこぶしを握る。眸が金色に輝いた。相当、腹に据えかねているらしい。その怒りが伝播《でんぱ》したのか、お糸も胸中が波立つ。

「そのとおりです。なぜ、重臣の方々から異議が出ないのですか」

「裏があるのよ」

脇息《きょうそく》にもたれ、一転、珠子はせつなげに目を伏せた。

「裏と申されますと？」

「金蔵院の住職ってのが曲者《くせもの》なのよ。いや、住職の後ろにいて、陰で糸を引いている人物こそが大曲者、とんでもない黒幕なわけ」

「誰なんですか、それは」

一呼吸分、間があった。

珠子が身を起こし、唇の端を歪める。

「佐竹嘉門利栄」

「さたけかもんとしひで」

口の中でゆっくりと繰り返してみる。どうしてだか、舌の先がひりひりと痛んだ。

うん、これは相当な手合いだわ。

「そう、うちの殿さまの叔父になるの。つまり、亡くなられた大殿さまの弟。お腹違いの弟なの」

「あ、この間の話に出てきた、あの……」

「そうそう、いちゃもん男よ。もうちょっと詳しく言うとね、こいつが実に嫌なやつなわけ。自分のこと天才だと信じ込んでんのよ。確かに、頭は良かったみたい。六歳のときには既に四書五経を諳《そら》んじていたんだって。ふふん、笑わせせんじゃないわよ。あたしなんか、山城薪《やましろたきぎ》の酬恩庵《しゅうおんあん》で一休和尚《いっきゅうおしょう》に直《じか》に禅宗のあるべき姿について教わったんだからね」

「ひえっ、い、一休和尚でございますか」

「そうよ、一風変わったお爺《じい》ちゃんだったわねえ。堕落せずに生きるとはどういうことか本気で考えてたわよ。で、禅宗の退廃に怒《いか》ってた。気は短かったみたいね。でも、すごく洒脱《しゃだつ》でなかなかにおもしろくて、なんてったって後小松《ごこまつ》天皇の落胤《らくいん》でね、墨跡のすごさは……あら、話がそれちゃったかしら」

「はあ、でも、そっちのお話もおもしろそうではございますね」

「和尚の話は、また後で。だから、利栄ってやつはちょっと周りより頭が良くて、馬や剣もそこそこに上手だったらしいの。よくいるじゃない。何でもそつなくこなす嫌なやつ。で、こいつの母親ってのが我が息子を溺愛《できあい》しちゃったわけよ。いずれは城主となる器だと持ち上げる、持ち上げる。息子はどんどん天狗《てんぐ》になっちゃって、ついに、兄を追いおとして自分が城主となるのが天の道ではないかなんて惚《とぼ》けたことを考え、惚けた企てを謀《はか》るようになったの」

「まあ、読本のようなお話でございますね。まさに、お家騒動」

「騒動までいかなかったの。途中で目論見《もくろみ》が発覚してね。ふふん、何が天才よね。詰めが甘い、ただの世間知らずじゃない。利栄はあわや切腹かってところまできたんだけど、利栄の母親が大殿に泣きついて命乞いをしたんだって。義理とはいえ母親に懇願され、血を分けた弟を殺すのも忍びなく……、大殿はそれはお優しいお方だったの。そういうとこ、うちの殿さまに受け継がれているみたい。そうなの、うちの殿さま、それはそれは優しい方なのよ」

珠子が頬を染める。はにかんだ笑みを浮かべる。

う、可愛い。可愛過ぎる。

頬ずりしたい。抱きしめて、喉《のど》の辺りをこちょこちょしてやりたい。耳の間を掻《か》いてみたい。

「で、利栄は命拾いして、もう二度と政には関わらない。世捨て人として暮らすと公言して、母方の姓を継いで佐竹嘉門を名乗るようになったのね。で、暫《しばら》くは大人しくしてたみたい」

「暫くは、でございますか」

「ええ、暫くは、よ。大殿が病みがちになってお床《とこ》に就くことが多くなったころから、またぞろ、這《は》い出してきたの。これは好機だとばかりにね。そういう嗅覚だけは具《そな》えていたのかも」

そこで、珠子はため息を一つ吐《つ》いた。

「大殿はお亡くなりになる前にご隠居あそばして、うちの殿さまに家督をお譲りになったのね。それはつまり、利栄たちの動きを封じるためであったわけ。おかげで、家督相続はまあすんなりといったんだけど」

ここでもう一つ、ため息。

「厄介なのは、重臣たちの中に利栄擁護派ってのがいるってこと。そいつら表向きはいかにも忠臣でございますなんて顔をしてるけど、裏では利栄と結んで、うちの殿さまに何くれとなくいちゃもんつけて、城主の座から引きずり下ろそうとしてるの」

「やはり、いちゃもんなのですね」

いいがかりをつけて無理を通そうとするなんて、破落戸《ごろつき》と大差ない。いや、そのものやり口ではないか。小国とはいえ、重臣と呼ばれる面々が破落戸紛《まが》いとは、何度聞いても呆れてしまう。いや珠子の言によれば、公儀も似たり寄ったりであるとか。

大丈夫なのか？　日本国。

「あたしはね、正直、城主の座がなんぼのもんよって思ってんの。うちが小国だからじゃないわよ。加賀《かが》だって薩摩《さつま》だって水戸《みと》だって尾張《おわり》だって、いやいや、公方《くぼう》ちゃんだって、たいしたことないし。必死にしがみつくほどの位じゃないものねえ、でしょ？」

「はあ……」

でしょと、同意を求められても答えようがない。加賀や薩摩の大名を越えて公方さまの御位までどうのこうのなんて、とても口にできない。ただ、御台所《みだいどころ》にも御簾中《ごれんじゆう》にも奥方にもなりたいとは露ほども思わなかった。

三万石の鈴江でさえ城主の座を巡って策謀が渦巻くのだ。百万石だの御三家、御三卿だのの話となるとどれだけの魑魅魍魎《ちみもうりよう》が跋扈《ばつこ》しているのか。まして、将軍家となると……。

お糸は我知らず身震いしてしまった。

あぁ嫌だ、嫌だ。

裏切ったり、裏切られたり、陥《おとしい》れたり、陥れられたり、謀《たばか》ったり、謀られたり、そんな奸計邪計《かんけいじゃけい》、権謀術数《けんぼうじゅっすう》が渦巻く場所に身を置きたくない。ぞっとする。

「やっちゃんも、よくため息を吐いてたわ。日《ひ》の本《もと》を一つにして戦を終わらせたのはいいが、この先、人の争いは戦場《いくさば》ではなく城内で行われるようになるやもしれんなあ。これぱかりは、わしも手の施しようがないってね」

「は？　やっちゃん？」

「さすがに、お見通しだったわねえ。外の敵が見えなくなると、内側でごたごたが起きる。起こすのが人ってもんだ。我が家《いえ》だってその例《ためし》からは逃れられんだろうって、ずうっと言ってたもの。まあ、年取ってから繰り言《くごと》が多くなっちゃってねえ。でもその繰り言が的を射てるから、さすがのさすがなんだけどさ」

「あ、あの珠子さま」

「にゃあに、じゃなくて、なあに」

「あの、さっきからお話に出てくる、〝やっちゃん〟とは、どこのやっちゃんなのでございます？」

お糸の幼馴染《おさななじみ》にも〝やっちゃん〟がいる。油問屋『池田屋《いけだや》』の惣領《そうりょう》息子で安吉郎《やすきちろう》という。お糸と同い年で生まれ月までいっしょだ。利かぬ気が強くて、相撲《すもう》でも喧嘩《けんか》でも、自分より年上の身体の大きな相手にも退《ひ》かずにむしゃぶりついていった。そのくせ、小さな者や年寄には優しく、お糸は安吉郎が近所の足の悪い婆さまを負ぶって歩いているところを何度も目にしている。

「安吉郎はいずれ、ひとかどの男になるぞ。惣領息子なのがつくづく惜しまれるな」

「ほんとにねえ。世の中、上手くいかないもんですよ」

父と母との夫婦話《めおとばなし》を小耳に挟んだことがある。両親はどうやら、安吉郎をお糸の婿に迎えたかったらしい。お糸からすれば、冗談と笑い話が腕を組んで転がってくるようなものだ。

物心ついてから、安吉郎とはしょっちゅう一緒に遊んだ。互いの家に泊まりにいったり、店に好き勝手に出入りもした。しかし、いや、それだからか、安吉郎は男ではなく家族、肉親に近い相手だ。お糸にとって、外にいる兄弟みたいなものなのだ。

そう、男としてなんか考えられない。安吉郎だって、お糸を女としては見ていないだろう。大人の目論見と子どもの心は、ときとして、どうしようもないほど乖離《かいり》してしまう。

と、それはそれとして、珠子の言う〝やっちゃん〟が安吉郎でないことだけは確かだ。では、誰なのか？

「家康《いえやす》ちゃんよ。あたしは、やっちゃんて呼んでたの。家康ちゃんもあたしのこと、珠ちゃんって呼んでたし」

「いえやすって？……は、ご、権現《ごんげん》さま！」

「あら、そうよね。みんな、そんな風に呼んでるわよね。でも、あたしにとってはそんな大それた呼び方より、〝やっちゃん〟の方が似合ってるお爺ちゃんだったわ。あたしと一緒で煮干しをポリポリ齧るのが好きでね。よく二人、一人と一匹かしら、あたし、猫の格好してたから。あ、ほら、商売上手の油屋のおじさんが亡くなった後、あたしやっちゃんの猫になってあげたの。暫くの間だったけどね。駿府《すんぷ》のお城で一人と一匹、日向《ひなた》ぼっこしながら毎日みたいにポリポリやってたものよ」

徳川家初代将軍がやっちゃん？　お爺ちゃん？　日向ぼっこ？　煮干しをポリポリ？

目眩《めまい》がする。

「やっちゃんのお話はようございますが」

三嶋が口を挟む。

ひええっ、三嶋さままで〝やっちゃん〟て呼んでる。

「肝心なところを前に進めませんと。そろそろ、夕餉《ゆうげ》の刻でございますよ。わたしから、掻い摘《つま》んで伝えましょう。お糸」

三嶋の顔がお糸に向く。いつにも増して鋭い視線だ。少し、わりに、かなり怖い。

「は、はい」

「このお屋敷内に、珠子さまのお命を狙《ねら》う者がおる」

「ええっ」

一瞬だが頭の中が白くなる。

いや、驚いている場合ではない。これは、驚いてお終《しま》いになるような柔《やわ》な話ではないのだ。

お糸は背筋を伸ばし、丹田《たんでん》に力を込めた。

「それは先ほどのお話、お家内の不穏な動き、殿さまの叔父上との関わりからでございますね」

「むろんじゃ」

三嶋の双眸《そうぼう》がすっと細まる。眼光がさらに凝り固まり、強い輝きを放った。虎に見詰められた小鹿はこんな心持ちになるのではないか。身が竦むけれど、竦んでいてはどうにもならない。もう一度、己を鼓舞する。

「珠子さまがお世継ぎとなられる若さまをお産みになれば、利栄の野望は完全に潰《つい》えることになろう。あやつめはそれを恐れ、珠子さまを亡き者にしようと企《たくら》んでおるのじゃ」

「まあ、まあ、まあ」

まあとしか言えないのが歯痒《はがゆ》いが、それしか出てこない。己の野心のために城主の妻の命を奪おうとは何という愚劣か。まともな者の思案ではない。

「城主の座を狙うだけでなく、というより、そちらはなかなかに難儀だと気付いたものようでの。お国元で筆頭家老を務めておられる石井萬之丈《いしいまんのじょう》さまはなかなかに聡明、忠義の臣であり、殿さまのお身回りをしっかり固めておられるのじゃ。いかな利栄といえども、そうそう容易《たやす》くは手が出せぬ。むろん、悪巧みもこれをことごとく芽のうちに摘むように日夜、奮闘しておられる」

「まあ、それはようございました」

軽く息を吐く。

それはそうだ。悪党連中が大手を振ってのさばるようでは、鈴江の行く末は暗澹《あんたん》としている。石井何某《なにがし》という筆頭家老がどれほどの人物か、いかなる人物かお糸には僅《わず》かも測れないけれど、珠子の夫を悪意から守ろうとする者がいると知るだけで、ほっとする。山城守長義は孤立無援でも四面楚歌《しめんそか》でもないのだ。

ほーっ。今度は長く安堵《あんど》の息を漏らす。しかし、三嶋の表情はさらに引き締まり、さらに険《けわ》しくなった。本物の小鹿だったら、この一睨みだけで心の臓が止まってしまうだろう。

三嶋が吼えた……ではなく、語気を荒くした。

「ところが、そう一筋縄にはいかぬのが悪人の性根というものよ。利栄は城主の座が手に入らぬのならと、別の方途をも考えておる」

「別の方途と申されますと？」

身を乗り出す。

ぎりっと音がした。三嶋が奥歯を噛みしめたのだ。

ひえっ、こ、怖い。

危うくのけぞりそうになる。

「息のかかった娘を珠子さまの後釜、つまりご正室に据え、さらに側室にも押し込んでお世継ぎの男子《おのこ》をもうけ、自分は裏で政を意のままに操ろうと、そのように考えおったのよ」

「まっ」

「企てのために邪魔なのは珠子さま。よって、そのお命を虎視眈々《こしたんたん》と狙《ねろ》うておる」

まさに虎の眼差しで三嶋が唸《うな》る。

怖いとはもう感じない。恐れより怒りの方が、はるかに優《まさ》っていたからだ。

「ふざけんじゃないわよ」

叫んでいた。何か言いかけた三嶋が口を閉じる。

「どこまで横逆非道《おうぎゃくひどう》な男なの。殿さまの叔父っていうから黙って聞いてりゃ、調子に乗るんじゃないわよ」

「は？　お糸、調子に乗っているわけではなく、話はまだこれから」

「うるさい！　こんな腐れ話、これ以上聞きたくもない。はん、自分の欲のために珠子さまのお命を狙うですって。笑わせんじゃないわよ。そっちこそ四つ折りにして叺《かます》に詰め込んで、大川《おおかわ》に放り投げてやる。どうせ、犬掻きの一つもできない輩《やから》なんでしょ」

「いや、利栄は神伝《しんでん》流の名手で」

「それに、女を何だと思ってんの。子を産む道具みたいに扱って、何でも自分の思うとおりに動くとでも考えてんの。慢心するのもたいがいにしやがれ、このすっとこどっこいがって、あたしが男なら啖呵《たんか》の一つも切るとこよ」

「十分にまくしたてておるようだが」

「ああ腹が立つ。煮えくりかえる。いったい何さまなのよ、この男」

「だから、殿さまの叔父、先代さまの弟じゃ」

「何でこんなやつをのさばらせておくの？　殿さまは何やってんのよ。珠子さまのお命に関わるっていうのに、ぼけっとしてていいわけないでしょうが」

「ぼけっとはしてないんだけどねえ」

珠子の涼やかな声が聞こえた。

こぶしを握り立ち上がったまま、お糸は女主人を見下ろしていた。

「うちの殿さまも薄々は利栄の悪巧みに気付いてはいるのよ。ただ、狙われているのは自分の命だけと思ってらっしゃるみたい。うちの殿さま、ほんとお人柄がいいから、他人の悪意を底まで測れないところがあるのよね。人は生まれながらに善であると信じていらっしゃるのでねえ。利栄のことも穏便に説得しようとがんばっておられるの。あ、もちろん、肉親の情からだけじゃないわよ。穏便に落着させなくちゃ、鈴江そのものが危うくなるでしょ。前にも言ったけど、お家騒動なんて公儀に知られたら、お取り潰《つぶ》しの口実をみすみす与えるのと同じ。飢えた狼《おおかみ》の前に血の滴《したた》る肉を差し出すようなものよ」

「血の滴る肉……」

三嶋がぴちゃりと舌を鳴らした。

「あのでも、でも」

それって甘過ぎませんか。あまりに甘過ぎませんか。殿さまって、少し人が好《よ》過ぎて頼りない気が致しますが。

腰を下ろし、唾《つば》と一緒に言葉を呑み込む。城主たる長義を直に責めるのはさすがに憚られた。

「大丈夫よ、お糸ちゃん」

珠子が艶《あで》やかに笑った。

「あたしは利栄にも公儀にも負けたりしない。伊達《だて》に千年も生きてるわけじゃないんだからね」

「なるほど、そう言われますと確かに」

何しろ、やっちゃんである。頼ちゃんである。一休和尚である。たかだか欲深い悪党に、珠子がやられるとは思えない。

「ただ、利栄はともかく公儀の動きは厄介よねえ。お家騒動だけじゃなく、後嗣《こうし》がいないから取り潰すとか何とかいちゃもんをつけてこないとも限らないでしょ」

「はあ、またまた、いちゃもんですか」

「そうよ。男の世界はいちゃもんだらけよ。やっちゃんだって、豊臣《とよとみ》家を潰すのに、上手いこといちゃもんつけてきっかけにしたわけだし、男のやる政なんていちゃもんとごり押しばっかり」

「嫌ですねえ」

「ほんと、嫌よ。うんざりだわ」

珠子の口が歪む。

「でも、うんざりしてても埒《らち》が明かないの。女は女の戦をしなくちゃね。それで、お糸ちゃんに頼みがあるの」

「はい。わたしにできますことなら、なんなりと」

「ほんとに？　嬉しい。あのね、お糸ちゃんにうちの姫の後懐《あとふところ》をお願いしたいの」

「後懐？　姫さまの？」

「そっ。乳母《めのと》みたいなものよ。お乳は出ないでしょうけど」

思わず、胸を押さえていた。

そうか、珠子さまはお母上でもあるのだわ。

あまりに可愛らしいのでつい失念していたが、珠子は姫を一人、産んでいるのだ。

「三嶋、お糸ちゃんに姫を抱っこしてもらいましょう」

「畏まりました」

三嶋が打掛の裾を引きずり、しずしずと部屋を出て行った……つもりなのだろうが、迫力があり過ぎて、のし歩いているようにしか見えない。

くすりと、珠子が笑った。

「ああ見えて、三嶋は子ども好きなの。小さな人たちを見ると、目を細め舌舐《したなめず》りしてるわ。あっ、もちろん可愛いからよ。決して美味しそうだからじゃないの。でも、その顔が怖いって、子どもたちは逃げちゃうの。泣き出す子もいてね」

「はあ、それはまあ」

そうでしょうねえと納得しそうになり、お糸は慌てて目を伏せた。

「気を遣わなくても、いいの。しょうがないわ。何てったって虎なんですもの。怖くて当たり前よ。ふにゃっとした顔の虎なんているわけないものねえ。ふふっ、ここだけの話だけど、江戸に出向いてきたとき、利栄ったら三嶋を一目見たとたん、明らかに怖じ気付《おけ》いちゃってね。三嶋が鼻を鳴らす度に、どんどん顔色が悪くなってねえ、脂汗まで浮かべてるの。ふふ、あれは見物《みもの》だったわ」

「まぁ、そんなことがございましたか。利栄さまって、わりに」

「ええ、本性は小心な臆病者《おくびようもの》なんだと思う。そういうやつだから、城主だの城主の祖父だのって地位を欲しがるのね。自分一人の者として立っていられないのよ」

　自分一人の者として立つ。

　言うのは容易いが、為すのは至難ではなかろうか。お糸がここ、鈴江の江戸屋敷に奉公しているのだって、元を正せば箔《はく》を付けるためだ。それは父親、きぬた屋芳佐衛門と母のお稲の思惑ではあるが、では、お糸自身が大店『きぬた屋』の娘であることを抜きにして、世の中と渡り合っているかと言うと、甚《はなは》だ心許《こころもと》ない。

　まだまだ、精進せねばならないのだ。

　そう考えると、後懐とは、お糸には些か荷が勝ち過ぎまいか。親になり代わって子を養育するという役目だ。隣の家の子をあずかるのとはわけが違う。珠子の子とは、つまり、鈴江城主の姫ぎみであるのだ。

　己の足で立っていると断言できぬ者が、果たせる役ではない。それにお糸は子を産んだことも育てたこともない。

「お糸ちゃんなら、大丈夫よ」

　お糸の胸内を覗いたかのように、珠子が指で丸印を作った。

「いえ、でも、あまりに畏れ多いお役目にございます。わたくしのような者が果たせ

ると は思えませんが」

「ちょっと心配？」

「ちょっとどころではなく、かなり、いえ、ものすごく、心許ない気が致します」
「そうかなあ。お糸ちゃんなら間違いなしだと思うんだけど。まっ、一度、うちの姫を抱っこしてやってよ。それから決めてくれればいいから」
「はあ……」
かりにも主《あるじ》の命である。決めるも何も他所《よそ》なら断る余地など与えてもらえない。主に従わなければ、死ぬか去るかしかない。その命が、ここでは絶対ではないのだ。考える間も、断る余地も、意見を述べる機会も与えられる。その大らかさ、寛容さに、お糸はまだ十分に慣れていない。ただ、心地よかった。ものすごく心地よい。それだけにどう答えるか、どう動くか己の心と頭で決めなければならない。女の心得だとか武士の道だとか、予《あらかじ》めあるものに縋《すが》ることはできないのだ。それはやはり、苦労だった。

こんなに心地よいのに、苦労だった。

襖《ふすま》が開いた。

三嶋がしずしず……のしのしと現れる。足取りが先ほどより慎重になり、身体が些か強張《こわば》っているようだ。ぎくしゃくした動きのまま、白い布包みを差し出す。

「美由布《みゆう》姫さまであらせられる」

「まあっ」

とっさに両手を差し出し、受け取る。

白い御包《おくる》みに埋もれて、赤ん坊が眠っていた。

「まあ、まあ、まあ」

「まだ四カ月なの。やっと首が据わったところ」

「まあ、まあ、まあ」

抱き寄せると、甘い匂いがした。

お乳だろうか。花だろうか。日向の風の匂いだろうか。

赤ん坊はふっくらとした薄桃色の頰をしていた。唇も鼻も握りしめた両手も信じられないほど小さい。そして、愛らしい。枝先に一輪咲いた梅のようだ。

「まあ、まあ、まあ」

そっと頰ずりしてみる。

不意に赤ん坊が眼を開いた。

意思の宿った眼だった。

底に菫《すみれ》色を秘した黒い眸《ひとみ》が、お糸を見詰める。無垢《むく》ではあるが無力ではない。痺《しび》れるような強い何かをお糸は感じた。

まあ、この姫さまは……。

にっ。赤ん坊が笑った。求めるように指が動く。温《ぬく》もりが直にお糸の肌に伝わってきた。

何て温かい。何て愛《いと》しい。

胸がいっぱいになる。知らぬ間に涙が流れていた。

「美由布姫さまであられる」

三嶋が再び、告げる。

「あ、はい。美由布姫さま。糸にございます。初めてお目もじ致します」

にっ。美由布がまた笑んだ。笑むとは蕾《つぼみ》が開くように笑うことだと、習った覚えがある。美由布の笑みはまさにそれ、花が開く如《ごと》くだった。

「まあ、まあ、まあ」

どうしましょう。こんなにお可愛い方を、あたしはどうすればいいのかしら。

「あら、美由布ったらお糸ちゃんのこと、気に入ったみたいよ。三嶋のときのように泣かないいじゃない」

「珠子さま。前々から申し上げておりますが、わたくしめを一々、引き合いに出さないでくださいまし」

三嶋が鼻から息を吐き出した。

「こちらに」

珠子が両手を差し出す。

珠子が胸に抱くと、美由布は「くふっ」と甘えた声を出し、唇を動かした。その声も、唇の音さえも愛らしい。

と、お糸が見惚《みと》れているうちに、美由布がぐずり始めた。

「あら、お乳が欲しいの。お腹が空《す》いたのねえ。はいはい、わかりました。ちょっと待ってね。お糸ちゃん、ごめんね。美由布にお乳をあげてくるわ」

「は？　お、お乳？　た、珠子さまがですか」

「そうよ。母親が我が子に乳を与える。当たり前でしょ」

珠子は片目をつぶると、美由布を抱いて隣室へと消えた。こちらは、まさにしずしずとした足取りである。

しかし、当然なのか。

城主の正室が子に乳を与える。

聞いた覚えがない。それはお糸たち町方の女にとってのみ、当たり前と言えるのではないか。いや、町方とて、豪商、豪農の妻ともなれば乳母にあずける。自ら乳を飲ませるなど、卑しく、恥ずべきこととされてきた。その禁を武家の、しかも一国の主の、しかも正室が破っていいものなのか。

「よ、よろしいのですか」

三嶋を見上げる。

三嶋の黒目が動き、お糸を睨んだ。いや、睨んだわけではなく、これが三嶋の生来の眼つきなのだ。よく、わかっているのに、やはり身が竦む。これでは、三嶋に睨まれて（そのときは、本気で睨みつけたのだろうが）顔色を失ったという佐竹嘉門利栄を嗤《わら》えない。

「よいのじゃ。珠子さまはお心のままになさればよい」

「で、でも」

「母が子に乳を含ませる。それは、卑しいことでも恥ずべきものでもなかろう。珠子さまの仰せのとおり、当たり前のことじゃ。それを阻むは、人の道にも猫の道にも悖《もと》ると思わぬか」

おまえは、あたしのお乳で育ったんだよ。

唐突に、本当に唐突に、母のお稲の言葉を思い出した。確か父、芳佐衛門と母と三人で、朝餉《あさげ》の膳を囲んでいたときだ。どういう経緯《いきさつ》でそんな話になったのか、とんと思い出せないが、母が言ったのだ。おまえは、あたしの乳で育ったのだと。

『きぬた屋』は、名の通った老舗《しにせ》であり大店だ。乳母を付け、子育てを他人《ひと》任せにしても、どこからも文句は出ないだろう。むしろ、当然と受け取られるはずだ。

「けどな、おまえのおっかさんは頑として乳母を拒んだんだ。あたしの乳とあたしの手で娘を育てるんだと譲らなくてなあ。それが叶わないなら、この娘《こ》を連れて家を出るとまで言われちゃあ、こっちが折れるしかないだろう。まあ、おれとしても、母親の乳で育てるのが一番とは思ってたんだがな」

母の赤く染まった頰も父のどこか楽しげに笑っていた姿もよみがえる。鮮やかによみがえってくる。

お稲と珠子。

身分も年も育ちも違う。さらにお稲は人族だけれど、珠子は猫族なんだけどちょいと不思議な一族だ。けれど、同じ想いを持ち、同じように愛娘《まなむすめ》に接している。

お糸にとって大切で身近な女人二人が同じなのだ。

あたしも、いつか……。

我が子に我が乳を含ませたい。

そうだよ、そうだよ。一日も早く、孫の顔を見せておくれ。もちろん、その前に祝言《しゅうげん》を挙げなくちゃならないし、その前に祝言の相手を探さなくちゃならないんだけどねえ。

お稲の声が、これは間違いなく幻なのに妙にくっきりと聞こえた。

お糸はかぶりを振って、母の幻の声を振り払った。

「珠子さま同様、美由布姫さまもお命を狙われるやもしれん」

三嶋の一言が耳に突き刺さってきた。

「え、三嶋さま、今何と?」

「美由布姫さまは、殿さまただ一人のお子。利栄や、やつに与《くみ》する者からすれば男子《おのこ》でないにしろ、邪魔であることに変わりはない。できれば珠子さま共々、お隠れあそばしてもらいたいと望んでおるのじゃ。望むだけならばよいが、いつなんどき、その邪欲を現《うつつ》のものにすべく動き出すかわからぬ」

「まさか」

お糸は息を呑んだ。

あのいたいけな赤ん坊を、あの美しい命を殺す?

信じられない。それは人の所業でも思案でもない。

「利栄は、執拗《しつよう》に殿さまに側室を勧めておるそうじゃ。むろん、己の息のかかった娘たちをな。しかし、殿さまはことごとくそれを撥《は》ねつけておられる。殿さまが想うておられるのは珠子さまお一人。他の女人は、どれほど美しかろうが、才に富んでおろうが、殿さまのお心には適《かな》わぬ。殿さまご自身が、はっきりと利栄にお伝えになったとか」

「まあ」

波立っていた心内が凪《な》ぎ、温かなものに満たされる。

「そこまでお心をかけていただけるなんて、女冥利《みょうり》に尽きますねえ。羨ましい」

つい、ため息など吐いてしまった。

「ところが、それが利栄たちの怒りと怨《うら》みを珠子さまに向かわせるきっかけともなった。珠子さまさえいなくなれば、思うように事が運ぶものを、とな。そして、あろうことか、美由布姫さまが殿さまのお子ではないのではなどと、あられもないうわさを流しおった」

「まっ、何ですって」

「珠子さまのご懐妊がわかったのは、殿さまがお国元に帰られてから間もなくのこと。それ故、美由布姫さまのご出生《しゅっしょう》にあれこれ難癖をつけて、まるで珠子さまが不義をはたらいたかのように騒ぎ立てたのよ」

「まっ、まっ、まままま。ふざけんじゃないよ。このろくでなし爺《じじい》が。六で梨なら、七では西瓜《すいか》、八つ九つ柿、橙《だいだい》。花が咲いたら実が生《な》る道理。さあ、もってけ泥棒」

「お、お糸。落ち着け。そなた、また」

「あ、い、いけない。あまりの腹立ちに我を忘れておりました」

「いや、どちらかと言うと今のが素《す》であろう。まあ、よい。ともかく、そなたは信用できる。信用できる者しか美由布姫さまのお世話は任せられぬのじゃ。珠子さまのお心、そなたならわかるであろう」

「はい。よう、わかりました」

お糸は手をつき、深く低頭した。

「お役目、精一杯、務めさせていただきます」

「うむ。頼むぞ、お糸」

「お任せくださいませ。ところで、三嶋さま」

「なんぞ」

「どうして、そんなに利栄側の動きにお詳しいのですか。まるで見てきたかのように何もかも、ご存じなのですね」

にゃっ。

三嶋の唇がめくれた。笑ったつもりなのだろうが、舌舐りしているようにしか見えない。

「眼があるのじゃ」

「は？」

「わたしはここにおるが、眼も耳もちゃんと鈴江にある。だから、見ることができるし、聞くことができる」

「はあ？　あの、どういう謂《いい》でございます」

「今にわかる」

三嶋がまた、唇を持ち上げた。

今にわかると三嶋は言ったけれど、お糸にはまだまだわからぬことだらけだった。

それに忙しくもある。

剣に、針に、作法に、武家屋敷ならではの、つまり町方とはまるで違うしきたりにと、覚えることと学ぶものが山ほどあった。そのうえ、奥女中の数が足りないから、さまざまな仕事をこなさなければならない。一日中、働いても追いつかない。しくじりもする。しょっちゅうする。その度に、ちょっと落ち込んだりもしてしまう。

それでも楽しかった。

鈴江の江戸屋敷での暮らしは、お糸にとって楽しくて、心弾む日々だった。美由布姫の世話を任されてからは、さらにさらに楽しい。心は弾み過ぎて、ときに息切れがするぐらいだ。

美由布姫は愛らしかった。

お糸が抱き上げると笑う。

わたし、あなたが好きよ。

と、伝えてくるような笑みだった。もうそれだけで胸がいっぱいになって、お糸は泣きそうになるのだ。

「姫さま、もったいないお言葉、ありがとうございます」

そっと頬ずりすると、その柔らかさにまた涙ぐんでしまう。

ある日、お糸が美由布姫の頬に触れると、小さな手がふいにお糸に触れた。美由布姫は精一杯腕を伸ばしてきたのだ。そして、笑った。きゃっきゃっと朗らかな笑声が、耳中に広がる。

お糸、あなたが好きよ。

大好き。

「まあ、姫さま」

胸が、目の奥が熱くなる。

お糸は、腕の中の小さな姫ぎみに夢中になっていた。

真剣に、剣と針の腕を上達させようと決意したのも、美由布姫のためだった。不逞《ふてい》の輩に狙われているという姫を守るためには、剣の腕を磨かねばならなかった。仮にも城主の血筋にあたる佐竹嘉門利栄を不逞の輩と決めつけるのは些か躊躇《ためら》いもあるが、利栄が珠子を貶《おとし》め、美由布姫を亡き者にしようと企てているのなら、不逞の輩どころか犬畜生にも劣ると思い直す。いや、犬や獣は生きていくためにだけ獲物を襲う。己の保身や欲のための殺生《せっしょう》などしない。

人はときに犬以下になってしまう。

だから、守るのだ。

人を殺すのが人だとしたら、守り通せるのも人だけだ。そのためには、とりあえずは強くなるしかない。

お糸は剣の稽古に励み、めきめきと腕を上げていた。それは、三嶋をして「まさに天賦《てんぷ》の才の開花した如きじゃ」と言わしめたほどの上達だった。

剣だけではない。針の腕も目を瞠るように上手く……はならなかった。剣とは勝手が違って、幾ら励んでもちっとも巧みにならない。おかかにつきっきりで手ほどきしてもらい、なおかつ、仕事の合間に道具箱を広げ、懸命に稽古しているにもかかわらず、まだ、真っ直ぐに縫うことすら叶わない有り様だ。

情けなくて泣けてくる。美由布姫といるときとは雲泥の差の涙だ。

「お糸どの、そのように力を入れずに、もっと楽に、らく〜にお針を持てばいいのです。力任せに縫おうとするから、糸がこんがらがるのではないかしら。そんなに力んでいたら肩が凝ってしまいますよ」

おかかが遠慮がちに忠告してくれる。そういえば、針を手にする度に妙に肩や首筋が張る。これが凝りというものなのか。

凝りを気にしていると手元が疎《おろそ》かになって、縫い目は酔っ払いの千鳥足よろしく無様にあちこちしてしまう。

「これじゃ、襁褓《むつき》なんて、縫えないわ」

ため息交じりの独り言をおかかは敏《さと》く、捉えた。

「あら、襁褓って美由布姫さまの？」

「はい……」

お糸は顔を赤らめて俯《うつむ》いた。この針の腕で、姫さまの襁褓を縫うなどと笑い話でしかない。本当は、肌着の一枚もと言いたいところだが、それはもう笑い話ですらなくなる。おかかは、呆れ返ってしまうだろう。噴き出すかもしれないし、呆れたあまり猫耳を覗かせるかもしれない。

「いえ、あの……もちろん、もうちょっと精進してからで……」

「お糸どのって、偉いのねえ」

おかかが真顔で見詰めてくる。

「は？　何が偉いのでございます」

「だって、お糸どの、はっきり言ってお針、苦手でしょ」

はっきり言っても、遠回しにほのめかしても苦手だ。

「どっちかと言うと嫌い、な方なのでしょ」

「いえ。わたくしが厭うておるのではなく、お針がわたくしを嫌うのです。そうとしか思えません」

こんなに一生懸命なのに、思うように動いてくれない。嫌われているとしか考えられない。

「お針は人を嫌ったりしませんよ。そんな風にすねるの、お糸どのらしくないわ」

「だって……」

「お糸どの」

おかかの手がぽんとお糸の膝を叩《たた》いた。

「わたしね、本気で感心しているのですよ。お針が得意なら、襤褸でも着物でも縫おうとするのは、まあ、当たり前でしょうが、苦手なのに美由布姫さまのために、こんなに精進するなんて、ほんと偉いと思いますよ」

「まあ、おかかさま」

あまりに優しい一言に、お糸はまたまた泣きそうになる。

「ね、これをご覧なさい」

おかかが、道具箱から二枚の端切れを取り出し、畳に置いた。

「これが、お稽古を始めたころのお糸どのの縫い目、これがこの前で、こちらが今日の分」

さっきお糸が稽古で縫った布切れが横に並ぶ。

「ほら、よく見てご覧なさい。確かに上手くなってるでしょ」

「えっ？」

三枚の布に目を凝らす。

「ほんとだ……。上手くなってる」

最初の布の縫い目は酔っ払いの千鳥足だが、二枚目はそれがやや揃《そろ》ってきている。そして、三枚目はたどたどしいながら、まあまあ真っ直ぐに進んでいた。

「うわっ、おかかさま、あたし上手くなってる！」

「でしょ。ちゃんとお稽古の成果は出てますよ。もう一踏ん張りですよ、お糸どの」

一踏ん張りどころではなく、十も二十も踏ん張らねば、裲襠を縫うところまではいかないだろう。でも、嬉しかった。自分が僅かでも前に進んでいる、力を蓄えていると感じられることが嬉しい。それを教えてくれたおかかの優しさが嬉しい。

「おかかさま。ありがとうございます。わたくし、もっともっとお稽古に励みます」

おかかがころころと笑った。

「お糸どのって、ほんと前向きだわ。見ていて気持ちがいいくらい」

「だって、あんな可愛いお姫さまのお世話ができるんですもの。はりきるのは当たり前でございましょう」

とたん、おかかの笑みが消えた。黒目が左右に動く。周りの気配を探っているみたいだ。

「その話ですけれど……」

おかかが声を潜《ひそ》めた。

「お糸どの。困っていることはない？」

「困っている？」

おかかが頷く。やはり、周りを気にしているようだ。

「おかかさま、どうして、わたくしが困らなきゃいけないんです」

「しっ、声が大きい。誰が盗み聞きしているかわからないんだから、静かに」

「え？　盗み聞きって？」

何だか話がどんどん不穏になっていく。

胸が波立った。

「珠子さま、何もおっしゃらなかった？」

「はあ、何も聞いておりませんが」

「そう……、聞いてないんだ」

おかかは、口元をもごもごと動かした。おかかがわざと、お糸を焦《じ》らしたりするわけがない。用心しているのだ。何のための用心だろう。

「おかかさま？」

「お糸どの。あなたは天真爛漫《らんまん》で真っ直ぐな性質《たち》だわ。それは、とても貴重だし、わたくしたちがあなたを好きなのも、そういうご気性だからなの」

「あら、そんな」

頰が熱くなる。

こんな風に真正面から好きだと告げられるなんて、少し面映《おもは》ゆい。でも、嬉しい。

「珠子さまが、あなたに姫さまのお世話を仰せつけられたのも、頷けるわ。お糸どのなら、りっぱにお役目をやり遂げるでしょう」

「あら、でもそこまで言われると、どうしましょ」

頰がさらに熱くなる。

「でも、そんな風に思う人ばっかりじゃないの。姫さまの後懐のお役目って大切でしょ。珠子さまにそれだけ信頼されているわけだし」

「はあ、まあ、そうでしょうか」

「その大切な重要なお役目をお糸どのが……言葉は悪いけどごめんなさい、新参者の、屋敷勤めも初めてのお糸どのが仰せつかった。だから嫉妬《しっと》されてしまうんだわ」

お糸は息を詰めておかかの話に耳を傾けていた。

嫉妬。考えたこともなかった。おかかは言わなかったけれど、お糸は新参者でしかも町方の出なのだ。そういう者が、城主の正室の覚えめでたく、姫ぎみの世話まで任されたとあっては、快く思わぬ者も出てくるだろう。

それは致し方ないのではないか。

「あの、実はお糸どのの前に姫さまのお世話をしていたお方がいるの。常葉《ときわ》さまとおっしゃったわ。お糸どのより、少し年上だったかしら。お生まれになって間もない美由布姫さまをそれはそれは懸命にお育て申し上げていて……。でも」

「でも？」

「一月《ひとつき》ももたなかった」

「えっ、その方、亡くなられたのですか」

「まさか。そんなに簡単に人を殺さないでくださいな。でも、常葉さま、死人のような顔色にはなっていたわ。まともに見るのがお気の毒なくらい窶《やつ》れてしまって。話しかけても、ろくに返事もしてくださらなくなって。とうとう、お里に帰ってしまわれたの。お医者さまは、気鬱《きうつ》の病だと診立《みた》てられたけど、あれは、周りの嫉妬を一身に負ったからじゃないかしらね」

おかかがため息を吐く。

「千代田《ちよだ》城の大奥には比べようもないけれど、この屋敷だって奥は女だけが暮らしているわけですもの。それなりに、どろどろしてるのよ。珠子さまがああいうさっぱりしたお方だから、他の屋敷よりずっと風通しが良くて、みんなさばさばしているんだけど、それでもやっぱり、女同士の嫉妬ややっかみはあるの。常葉さまは繊細なところが多分にあったから、耐えきれなかったのよねえ」

「でも、気鬱の病に追い込むほど、他人を嫉妬するものでしょうか」

「そういうものなの。嫉妬のあまり、衣装箱に鼠《ねずみ》の死骸《しがい》を放り込んだり、袖に鋏《はさみ》を入れたり、髢《かもじ》に油をふりかけたり。そういうことを平気でやっちゃうのが人間なのでしょうね。猫は決して、そんな真似《まね》はしないから。みゃおう」

おかかが慌てて頭を押さえた。黒いふさふさした三角の耳が、ひょっこりと覗く。

「いけない。つい興奮してしまって。で、お糸どの、その点は大丈夫ですか？」

「わたくし？　はい、わたくしは今のところ大丈夫です。でも、おかかさまは、そんな意地悪をした相手をご存じなんですか」

「それが、わからないの。常葉さまご自身も見当が付きかねていたみたいでしたもの。だから余計にこたえるんだわ。相手の姿が見えないなんて、気持ち悪いし、怖いでしょ」

「はい。確かに」

男の欲望も面倒だけれど、女の妬心《としん》も怖い。

「ともかく、お糸どの、よくお気を付けになってね。何かあったら、すぐに打ち明けてくださいな。力になれると思うから」

「はい、ありがとうございます。でも、多分、大丈夫でしょう。わたくし、ちっとも繊細じゃありませんから。むしろ、どんとこいって感じです。鼻を摑んで引きずり出してやりたいって」

「まあまあ」

おかかが噴き出す。

「さすがに、お糸どのは胆が据わっておられます。そうですよねえ。お糸どのなら心配はないかも。人の嫉妬なんて、かるーく弾き飛ばしちゃうわね。そうね、人の方はどうってことないわよね、お糸どのですもの、上手く切り抜けられるわ。人の方は」

おかかが針を手にしたまま、ぶつぶつと呟く。

「おかかさま、さっきから人、人って。人以外に、何か心配の種があるのですか」

「そうなの。人よりずっと厄介なのが猫なんです。というか、厄介な猫がいるわけでねえ」

「へ、厄介な猫？」

首を傾げる。

おかかの吐息が耳朶《じだ》に触れた気がした。

厄介な猫とはなんのこと？

詳しく知りたくはあったが、そのとき、また、糸を引っかけてしまった。そして、

「きゃっ、おかかさま。ど、どうしましょ」

「はいはい。慌てない、慌てない。あらら、お糸どの、そんな力任せに引っ張ったら布が、あ、痛《い》ったたたた」

「きゃっ、すみません。針でつっついちゃった。おかかさま、も、も、申し訳ありません。だ、大丈夫ですか」

「大丈夫、大丈夫。ちょっとびっくりしただけで」

「ひえっ、おかかさま。ヒゲが、それにお耳も」

「えっ？　ええっ。いけにゃい。わたし、驚くと素に戻ってしまうの」

「早く、早く引っ込めてください。人が来ます」

「待って。そんな慌てると余計に、にゃにがにゃんだかわからにゃくにゃって、にゃんにゃん」

「おかかさま、落ち着いて。お針を使うときみたいに心静かにしてください。息を吸

って、吐いて。そうです、そうそう慌てないで、あ……引っ込んだ」

というようなどたばたのために、結局、聞きそびれてしまった。お糸がそれを知ったのは、一月ほど後のことになる。

# その二　花咲く猫たち

風も空も草花も、既に秋の姿に変わりつつあった。

空は青く、雲は薄く、光は優しい。薄《すすき》の穂が風に揺れ、その穂先に赤蜻蛉《とんぼ》が留まって一緒に揺れている。

風景が儚《はかな》げに美しくなる季節だった。

「良い気候となりましたねえ」

お糸は腕に抱いた美由布姫と珠子に交互に話しかけた。美由布姫は笑いながら、両手の指を開いたり握り込んだりしている。

「あらぁ、にぎにぎできるんでちゅか。姫さまはすごいですねえ」

美由布姫といると、心が全部、持っていかれる気がする。可愛《かわい》くて、可愛くて、他の者、他のことなど考えられなくなるのだ。

だからなのか、珠子の異変を悟るのが遅れた。

美由布姫が眠り、寝所に連れていってやっと、お糸は珠子の様子がいつもと違うことに気が付いた。

憂鬱《ゆううつ》そうだ。それに、何となくそわそわと落ち着きがない。お糸の淹《い》れたお茶を二度も零《こぼ》してしまった。

「珠子さま？」

お糸は傍《かたわ》らからそっと、珠子を覗《のぞ》き込んだ。

「如何《いかが》されました」

返事はない。珠子は脇息《きょうそく》に両肘《ひじ》をついて、手のひらで顔を支えている。物思いに耽《ふけ》っていて、周りの声などまるで聞こえていない風だ。

「珠子さま」

やはり、何の言葉も返ってこなかった。

「珠子さま」

やや声を大きくする。

打掛《うちかけ》の肩がぴくりと動いた。

「え？　あ、はい。お糸ちゃん、今、あたしを呼んだ？」

「何度か、お呼び致しましたが……」

「あ、ごめんねえ。ちょっと考え事をしてたものだから」

お糸は膝《ひざ》を僅《わず》かに進めた。

「珠子さま、如何なされました。何かお心にかかることがございますか」

「え、うん、まあ。ないとは言えないけれど、あるとも言えないような、でも、ないわけじゃないような、あるわけでもあるようなって感じかしら」

「はあ？　ないとは言えなくて、あるとも言えないですか」

あるのかないのか、さっぱりわからない。珠子がこんなに歯切れの悪い物言いをするのは珍しい。それだけは、わかる。

珠子に仕えてからまだ数カ月ではあるが、珠子の為人《ひととなり》と言おうか為猫《ねことなり》と言おうか、気性は過《あやま》たず呑《の》み込んでいるつもりだ。だからこそ、本心から仕えたいと思っている。

さっぱりと小気味よく生きていく。

それは珠子の美質の一つだった。だから明朗で飾らず、品良くありながらも気軽でいられる。

なのに、何だろうこの歯切れの悪さ、妙な沈み方は。およそ、珠子らしからぬ様子ではないか。珠子をここまで悩ませ、追い込む者がいるのだろうか。

「珠子さま、よもや、国元で利栄あたりが、不穏な動きをしておるのではございませんね」

「え？　利栄？　ああ……あの欲の皮の突っ張った、〝おれさまが天下で一番〟って思い込んでる、どうしようもない世間知らずの、形《なり》はおじさんだけど、中身はひねくれた子どもみたいな男《ひと》のこと？　利栄がどうかした？」

「あ、いえ、そこまでは言うておりませんが……。あの、では、国元で何かあったわけではないのですね」

「国元では特に何もないみたい。今のところは、だけど」

「では、何故《なにゆえ》にそのような優《すぐ》れぬお顔をしておいでなのですか」

珠子はちらりとお糸を見やり、ため息を吐《つ》いた。

「人の方なら何とか切り抜けられるんだけど、厄介なのは猫なのよ」

厄介なのは猫。

似たような台詞《せりふ》をついこの前、聞いた。

「珠子さま、厄介事がおありなのでしょうか。差し支えなければ、わたしにもお聞かせいただけませんか。もしかしたら、もしかしたらですが、お力になれるやもしれません」

もしかしたら、だ。自分がどれほど微力かよくわかっている。珠子の方がよほど胆力も底力も優れているともわかっている。しかし、微力は無力ではない。僅かであっても、珠子の役に立てるなら、憂《うれ》いの一端なりはらうことができるなら、何をも惜しみもしない。

「まあ、お糸ちゃん」

珠子の双眸《そうぼう》が潤《うる》む。

う、やっぱり可愛い。

胸の内がほわんと温かくなる。

「ありがとう、お糸ちゃん。その気持ち、すっごく嬉《うれ》しい。そうねえ、いつかはお糸ちゃんに話しておかなきゃならないことだわよねえ。ね、三嶋」

「……さようでございますね」

部屋の隅《すみ》に控えていた三嶋が低く答える。その顔色も心なしか優れないようだ。もっとも、三嶋はいつもしかめ面《つら》に近い顔つきなので、何を憂えているのか何も憂えていないのか、判断がつかない。

「お糸には話しても、差し支えはございませんでしょう」

「そうね。じゃあ、あたしから話すわ。あの実はね、これは」

珠子が口をつぐむ。小さな、少し急《せ》いた足音が聞こえたのだ。その足音の主、萌黄《もえぎ》色の打掛を纏《まと》った中﨟《ちゅうろう》が廊下に畏《かしこ》まる。吉井《よしい》という名の奥女中だ。

「奥方さま。ただ今、国元より殿さまの御書状が届いた由《よし》にございます」

「何と、殿さまから」

珠子が腰を浮かす。

「まことか、吉井」

「はい。奥方さまへの尊書にございます」

「そうか。吉井、近《ちこ》う。もそっと近う。殿さまの御書状、早《はよ》う見せてたもれ」

「はい」

吉井がうやうやしく書状を差し出す。

珠どのへ

くっきりとした表書きの文字が並んでいた。

子どもが書いたみたい。

お糸はとっさにそう思った。稚拙《ちせつ》という意ではない。むしろ達筆の類《たぐい》に入る筆かもしれない。ただ、どの文字も先が勢いよく撥《は》ねて、笑っているようだ。

「文字でも泣くことがある。笑うことがある。年と共に老いていくことすらあるのだ」

昔、手習いの師匠から教わった。

文字は人そのものだ。人の性根、心持ちをそのまま表す、と。師匠の教えに照らして考えれば、〝珠どのへ〟の四文字を書いた相手は、子どものように屈託なく笑える者であるらしい。楽しいことを探しながら、くすくすと笑う子どもそのもの。そんな気がする。

そこまで考えて、お糸は身を竦《すく》めた。

書状の書き手は、珠子の夫、つまり鈴江三万石城主伊集山城守長義その人なのだ。小国とはいえ、諸侯の筆に対して〝子どもが書いたみたい〟はないだろう。声に出していれば、お手討ちものだ。

「まあ」

珠子が小さく叫んだ。頰《ほお》が桜色に染まり、眸《ひとみ》がいつにも増して生き生きと輝いているから、悪い便りではないようだ。

「まあ、まあ、まあ。これは重畳《ちょうじょう》じゃ」

「珠子さま、どうなされました」

三嶋が、いつものしかめ面のまま尋ねる。

「殿さまの御出府の日取りが決まったそうじゃ。霜月の十日前後には江戸屋敷に入られる」

「それはそれは、ようございました。待ち遠しいことにございます」

「ほんに。今年は秋を惜しむより、冬を待つ心持ちが強うなろうの」

「まあ、珠子さま」

「ほほほ。許してたもれ。つい」

珠子が口元を隠し、笑う。驚いたことに三嶋まで、嬉しげに笑んでいた。三嶋の笑った顔をお糸は初めて目にしたように思う。

「吉井、ここから先、屋敷内の掃除、庭の手入れにはさらに念を入れるように、みなに伝えよ」

笑みを消し、三嶋が命じる。

「心得ましてございます」

吉井が去っていく。足音が聞こえなくなったとたん、珠子が跳び上がった。文字どおり、ぴょんと二尺（約六十センチ）あまりも跳んだのだ。打掛を羽織っていなかったら、そのまま空《くう》で一回りしたのではないか。

「きゃあ、どうしよう。殿さまがお帰りになるんですって。嬉しい。ほんと、嬉しい。きゃあ、きゃあ、きゃあ」

脇息を撥ねとばして、ぴょんぴょん飛び回る。まさに、子どもそのものだ。お糸はあっけにとられてその姿を見ていた。

「あら、やだ。お糸ちゃん、そんなに呆《あき》れないでよ。少し、はしゃぎ過ぎよね。やだ、恥ずかしい。にゃんにゃん」

珠子が赤らんだ頰を両手で押さえた。

「いや、呆れてはおりませんが……少し驚いたもので」

「珠子さま、確かに少し、はしたのうございますぞ」

脇息を直しながら、三嶋が軽くかぶりを振った。

「だって三嶋、殿さまに逢《あ》えるのよ。喜ぶなっていう方が無理でしょ。いいじゃない、ここでだけなんだから、大目に見てよ」

「お気持ちはわかりますが、浮かれてばかりはいられませぬよ。殿さまがお帰りになるとすれば、ますます、あのお方が」

三嶋の唇が一文字に結ばれた。珠子の頰の色も褪《あ》せていく。

「そうね。この前からどうにも嫌な予感がすると思ったら、ますます……だわね」

「はい。どうぞしっかりとお覚悟ください。わたくしも、それ相応の心構えを致しますゆえ」

「ええ。褌《ふんどし》の紐《ひも》、じゃなくて、腰紐をしっかり締め直さなくちゃ」

「珠子さま、譬《たと》えが些《いささ》か下品にございます」

「いいのよ。上品ぶってちゃ負けちゃうわ。何しろ、相手はあの」

「はい、あのお方にございますから」

三嶋と珠子が顔を見合わせ、頷《うなず》く。

「あの、お取り込み中、申し訳ありませんが、珠子さまも三嶋さまも、どなたの話をしていらっしゃるのです？」

遠慮がちに口を挟む。話がさっぱり読めない。誰のことをしゃべっているのだ。利栄でないとすれば、またさらに手強《てごわ》い敵が現れたのか。三嶋をして、心構えを新たにしなければならないほどの相手とは？

「だでぃー、なの」

珠子の顔がくしゃりと歪《ゆが》んだ。今にも泣き出しそうにも、噴き出しそうにも見える表情だ。

「だでぃー？　それは、どのようなものなのです。まさか、狐狸妖怪《こりようかい》の類ではございいませんね」

「まあ、それに近いかも……。でも、駄目よ。そんなこと耳に入れたらものすごく怒っちゃうから。猫を狐《きつね》や狸《たぬき》と一緒にするでないなんて喚《わめ》いて……お糸ちゃん、下手したら狸の置物に変えられちゃうかもしれない」

「た、狸の置物？　変えられちゃう？」

「そう。うちのだでぃーならやりかねないのよ。あ、だでぃーって、父親のことなんですって。この前、外《と》つ国《くに》の仲間に教えてもらって、何が気に入ったのか、『これからは、わしのことをだでぃーと呼べ』だって。ほんと笑っちゃうでしょ。すぐになんでも、かぶれちゃうのよ」

「は、だでぃーとはお父上さまのことなのですか。珠子さまの」

「そうよ。このだでぃーがなかなかに厄介でねえ」

珠子が何度目かのため息を吐いたとき、不意に、部屋が揺れ始めた。天井も床もかたかたと音をたてる。行灯《あんどん》が倒れ、御簾《みす》が揺れた。

「きゃあっ、地揺れです。珠子さま、庭にお逃げください」

立ち上がろうとしたけれど、揺れはますます酷《ひど》くなり、お糸はその場に倒れ込んでしまった。天井がみしみしと不穏な音をたてる。

「珠子さま、お逃げください。危のうございます」

必死に叫ぶ。珠子が額を押さえて首を振った。振りながら、呟《つぶや》く。

「それが揺れてなんかいないのよ。お糸ちゃん」

どこか悲しげにさえ聞こえる口調だった。

「揺れてない?」

お糸は座り込んだまま、視線を上に向けた。

揺れている。間違いなく揺れている。むしろ、激しくなっているようだ。

みしっ、みしっ、みしっ。

天井の軋《きし》む音はさらに大きくなり、ぱらぱらと埃《ほこり》が落ちてくる。

「珠子さま、揺れてます。とっとと逃げなきゃ駄目ですって。ぐずぐずしてたら下敷きになっちゃうんだから」

お逃げくださいだの、お急ぎくだされませだの、上品ぶっている余裕はない。これは一刻を争う。ともかく、ともかく、外に出なければ。屋敷の中は危ない。

みしっ、みしっ、べぎぎっ。

ものすごい音がして天井に亀裂が走った。木片が四方に散る。壁にも無数の罅《ひび》が入った。何の彩色も施《ほどこ》していない、正室の居室にしては質素な天井が、壁が、崩れる。

「珠子さま！」

お糸は一足飛びに珠子の許《もと》まで駆け寄った。

「危ない」

叫びながら覆いかぶさる。両手で珠子を抱え、強く目をつぶる。

べぎぎっ、ばぎばぎばぎ。

ものすごい音が響き渡る。屋敷が断末魔《だんまつま》の声を上げているかのようだ。

ああ、もう駄目だ。

神さま、仏さま、お狐さま。おとっつぁん、おっかさん、お願い、珠子さまを、美由布姫さまを守ってください。ついででいいから、あたしも守ってください。お願い、お願い、お願い。お願いします。

必死に縋《すが》る。

「お糸ちゃん」

「珠子さま。大丈夫です。あたしが絶対にお守りします」

「お糸ちゃん、だからね」

「伏せて、動かないで」

「お糸。これ、いいかげんにせよ」

「三嶋さま？　わっ、ごめんなさい。三嶋さまは自分で何とかしてください。そっちまで手が回りません」

「誰が手を回せと言うた。勝手にどたばたしおって、この粗忽者《そこつもの》めが」

ぐおっと太い吼《ほ》え声を聞いた。同時に顔に衝撃がくる。

「きゃっ」

尻もちをついていた。

程よい硬さと弾力がある何かに、顔の真ん中を押されたのだ。

驚いたけど、何だかちょっと気持ちよかった。

一瞬、え、これなに？　と感じた。とたん、

「この程度で幻惑《げんわく》されていて、どうするのじゃ。落ち着け！」

三嶋に一喝される。その口の端から鋭い牙《きば》が覗いたように見えて、お糸は、また「きゃっ」と叫んで首を竦めた。

叫んだ直後に気が付く。

うん？　揺れて……ない。

首を伸ばし、辺りを見回す。

飾りのない天井も、壁も変わりなくある。亀裂どころか、傷一つついていない。い

つも通りだ。

「そんな……」

お糸は何度も視線を巡らせた。

変わっていない、何一つ。じゃあさっきの揺れはなに？　幻惑？　ただの気の迷い？　まさか、そんな。

そんな、そんな。

お糸は、思い切り首を横に振った。

そんなわけがない。

あれが幻だったなんて、現《うつつ》のものじゃなかったなんてそんな馬鹿なこと、あるわけがない。だって、確かに揺れて……。

お糸の全身から力が抜けた。

夢を見たのだろうか。ぼうっとして、夢と現の境を跨《また》ぎ越してしまったのだろうか。ぼうっとしたつもりはなかったのに、ぼうっとしていた？

三嶋が息を吐き出した。他の女人なら、ため息を吐いたとも、何かを憂えていると も見えるのだろうが、三嶋の場合、威嚇のために低く唸《うな》ったとしか思えない。

「お糸、いつまで、珠子さまを押さえ付けておるつもりじゃ。無礼であろう」

「えっ？　あ、きゃっ」

お糸は三尺ばかりも飛びのいた。必死になって珠子に覆いかぶさっていた。そのせいで、珠子の髷《まげ》は乱れ、打掛はずり落ち、胸元は乱れている。かなりの力で押さえ込んでいたらしい。

「ひえっ、ひえええっ。お、お許しを」

お糸はその場に平伏《ひれふ》した。

「何で謝るの。お糸ちゃん、あたしを守ろうとしてくれたんでしょ」

「は、はい。それは……そうでございますが……」

あの揺れが幻、お糸の勘違いだとしたら、勘違いをして主《あるじ》に飛びかかり、力尽《ず》くで押さえ込んだのだとしたら、とんでもないしくじりをやらかしてしまった。お糸はただひたすら身を縮め、低頭した。

「お糸ちゃんは、ちっとも悪くないわ。お願いだから、顔を上げてよ。そんなにぺこぺこされたら話ができないでしょ」

「はあ、でも……」

「いいから、いいから。ほんと、お糸ちゃんはちっとも悪くないの。気にしないで。ほら、顔を上げて」

珠子のいつもと変わらぬ明朗な声に励まされて、お糸はそっと身体《からだ》を起こした。

珠子は顔を洗っていた。

ぺろりと手の甲を舐《な》めて、顔をこする猫式洗顔である。

「……珠子さま、おヒゲが」

「あらいけない。あたしとしたことが、ほほほ」

珠子は袖口でちょいと頬を拭《ぬぐ》った。それで透き通った美しい猫のヒゲは消えた。消える刹那《せつな》、光を弾《はじ》いて煌《きら》めいたのが、また美しいとお糸の目に映った。

が、しかし、今は見惚《みと》れている場合ではない。

「お糸ちゃんも鼻の辺りを冷やした方がいいかも。ちょっと赤くなってるみたい」

珠子がくすりと笑う。

鼻？　そういえば、ちょっと火照《ほて》るような気もするが。

「三嶋の肉球《にくきゅう》打ちはけっこう、こたえるからね。でも、これがわりに癖になっちゃうの。むにゅっとした感じがたまらないのよね」

「え？　にっ肉球？　肉球って、あの猫の足裏の」

「そうそう、毛がなくて盛り上がっているところ。猫の体の中で、あそこが一番好きって人、かなりいるでしょ。もっとも三嶋の場合は、虎だけど」

ええっ、ではさっきの気持ちいいような、痛いような一撃は虎の肉球だったのか。

それで顔を押された。

「気を付けてね。ほんと癖になるから。あたしなんか、三日に一度は三嶋の肉球を顔に押し付けないと、落ち着かない気分になっちゃうんだから」

お糸は鼻を押さえた。江戸広しといえども、虎に肉球で打《ぶ》たれた者はそういないだろう。何となく愉快になる。しかし、お糸はすぐに気を引き締めた。

「珠子さま、では、わたくしめの失態、お許し願えましょうか」

「だから、お糸ちゃんは何も失態なんてやってないの。許しを乞うような悪いこと、一つもしてないんだから」

「でも、あらぬ幻惑に慌《あわ》てふためき、珠子さまにご無礼をはたらきました」

ふふんと、珠子が鼻から息を吐いた。

「しょうがないわよ。地揺れだと思えば誰だって慌てるわ。だから、一番悪いのは」

珠子の口調と眼差《まなざ》しが尖《とが》る。

「父さん、いるんでしょ。さっさと現れてよ」

父さん？　え、父さんって、珠子さまのお父上さまのこと？

お糸は居住まいを正し、辺りに目を配った。

人の気配はしない。猫の気配もしない。

「もう、いいかげんにして。ちゃきちゃき出てきなさい。何をもったいぶってんの」

「珠子さま」

三嶋が眉根を寄せた。口もへの字に歪んでいる。いつもに輪をかけた渋面《じゅうめん》だ。

「あれじゃございませんか」

「あれって？」

「呼び方でございますよ、呼び方。外つ国の何とかいう……」

「ああ、だでぃーね。そうか、今、あっちの言葉にかぶれてんのよね。うちのだでぃーは」

珠子は小さな息を一つ漏らしながら、かぶりを振った。うんざりしている高貴な女人、あるいはげんなりしている佳人といった趣だ。三嶋の面《おもて》はますます渋くなっている。

うちのだでぃーって、いったい？

「だでぃー、出て来て。だでぃー、あいらぶぅだでぃー」

かたかたかたかた。

珠子の後ろで屏風《びょうぶ》が動いた。

桜の花吹雪《はなふぶき》、川面《かわも》に躍る鮎《あゆ》、月明かりの紅葉《もみじ》、雪になる竹。つまり、四季を描いた屏風だ。おもしろいのは、その図のどこにも猫がいることだった。

桜の樹の下に、川辺の石の上に、紅葉の枝に、雪の中に、三毛やら斑《ぶち》やら黒毛やら縞《しま》やらの猫たちが一匹ずつ置かれていた。

その中の一匹、斑猫《ぶちねこ》が紅葉の枝から飛び降りた。

「えええええっ」

お糸は叫ぶ。叫ぶより他に何もできない。

斑猫は、お糸を見やりにっと笑った。猫が。びょ、屏風の中で猫が、わわわ笑って」

「わ、わわわわ笑った。

珠子が何か言いかけたとき、突然、真っ白な煙が屏風の両脇から噴き出してきた。

「ひえっ、え、煙幕？　これは、これは」

これは、いったい何なの。何がどうなって、こうなったわけ？

煙を吸い込み、お糸は咳《せ》き込んだ。

「のう、のう、ののの。煙幕じゃありませーん。れぃでぃ」

煙が引っ張られたように左右に引いていく。まるで、生き物のようだ。

「は……」

煙が消えた後に、一人の男が立っていた。

男？　男だろうか？　女でないことだけは確かだ。

髭《ひげ》が生えている。

銀色のぴんと尖った口髭と、やはりぴんと尖った顎鬚《あごひげ》だ。

「は、あの……」

それ以上は何も言えなかった。口がぽかりと開いたまま動かなかったのだ。その代わりのように、頭の中で言葉が乱舞する。

なんなのこの人？　なんでこんな珍妙な格好《かっこう》してるの？　ちょっと、おかしい人？　おかしいわ、ものすごく変だよ。でも、どこから出てきたわけ？　さっきの猫は？　猫はどうなったの？　あれ生きてるわけ？　猫、猫、猫、猫……。

お糸は目を凝らし、生唾《つば》を呑み込み、目の前の珍妙な人物を見詰めた。本当に、珍妙としか言いようのないほどに珍妙だ。

真っ赤なすすべすべした布を背中に垂らしている。それは驚くほど長く、先は……先は屏風の中の紅葉の後ろまで続いていた。

首にはやけにきらきら光る石をちりばめた首巻きをしていた。やはりきらきら光る短い上着と腰の辺りが妙に膨らんだ金色《こんじき》の袴《はかま》をはいている。それは足首にむけて細くなっているから、袴と呼んでいいのかどうか迷うところだ。金色の猿股《さるまた》かもしれない。足首にはお糸のこぶしほどもある、紫色の石が右に、碧《みどり》の石が左にくっ付いていた。頭の上には鍔《つば》の広い被《かぶ》り物を載せていて、それにも無数のきらきら石がついていた。ともかく、眩《まぶ》しい。やたらきらきらしている。

銀、金、青、赤、碧、紫、その他諸々。ありとあらゆる色がきらきらしている。目がちかちかしてくる。

「だでぃー、またこれは……」

珠子も絶句していた。

「一段とお派手におなりあそばしましたなあ」

三嶋さえ、目を伏せた。きらきらとちかちかに耐えられなかったのだろう。

「いや、そう褒めんでくれ。三嶋」

「褒めてはおりませんよ」

「いやいや、わしの男ぶりのすばらしさに、目が眩《くら》んだのであろうが。うわははは、ぐうっど、ぐうっど、ないすだ三嶋」

男は天井を仰いで哄笑《こうしょう》した。

その声が天井にぶつかり、くわぁん、くわぁんと響き渡る。笑い声まで派手だ。やたら派手だ。
きらきらきらきらきらら。きらきらきらきらきらきらら。

男が動く度に、笑う度に、色とりどりの石が光を弾いて、きらきらする。きらきらとしか言い表せない。

お糸は、少し疲れてきた。

きらきらは目に悪い。

男から視線を逸《そ》らし、目頭《めがしら》を押さえる。軽く揉《も》むと僅かだが楽になった。

「おう、れぃでぃ、感動の涙か。わかる。わかる。わしのとれびあぁんな姿に、はーとがむーぶしたんじゃな」

「は？　とれび餡《あん》？　それはどのような餡でございますか？　何となく白餡のような気が致しますが」

「そうそう、白餡に黄粉《きなこ》を混ぜてこねこねと……、こらこら、れぃでぃ、変なボケをかますな。つい、のっかってしもうたではないか。とれびあぁんは餡ではない。餡ころ餅《もち》とも汁粉《しるこ》とも関わりないぞ。なっしんぐうじゃ。これは、かの仏蘭西国《ふらんすこく》の言葉での。すばらしいという意味になる」

「まあ、仏蘭西国でございますか」

「うぃ、うぃ、まどまぁぜる。仏蘭西の言葉だぞう。むふふふ。因《ちな》みに、れぃでぃ、はーとがむーぶは、亜米利加《あめりか》や英吉利《いぎりす》の言葉だ。むふふふ。いやいやいや、我ながら、異国語ペラペラ過ぎて申し訳ない。かかかかかか。げふげふ」

きらきら男は笑い過ぎたのか、口中に虫でも飛び込んできたのか、急に咳き込み始めた。

珠子は肩を竦め、三嶋は横を向く。あからさまな「こりゃ、あかんわ」の態度だ。

しかし、お糸は、もう、驚きも呆れもしなかった。

仏蘭西や英吉利という外つ国があることは知っている。『きぬた屋』の客の中に、長崎で通詞《つうじ》を長く務めたというお武家がいた。客というより父の碁の相手として、度々、訪ねてきたのだが、父は、そしてお糸も、そのお武家の語る異国や異人の話が大好きだった。気さくな人柄であったのか、子どものお糸が目を輝かせて話をせがむのに、いつも快く応えてくれた。不意の病で亡くなられたと人伝《ひとづて》に知ったとき、淋《さび》しくて泣いたのを覚えている。

「この世界にはたくさんの国がある。阿蘭陀《おらんだ》、英吉利、亜米利加、清国《しん》、露西亜《ろしあ》、伊太利《いたりあ》、葡萄牙《ぽるとがる》、西班牙《すぺいん》そして仏蘭西……。眼の色も髪の色も違う、食べ物も違う、何もかもが違う人々がいるのだ。まるで違うが、話してみると同じ人間だとわかる。

わしは、たくさんの異人と話ができて、稀《まれ》な幸運を授《さず》かったと思うておるのじゃ」

そう言った後、武家の男はにやりと笑い「苦労も並大抵ではなかったがの」と付け加えた。

思い出す。くっきりと思い出す。

とたん、胸の内が沸き返った。まだ、肩上げをしていたころ、見知らぬ国の話を聞いた。あのときの興奮がよみがえり、好奇の心が疼《うず》く。

仏蘭西国！

亜米利加！

英吉利！

まあまあまあ、何てすごい。

お糸はきらきら男ににじり寄った。

「だでぃーさま、お伺いしてもよろしいでしょうか」

「おう。だでぃーはのうのう。まどまぁぜる、わしのことなら、じょーじ・やぶーんとでも呼んでくれ」

「は？　は？　障子《しょうじ》親分でございますか。だでぃーさまは、岡っ引だったのですか」

「そうそう、御用だ御用だ、神妙にしやがれ。お江戸の悪はおれが許さねえ……って、違う、違う。誰が親分じゃ。この格好が冏っ引に見えるか。じょーじ・やぶーん、またの名をなぽれおん・まくどなるどじゃ。むふふふふ」

「権太郎《ごんたろう》よ」

「はい？」

振り返る。珠子がもう一度、肩を竦めるのが見えた。

「うちのだでぃーの本名、権太郎なの。だから、権ちゃんとか権さんとか権さまとか権坊とか権おじさんとか、呼んだらいいのよ」

「珠子、止《や》めろ！　しゃらぁぷう、しゃらぁぷう、びぃくわいえっとじゃぞ。その名前だけは、止めてくれ」

「権太郎さま」

三嶋が進み出て、指をついた。

「久々にご尊顔《そんがん》を拝し奉り、祝着《しゅうちゃく》至極《しごく》に存じまする。権太郎さまにおかれましては、いつにもましてご壮健なご様子、まことに喜ばしき限り。権太郎さまのお姿を見るにつけ、この三嶋」

「三嶋」

「何でございましょうか、権太郎さま」

「おまえ、わざとわしの名を呼んでおるな」

「はい？　何のことでしょうか？　権太郎さまは権太郎さまでございましょう。障子親分も幕怒鳴《まくどな》る戸《ど》もお戯《たわむ》れに過ぎぬはず」

「幕が怒鳴るか。まったく、せっかくいい気分でおったのに水を差しおって。これだから、たいがぁうーまんは嫌いなのだ。そこへ行くと、こちらのまどまぁぜるは、ぷりてぃであるぞ。ねーむは確か……」

「糸と申します」

「おうっ、とれびあぁん。よう、ねーむの意味がわかったな」

「あ、何となく察しましてございます。それよりも、あの、権太郎さま。お伺いしたき儀がございますが」

「権太郎は止めろっちゅうに」

権太郎の渋面を気にする余裕がない。お糸は身を乗り出した。

「権太郎さまは、仏蘭西国や亜米利加などの異国をご存じなのでございますか」

権太郎の髭がひくっと動いた。鼻の先もひくひくしている。

「存じているも何も、つい最近まであちらにおったのよ」

「まあ、あちらと申しますと」

「いろいろじゃな。仏蘭西にちょこっと、英吉利にちょこっと、地中海でぱぁかんす。ついでに亜米利加でちょい遊びって、もんだ」

「まあまあまあ、すごい。で、で、どんなでございます。異国ってどんな風なのでございます」

「どんな風か……」

権太郎は腕組みして、うーんと軽く唸った。お糸の問いに本気で答えようとしている。意外に律義な性質《たち》らしい。

「あの、やはり異人とは、眼の色や髪の色がわたくしどもとは違うのでしょうか」

「うーん、まあ、確かに違うが人は人だからな。そんなに違わんな。同じ人間だ」

あの通詞と同じことを権太郎は口にした。

そうか、同じ人間なのか。肌や髪の色、言葉は違っても同じなのか。

「毛並みは些か違うがなあ」

「え？」

「仏蘭西の猫は、総じて毛並みが艶《つや》やかでしかも長い。しかも柔らかい。しかも色っぽい。毛の手入れにものすごく時間をかける習性があってのう。だからか、どの女性もつやつやぴかぴかふっさふっさの見事な毛をしておるのだ。数匹集っていると、まるで大輪の花が群れ咲いているようで、いやあ眼福《がんぷく》、眼福、目の保養だ」

「はあ、毛並みが……」

「亜米利加の方は、これまた様子が違って、妙にちゃきちゃきしておる。長い尻尾《しっぽ》をゆらゆらさせながら歩くのが流行《はや》っておったな。なかなかに、こけてぃっしゅなうぉーくであった。何でも新しいこと、新しい物が大好きでな、わしのおったころには、尻尾の先に飾り物を付けて歩くのが、べりぃべりぃに流行っておった」

「尻尾の先に飾り物ですと」

三嶋が顔を顰《しか》める。

「それでは歩くのにも走るのにも不便極まるではございませんか。とんでもない流行り事でございますな」

「亜米利加だからな。あの国はなんでも有りだ。何と言っても、政《まつりごと》の頭《かしら》を自分たちで選んでしまうんだからなあ」

お糸は権太郎の横顔を見詰めた。

「あの、だでぃーさま、それってどういう意味でございます。すみませぬが、今少し、わかり易《やす》くお話しくだされませ」

権太郎が瞬《まばた》きして、お糸を見返す。それから、なぜかにっと笑んだ。実に楽しげな笑みだった。

「なかなかに知りたがり屋のまどまぁぜるであるな。いやいや、良いことだ。知らぬのに知った振りをしても得るところはない。聞くは一時の恥、聞かぬは一生の恥というのはまことだ。これをかの仏蘭西国の 諺《ことわざ》 では」

「あ、いえ、仏蘭西国ではなく亜米利加国とやらのお話をお聞きしとうございます」

「亜米利加な。うんうん、だから、ぷれじでぇんとだ。国の政を 司《つかさど》 る頭だな」

「政を司る頭……あのそれって、もしかしたら公方《くぼう》さまのことでございましょうか」

「いぇす、べりぃぐうっど。まさに、それよ。日本の公方が亜米利加のぷれじでぇんとに当たる。そのぷれじでぇんとを亜米利加では国の民たちが選ぶわけだ」

「えええっ！」

仰天だ。驚いたなんて容易《たやす》いものじゃない。一瞬、目眩《めまい》を覚えたほどの衝撃だった。天地がくらりと回って、お糸は手をついた。それで辛《かろ》うじて身体を支える。

「く、公方さまを民が選ぶ……」

どういうことなのだろう。まるで想像がつかない。想像できないけれど、ものすごい衝撃を受けた。束《つか》の間《ま》だが、息をするのさえ忘れていたほどだ。

「くわっははは。いやあ、こんなに素直に驚いてくれると楽しいのう。実に愉快だ。べりぃべりぃはっぴぃだ。どうだ、まどまぁぜる、びっくりだろう。信じられんだろう。あんびりぃばあぼうだろう。まあ、世界っちゅうは広かでごわす。実に広かでごわす。狭か日本におっては見えもはんものが、まっことたくさんありもうす。まどまぁぜるもいつか、広か世界を己の眼で見てみるがよかたい」

三嶋が軽く咳《せき》払いをした。

「権太郎さま、なぜに急に薩摩《さつま》風におなりなのです。さては」

「ぎくっ。み、三嶋。なんだその眼は」

「権太郎さま、世界見聞の旅などとおっしゃりながら、日本にお帰りになった後、薩摩の山猫のご側室の許に逗留《とうりゅう》されておったのですね。それもかなり長く」

「いやいや、そんな。ほんのちょこっと顔を出しただけでごわす。いや、出しただけやさかい、三嶋はんが気にするほどのことやおまへんで。ほんまに、あんじょう頼んまっさ」

「まあ、上方《かみがた》の黒猫のお方さまのところにも寄られたのですね」

「うわわわわ、な、なぜわかった？　いや、いやいや、知らんぞ。わしは、知らん。わしが、らぶぅしとるのは、わいふぅの桜子《さくらこ》だけだ。け、けど、桜子のやつ百年に一度の息抜きとか言って、どこかにばぁかんすに出かけたまま帰ってこんのだ。正直なところ、わしはろぉんりぃーはーとなわけよ。ううう、桜子。どこに行きんさったんじゃ。わしは一人で淋《さみ》しゅうしとるけん。早《はよ》う帰ってきてくれんさい」

権太郎が両手で顔を覆う。指にもきらきら石がはまっていた。三嶋の鼻の穴が膨らむ。

「まあまあ、備前《びぜん》にもご愛妾《あいしょう》がおられるのですね。権太郎さま」

「ひえっ、だから、なぜわかるんだ」

「誰でもわかりまする。権太郎さま、少しはお控えあそばされませ。女遊びもほどほどになさいませんと、そのうち、桜子さまから離縁を言い渡されるやもしれませんぞ」

「いやいやいやや、三嶋、脅すなって。すぐ脅し文句を並べるのは、おまえのばっどな癖だ」

権太郎と三嶋。二人のやりとりを聞いていたお糸に向かって、珠子が手招きした。傍らに畏まったお糸にそっと囁《ささや》く。

「桜子っていうのは、あたしの母上なの。実はね、だでぃーがあんまりふらふらしてるものだから、業《ごう》を煮やしてどっかに雲隠れしてるのよ。で、だでぃー、ちょっと必死になって探してるみたいなの。ここに来たのも、きっと母上がいないか探りにきたのよ」

「あらまあ、そういう経緯《いきさつ》でございましたか」

「のうのうのう、違うぞ、それは違う」

耳聡《ざと》く聞きつけて、権太郎がかぶりを振った。口がへの字に歪んでいる。

「わしは、珠子のところに新しい女中が入ったというから品定めに来ただけだ。我が一族ならいざ知らず、正真正銘の人族の女子《おなご》に珠子の世話をさせていいかどうか、父親として見定めねばならんじゃろう。どの程度の女子か試してみねばならんと思うたわけだ」

「そうだったの。まあ、だでぃーがそんなに、わたしのことを考えてくれてたなんて初耳。嬉しいわ。それで、だでぃー」

「うん？」

「お糸ちゃんは、だでぃーの眼から見てどう？」

権太郎が真顔になる。

ちらりとお糸を見る。するどい眼光だった。胸の真ん中を射貫《いぬ》かれた心地さえした。権太郎の喉《のど》の奥がごろごろと鳴っている。奇妙な音だ。遠雷のようでもあり、地虫の声のようでもある。

身体が固まる。動けない。

「粗忽者だ」

権太郎がお糸を見据えたまま告げた。

「この娘、粗忽者で、短気で、些か勇み足の気がある」

うぐっ。お糸は小さく呻《うめ》いた。

あ、当たってる。

ちょっと泣きそうになった。確かにそのとおりだ。でも、珠子の近くに侍《はべ》るようになって、お糸なりに心がけてきた。

慌てないように、いついかなるときも落ち着いて珠子さまをお守りできるように、と。その努力は空《むな》しかったのだろうか。何の役にも立たなかったのだろうか。自分はちっとも成長していないのだろうか。ああ、それよりも、ここで不適の烙印《らくいん》を押されてしまったら、奉公は叶《かな》わず、お屋敷を去らねばならないのでは……。

お糸は奥歯を噛《か》みしめた。

三嶋が空咳の音を響かせる。

「権太郎さまに、短気とか勇み足とか言われましてもねえ」

「うん？　三嶋、何か申したか」

「いえいえ、独り言でございます。それでは権太郎さま、権太郎さまにおかれまして
は、このお糸は珠子さまにお仕えするのには難があるとお考えなのですね」
「さてさて、それはどうかな」
いつの間にか、権太郎は左右の手に一本ずつ木杓子《しゃくし》のような物を握っていた。飯《いい》
匙《がい》を二回りも三回りも大きくしたような形だ。一つには×、もう一つには○の印が描
き込まれている。
「どうかな、どうかな、どうかな。お糸は、どうかな。いいかな、駄目かな。駄目か
な、いいかな。どどどどどど」
権太郎が木杓子を上げ下げする。
「あほらし。やってられへんわ」
三嶋がなぜか上方言葉でため息を吐いた。
「どどどどどっちだ、どっちだ。はい、こっち」
権太郎が○のついた杓子を持ち上げた。
「はい、おめでとうございます。見事、及第《きゅうだい》。お糸さん、数々の難関を乗り越え、
栄えある○を手に致しました。おめでとうございます。こんぐらちゅれーしょん」
「は？　は？　こんぐらがってつれしょん？」

「こんぐらちゅれーしょんじゃ。まっ、祝いの一言じゃな」

「あら、まあ。では、珠子さまのお側《そば》に侍ることをお許しくださるのですね。権太郎さま」

心底から安堵《あんど》する。

よかったあ。まだ、このお屋敷にいられるんだ。

権太郎は眉間に皺《しわ》を寄せ、口元を歪めた。

「おまえまで名前を呼ぶな。名前を。権太郎はのうぐっどぅじゃ」

権太郎が×印の杓子をお糸の鼻先に突き出す。

「では、どのようにお呼びしたらよろしいのでしょうか」

「ふむ。わしは猫族なんだけどちょいと不思議な一族の長《おさ》である。であるからには、やはり」

「お頭《かしら》、でしょうか」

「そうだな。おい野郎ども、今度狙《ねら》うのはあの屋敷だ……って、ちがう。それでは盗賊の頭だ。勝手にボケをかますな。長とはいえ、そんじょそこらの長とは格が違う。とすれば、呼び名はやはり、きんぐ、いや、えんぺらーか、つぁー、しゃー、まはらじゃ、するたん……うーん、どれにしようかな。権ちゃん迷っちゃう」

「ご一んさまでいいんじゃないの」

　珠子がため息を吐いた。

「お寺の鐘みたいで、だでぃーにぴったりだわ。ねぇ、三嶋」

「はい。外側は立派で内側は空洞……という意味ではなく、その音を耳にするだけで心持ちが浄化されるのがお鐘でございます。権太郎さまには、まことに相応《ふさわ》しいお名前かと存じます」

「……三嶋。おまえの言い方にはどうも棘《とげ》を感じるが」

「滅相《めっそう》もございません。畏《おそ》れながら、権太郎さまにおかれましては、年々、勘繰《かんぐ》り具合がいや増してはおられませんか」

「ふん。おまえこそ、年を経るごとに嫌み具合が増し増し増しになるではないか。肉付きも増し増し増し増し増し増し増し増し、だがな」

「まっ、何ということを。がるるるぅ〜」

「やるか。ふぅぅぅぅぅぅ」

「あの二人、昔っからああなのよ」

　珠子がまた、お糸に囁いた。

「犬猿の仲というのかしらねえ。でも、虎と猫って相性がよくてもいい気がするんだけど」

「お仲、よろしいのではありませんか」

「あら？　お糸ちゃん、そう思う？」

「はい。お二人とも、特に権太……ご－んさまは、かけ合いを楽しんでいらっしゃるようにお見受け致しましたが」

きゃはっ、と珠子が笑った。

童《わらわ》のような笑顔だ。

うーん、可愛い。

「やだ、さすがねえ、お糸ちゃん。ちゃあんと見抜いてるじゃない。そうなの、うちのだでぃーと三嶋は大の仲良しなのよ」

くすくすと珠子は笑い続ける。

うーん、やっぱり可愛い。

「だでぃー。それでは、お糸ちゃんはだでぃーのお眼鏡《めがね》に適《かな》ったわけね。試験に通ったんですものね」

「試験？　試験とは何のことでございます」

「さっきの地揺れよ」

「えっ？　あのぐらぐらが」

「ふぁっははははは」

三嶋と睨《にら》み合っていた権太郎が、不意に高らかに笑った。どうも、物言いなり仕草《しぐさ》なりが一つ一つ唐突で派手な人物だ。人ではないが。

「驚いたか、お糸。あれは、わしのやったことだ。畏れ入っただろう。かかかかか」

そうだったのか。道理で、珠子も三嶋も落ち着いていたはずだ。

「でも、あの、何のためにでございます」

「だから、おまえがどの程度の者であるか、探ってみるためだ。いざというとき、ちゃんと珠子を守る気があるのかどうか、ちょいと試してみたというわけだ。かかかかか」

「まあ……」

「もしかしたら、己可愛さに珠子をおいて、慌てふためき逃げ出すかもと思ったがの」

「まあ……」

「それが違った。ちゃんと、おまえなりに珠子を庇《かば》おうとした。いや、感心、感心。なかなかの心がけだ。かかかかか。人間にしとくのは惜しいほどだぞ。かかかかか。うん？　なんだ、珠子？　そんなに袖を引っ張るな。これは仏蘭西ぅはぱぁりぃの店で購《あがな》った生地で……どうした？　なんでそんなに首を振っておる？　いやいやか？お糸？　お糸がどうした……ひえっ」

　権太郎がのけぞった。

「こ、怖い。お、お糸、な、なぜそんな恐ろしい形相を……。三嶋の上をいくではないか」

「どうして、ここでわたしを引き合いに出されます」

　三嶋が鼻の先に皺を寄せた。

「そりゃあ、恐ろしい形相とくれば三嶋か名古屋《なごや》城の鯱《しゃちほこ》が双璧《そうへき》であろうが」

「鯱と一緒にしないでくださいませ」

「では、ここの屋敷の鬼瓦《おにがわら》か」

「うるさい！」

　お糸の一喝に権太郎が再び、のけぞる。きらきらした被り物がずれて落ちた。総髪の頭が現れる。猫耳が二つ、覗いていた。純白だ。

「恐ろしい形相で悪かったね。親からもらったご面相だい。他人《ひと》にとやかく言われる筋合いはないよ。筋があるのは蕗《ふき》、蓮根《れんこん》。筋がないのは蒟蒻《こんにゃく》野郎。煮ても焼いても食えない半端野郎でござんすか」

「は？　は？　お、お糸……ど、どうした急に。夕餉《ゆうげ》に蒟蒻の煮物が出るのか」

「知るもんか、そんなこと。汁物《しるもの》は出るかもしれないがね。ちょいと、権さん、あんた、ふざけるのも大概にしなよ」

「ご、権さんって」

「はぁ、あたしを試すまではまだ、いい。それも親心と思えば堪忍もできるさ。堪忍、肝心、かんかん照りだ。池の鯰《なまず》が泣いている。鯉《こい》も泥鰌《どじょう》も泣いている」

「こ、今度は鯰や鯉か。わしは鯰はちょっと苦手で」

「うるさい！　うるさい！」

「ひえっ、ごめんなさい」

「言うに事欠いて、あたしが己可愛さに逃げ出すだぁ？　珠子さまを置き去りにして逃げ出すだぁ？　慌てふためいて逃げ出すだぁ？」

「い、いやそれは、もしかしてであって、実際はそんなこと、あるわけないとわかったわけで」

「当たり前でしょ！」

「ひえぇっ、ごめんなさい」

「半端な気持ちで奉公してるんじゃないんだ。命を懸ける覚悟で務めてるんだ。それを、それを馬鹿にして……、なかなかの心がけだなんて……そんないい加減なものじゃなくて、心底から珠子さまをお守りする……」

目の奥が熱い。とても熱い。止められなかった。

湯のような涙が溢《あふ》れてきた。

いやだ。珠子さまの前で泣きたくない。泣くなんて、不様《ぶざま》で滑稽《こっけい》で、恥ずかしい。

恥ずかし過ぎる、あたしは、あたしは美由布姫さまの後懐《あとふところ》なのに、お守役なのに。

歯を食いしばっても、瞼《まぶた》を押さえても、零れてしまう。

「ううっ、悔しい。あたしは、あたしは本気で……」

もうしょうがない。止まらないなら、止まるまで泣くだけだ。

お糸は袂《たもと》で顔を覆い、しゃがみ込んだ。

「あ〜ぁ、泣かしちゃった。権太郎さまがお糸を泣かしちゃった。六千年も生きてるくせに、若い娘《こ》を泣かしちゃった」

「み、三嶋、な、なにを言うか。わしは、そんなつもりじゃ……」

「つもりがなくても泣かしちゃった。ひどいわぁ〜」

「お糸ちゃん」

珠子がそっと抱きしめてくれた。

「泣かないで。ありがとう。お糸ちゃんの気持ち、とっても嬉しい。あたし、ちゃんと受け止めてるから。誰よりよくわかっているから。だから、姫のことも頼んだの。信じて、お糸ちゃん」

「珠子さま」

「だでぃーがどう思おうと関わりないわ。あたしは、お糸ちゃんが大好きで、信じても頼りにもしているんですもの。だでぃーのことなんか、忘れて。ほんとに、ごめんなさいね。どれほど、お糸ちゃんが傷ついたかと考えると……あたしも辛《つら》くて……」

珠子が袖の先で目元を拭った。

「珠子さま。そんな……わたくしなどのためにお泣きくださいますな。もったいのうございます」

「泣けちゃうわよ。お糸ちゃんの気持ちが嬉しいのと、だでぃーが情けないのとで……ううう」

「珠子さまぁ。うううう」

「あ～ぁ、珠子さままで泣かしちゃった。権太郎さまが泣かしちゃった。六千年も生きているのに、珠子さまとお糸を泣かしちゃった～。ひーどいなあ、ひどいなあ」

「三嶋、止《や》めろ。わしは泣かした覚えはないぞ」

「ああっ」

三嶋が大仰に口を開け、頭を押さえる。

「こんなところを桜子さまがご覧になったら。いえ、お耳にちらっとでも入れられましたら、どれほどお怒りあそばすか」

「ひえええええっ。そ、それだけは、なっしんぐ。おーまぁぃ、ごっどぉじゃぞ」

「権太郎さま。離縁でございますぞ。離縁状を叩《たた》きつけられて、そのまま、good-bye Mr.Gontarou でございます」

「み、三嶋。なぜ、ここで英吉利言葉を使う。しかも、やたら発音がいいぞ。いや、いやいやいや、そんなことはどうでもいい。謝る。ともかく謝る。お糸、わしが悪かった。決して、おまえの覚悟や決意を疑ったわけではないんだ。信じていたとも。信じていたとも」

三嶋が耳の穴をほじくりながら、ふんと笑った。

「二回も繰り返したところが怪しゅうございますねえ。信じていないから、お試しになったんでしょうに」

「馬鹿を申せ。違う、違う。そうじゃない。珠子の周りには、本当に信じられる者しか侍《はべ》らせておくわけにはいかんのだ」

権太郎が声を潜《ひそ》める。

「順を追って話すつもりだったが、全て打ち明けよう。これは珠子の命に関わることだ。よいか、よーく聞けよ。わしは、ここに来る前に鈴江にちょいと寄ってきたのよ」

「まあ、権太郎さま、鈴江にも愛妾がおられるのですか」

「そうなんよ。三毛猫の鞠子《まりこ》ちゃんが可愛くて……。三嶋、言わせるな。愛妾などおらん。そうじゃなく、鈴江の動きが妙に気になってな」

権太郎が視線を巡らせる。

「珠子」

「はい」

「鈴江は、大変なことになっておるぞ」

その口調は重く、低く、お糸の胸にぶつかってきた。

「大変と申されますと」

珠子が権太郎ににじり寄る。

表情がみるみる強張《こわば》っていく。

「どういう意味でございます」

口調からも、さっきまでの緩みが消えている。

「父上、早くおっしゃって！　鈴江に何事が起こったというのです。まさか、殿の御身によからぬことが降りかかったのではありますまいね」

「殿？　ああ、あの頭の中が年中正月のめでたい男のことか」

権太郎が鼻を鳴らした。

「あんな、ぼけーっとした半端野郎のことなど知らん。よからぬことだろうが鰹節《かつおぶし》だろうが振りかけておいてかまわん、かまわん」

「まっ、父上。また、そのような口を。幾ら父上でも、殿のことを悪く言うなど許しませぬよ」

珠子の眦《まなじり》が吊《つ》り上がり、眸が銀色に光る。

お糸が初めて目にする怒りの形相だった。

ちょっと怖い。

「ほら、これだ。もう、嫌になっちまうぜ」

権太郎の物言いが急に砕けた。舌打ちまでする。

「それこそ掌中《しょうちゅう》の珠として育てた娘が男に一目《ひとめ》惚《ぼ》れしたとたん、やれ一緒になれなければ木天蓼《またたび》風呂で溺れて死ぬだの、一生、秋刀魚《さんま》の頭を食べないだの、山に籠《こも》って山猫になるだの騒いで親を脅し、とっとと男と、しかも人間の男と夫婦《めおと》になって、親がちょっと不満でも言おうものなら、『幾ら親父《おやじ》でも、うちのだぁりんのことを悪く言うなんて許さんでぇ』だとよ。ったく、やってられんよな、親なんて」

「わたし、そんなはしたない物言いは致しません。木天蓼風呂で死ぬなんてことも口にしたことはありません。もう勝手に話を作らないでほしいわ」

珠子が唇を尖らせる。

「ふふん、しかし秋刀魚の頭を二度と食べないだの、山猫になるだのとは言い張ったではないか。あれにはほとほと困らされたぞ」

「……まぁ、それぐらいは言ったかもしれないけど……今さら蒸し返されても……」

珠子の唇がますます尖る。

「まあ、よろしいのではないですか」

三嶋がちらりと権太郎を見やった。口元に薄笑いが浮かんでいる。

「珠子さまが長義さまに嫁《か》したればこそ、美由布姫さまがお生まれになったのですからねえ」

「美由布姫！」

権太郎の目つきがとたん、ぐだぐだと緩んでいった。譬《たと》えでなく本当に、目尻が数寸ばかり垂れたのだ。

「このところとみにお可愛くおなりでございます。お言葉も出るようになられて、『じいじ』とか仰せになる日も近いかと思いますけれど。のう、お糸」

「え? あ、は、はい。それはもうお可愛らしくて、お可愛らしくて、お顔を拝見するだけで蕩《とろ》けるような心持ちが致します」

正直に答える。

幸せ、喜び、安穏、平穏、慈しみ、優しさ。美由布姫はこの世の美しいものを一身に集めている。いや、美由布姫一人に限らず赤子というものは、そういうものなのだろう。本来なら人の世の温《ぬく》もりだけに包まれて健《すこ》やかに育つべきなのだ。大人の思惑とも、憎悪とも、悲哀とも隔たったところで生きるべきなのだ。

美由布姫の愛らしい姿に触れる度に、お糸は強く思う。美由布姫だけでなく、身分にかかわらず、生まれ生きている全ての赤子を守り通したいような気になるのだ。

「う〜、み、みゃうみゃう……ではなくて美由布姫はまこと、わしに似て良い顔立ちをしておるからのう。そうか、『じいじ』と、わしを呼んでおるか。そうだろう、そうだろう。あれは根っからのじいじっ子なのだ」

「呼んではおられません。一言も呼んではおられません。まもなく『じいじ』ぐらいは呼べるようになるかもしれないと、わたくしが勝手に申し上げただけです。もっとも、『じいじ』より先に『みしま』とお呼びになるかもしれませんが。おほほほほ」

三嶋が高笑いをする。

「くわいえっとぉ！　黙れ、三嶋。言うに事欠いて『じいじ』より『みしま』が先じゃと。ありえない、ありえない。名古屋城の鯱《しゃちほこ》が盆踊りを踊ることはあっても、そんなのありえない」

「ふん、ふんふん。鯱の盆踊りを一度、見てみとうございますが。わたくしは、長義さまこそが美由布姫さまのお父上、そのお方を悪《あ》しざまに言われますのは、些か大人げなくも猫げなくもございますなあと申しておるのです。いつまで経《た》っても婿さまの悪口を言ってるなんて、未練がましゅうございますぞ」

「三嶋の言うとおりです。わたしは長義さまの妻になり、美由布姫を授かり、それはそれは幸せに暮らしておりますの。それもこれも、長義さまの大らかでお優しいお人柄あってのこと。何度もそう申し上げたではありませんか」

珠子が今度はぷっと頬を膨らませた。

珠子の表情はくるくると変わる。そこがまた、可愛い。やっぱり、可愛い。

「あー、そうですか、そうですか。どうせ、あたしゃ器のちっちゃい性格の悪い男ですよ。ついでに毛の柄も悪くてすみませんねえ。はいはい、ごめんなさいよ。謝りゃいいんでしょ、謝りゃ」

　権太郎も膨れっ面になる。ちっとも可愛くない。

「また、すぐおすねになる。そのようなことより、権太郎さま、鈴江の一大事とは何事でございますか」

「そうだわ、父上。早くお聞かせください」

「へん。わしは一大事なんて言ってませーん。大変なことになったと言っただけでーす。へへん、へんへん」

「もう、一大事も大変なことも同じではございませんか。焦《じ》らさないで、早くおっしゃって」

「嫌でーす。あっかんべえ。教えてあげなーい」

「父さん！」

　珠子の眦がさっきの倍も吊り上がる。一瞬だが、牙の先が唇の間から覗いた。

「いいわ、いいわ、もういいわ。父さんなんかもう知らない。二度と姫には逢わせません。じいじの顔を忘れても知らないから。あんよができるようになって、しゃべれるようになっても逢わせないからね」

「げげっ。珠子、な、何を言い出す」

「まあ、そんな。それでは権太郎さまがあまりにご不憫《ふびん》でございますねえ」

三嶋がため息を吐《つ》く。少し、いや、ものすごく、わざとらしい。

「久しぶりにお顔を合わせたら、美由布姫さま、『このちと、だれ？』なんておっしゃるんでしょうねえ。『じいじ』じゃなくて、『このちと、だれ？』でございますよ。まあ、おいたわしい、権太郎さま。たった一人のお孫さまから『このちと、だれ？』でございますからねえ。心が冷え冷えとして、凍え死ぬような心持ちがするのではございませんか。いえ、きっと致しますよ」

「ううう、ま、待て。わかった。話す、話すから『このちと、だれ？』だけは勘弁してくれ」

「そうよ。端《はな》からそのように素直に白状すれば、痛い目にあわずに済んだのよ」

「へい、お奉行さま。こうなったら心を入れ替え、洗いざらい白状致しやす……って、わしは罪人か。まったく、親を手玉にとりおって。さすが猫だけに玉を取るのは上手《うま》いもんだ。うん？　珠子、今のちょっとおもしろくないか。手玉にとると玉を取るをかけたんだぞ。自分で言うのもなんだが、せぇんすの良さが光ると思わんか」

「思いません。まったく思いません。父上、いいから、話を前に進めてくださいな。

いえ、こちらからお聞き致します。その一大事とやらは、殿のお命を危なくする類ではございませんね」

「まあ、今のところはな」

権太郎が鼻の横の見えない猫ヒゲをしごく。

「今のところは正月頭は無事だ。今のところはだが。そう、飽くまで今のところは」

珠子が顎《あご》を引く。顔色が僅かに青くなった。頰から血の気が引いたのだ。

「やけに〝今のところ〟を強調されますが……」

「未来《さき》のことはわからんと言うておるのだ。なにしろ、あやつらが絡んでおるのだ。剣呑《けんのん》なことこの上ない」

「権太郎さま、あやつらとは、佐竹嘉門利栄らのことでございますね」

三嶋がかっと目を見開く。

こんな目でまともに睨まれたら、たいていの者は竦み上がってしまうだろう。だが、権太郎は竦みも怯《ひる》みもしなかった。もう一度、見えないヒゲをしごき、鼻から息を吐き出しただけだ。

「利栄など、あやつらに比べたら災いの内には入らん。『すっきり晴れるはずだったのに、急に曇ってきたなあ』程度のもんだ」

「相変わらず、よくわからぬ譬えをなさいますなあ」

「わしの、ゆぅもぁのせぇんすに、おまえが付いてこられぬだけだ。利栄は小物だ。ふんぞりかえってはおるが、正体は腹の据わらぬ小悪党に過ぎん。だから、何を企もうが放っておいた。いざとなれば、親指でぷちゅりと潰《つぶ》せば済む話だからな」

「それは小指でございますがね」

三嶋が権太郎の立てた指をちらっと見て、肩を竦めた。

「指などどうでもいい。要するに小悪党なら恐るるに足りず。さしたる障《さわ》りにもならん。が、しかし、あやつらが利栄と手を組んだとなると話はまったく、別物になる」

三嶋が大きく息を吸い込んだ。ずぉぉぉという音が、お糸の耳にまで届いてくる。

「まさか……まさか、やつらが」

「そのやつらだ、三嶋」

三嶋が固まった。目を見開いたまま、口元を一文字《いちもんじ》に結んだまま動かなくなる。指は打掛の端を強く握りしめていた。お糸が初めて目にする姿だ。

お糸と珠子は顔を見合わせた。

「珠子さま、やつらとは何者のことでございます」

「わからないわ」

珠子がかぶりを振る。眼の中に暗い影が過《よぎ》った。

「父上と三嶋は誰の話をしているの」

敵《かたき》同士のように睨み合っている権太郎と三嶋を見詰め、お糸は我知らず震えていた。

何もわからない。何も知らない。だが、不安だけは伝わってくる。いや、お糸の内から不安が湧き出してくるのだ。それが、息をする度に膨れ上がり広がっていく。

やつら、とは？

「権太郎さま、やつらが利栄と手を組み、鈴江を我が物にしようとしておるのですね」

「手を組むというより、利栄を思うがままに動かす。つまり、己の傀儡《くぐつ》としておるのじゃ」

「確かなことでございますか、権太郎さま」

「確かだ」

「まことでございますね。後で、早とちりだった、思い違いだったではすみませぬぞ、権太郎さま」

「しつこいぞ、三嶋。嘘《うそ》偽りも思い込みも思い違いもないわい。だから、やたらとわしの名前を呼ぶでない」

権太郎が顔を歪める。

三嶋はゆっくりと身体を回し、珠子に向き合う。

「珠子さま、由々《ゆゆ》しき事態にございますぞ」

その声音も顔つきも重く、そのくせ尖っていた。

ぞくっ。お糸の背筋に寒けが走る。

珠子は居住まいを正し、顔を上げた。

「話しや、三嶋」

命じたその口調は威厳に満ち、落ち着いていた。国主の正室の品位が漂う。

「殿の御身、鈴江の大事に関わることであるなら、どうしても聞いておかねばならぬ。全てを包み隠さず話してたもれ」

三嶋が深く低頭した。

「申し上げます」

身体を起こし、告げる。声音は重いままだったが、眼差しからは尖りが消えた。権太郎の方を窺《うかが》うと、壁にもたれ目を細め、珠子を見ていた。

愛娘《まなむすめ》の成長を喜ぶ父の表情だった。

「珠子さま、鈴江は妖《あや》し狐《ぎつね》の眷属《けんぞく》に乗っ取られようとしておるのです」

「妖し狐の眷属？」

「はい、遠い昔……珠子さまのお生まれになる前、我らが一族と戦い、敗れたものどもにございます」

「わぁっと？」

「は？　何と仰せになりました？」

「あ、いえ。いけない、つい、だでぃー……父さんに釣られちゃって」

権太郎が鼻の付け根に皺《しわ》を寄せた。

「わしのせいにするでない。まったく、すぐに地を出しおって。まだまだ未熟じゃのう、珠子」

「う……た、確かに。返す言葉がありませんわ。いいえ、そんなことはさておいて、三嶋、妖し狐の眷属とは何者じゃ。もう少し詳しく教えてたもれ」

「はい。話はちと長くなりますが、ご辛抱くだされませ。妖し狐の眷属とは、犬族の一つである狐の一味にございます。我ら猫族と違い狡猾《こうかつ》、残虐、かつ欲深で吝嗇《りんしょく》、法螺《ほら》吹きの上に不直《ふちょく》、誠の心など薬にしたくとも無い輩《やから》なのです」

「……悪の権化《ごんげ》のような者たちなのですね。何だかぞっとしました。ねえ、お糸」

「はい。むちゃくちゃ悪いではありませんか。以前に『玉藻前御園公服《たまものまえくもいのはれぎぬ》』という芝居を観《み》たことがございます。もしや、妖し狐とはその九尾の狐、玉藻前の末裔《まつえい》でございましょうか」

「玉藻前？　ふふん」

三嶋は鼻から息を吐き出した。

「あれはただの芝居、作り話に過ぎぬ。だいたい、九つも尾があれば重いうえに邪魔になって仕方ないではないか」

「はあ……そういうものでしょうか。では九尾の狐の話は、まったくのでたらめなのでございますね」

「でたらめというか、誤魔化《ごまか》してであるな」

三嶋はまた、鼻の穴を膨らませた。

「狐も数千年を生きれば、尾が二つに分かれるものも出てくる。二尾の狐であるな。それを九尾と誤魔化しておるだけよ。ふふん、狐たちのやりそうなことよ。何しろ、見栄《みえ》っ張《ぱ》りで虚栄心の塊《かたまり》のようなやつらであるからな」

「でも二本しかない尾っぽをどうやって九本に見せるのです？」

三嶋が三度目の鼻息を出した。口をへの字に曲げる。そんなこともわからぬのかと言わんばかりの表情だ。

「付け尾に決まっておる」

「はあ？　付け尾？」

「まあ、強いて譬えれば、髱《かもじ》のようなものか。尻尾の先に偽の尾を結わえて派手に見せるという仕掛けよ」

九尾の狐の尾っぽって、くっ付けてたんだ。

まさに狐に化かされたような心持ちになる。

「そこにいくと、我ら猫族、正式には猫族なんだけどちょいと不思議な一族、略してちょいと不思議一族は、そんな見せかけだけに拘《こだわ》る夸誕《こたん》な振る舞いは一切せぬ。堂々としたものじゃ。千年を経て、尾が二つになれば、それ以上は何を望むことがあろうや。あるわけがあるまい」

「はい……さようでございますね」

むしろ、二つもいらないんじゃないかと思う。思っただけで、口にはできない。

「だいたい、犬族はやや調子に乗り過ぎる浅はかな嫌いはあっても、性根が好《い》いというか、疑うことを知らぬというか、朴訥《ぼくとつ》というか、物事を深く考えぬというか、まあ、なかなかに好ましい一族ではあるのじゃ」

三嶋さま、ちっとも好ましいようには聞こえませんけど。

「しかし、妖し狐の眷属だけはどうにもならん。まったくもって、どうにもならん」

「三嶋」

珠子が眉を顰《ひそ》める。

「も少し、わかり易う話をせよ。そのどうにもならぬ妖し狐の眷属と我ら一族が、なぜ戦うはめに陥ったのじゃ」

「それは権太郎さまのせいでございます」

「えっ、だでぃー……じゃなくて、父上の？　それはまた、いかようなる理由じゃ」

「いえ、まあ、しょーもない話でございますよ。今をさかのぼること四千年ほど昔、権太郎さまが若かりし折、妖し狐の姫にちょっかいを出したのです」

「まあ、ちょっかいって？」

「待て、待て、待て、三嶋。じゃすともうめんとぉう。こらこら、とらとら、やぎ、うし、さるのこしかけ」

「だでぃー、もう、何を訳わかんないこと言ってんの、三嶋の話、本当なの？」

「わたしは嘘など申しませんよ」

「こらこら、三嶋、いい加減にしろ。違う、違う。わしは自ら妖し狐の姫などに手を出しておらんぞ。あっちがわしに、らぁぶしてきただけで……つまり、惚れてきたわけだ。そうだぞ。飽くまで、あっちから、あたっくうしてきたのだ」

権太郎が顔色を変えて、手を左右に振る。三嶋は、横目でその様子を眺め、軽く舌を鳴らした。

「でも、権太郎さまも満更《まんざら》でもなかったのでございましょう。あちらの姫はなかなかの美女、しかも、権太郎さま好みの妖艶な色っぽい女でございましたものねえ。確か名前も艶耶子《つやこ》と申しておりましたかねえ。権太郎さま、『つーやん』なんて呼んでませんでした？」

「まっ、だでぃー、やだ、ほんと、極悪、至悪」

珠子が何かを払うように手を動かした。

「だから待てってって。言っとくけどな四千年も前の話だぞ。わしも若かった。まだ、桜子と出逢う前で、つ、つまり独り身、しんぐるうだったわけよ。遊び、遊び。若者のちょっとした、あばんちゅーる、恋の火遊びってやつじゃ。桜子と夫婦《めおと》になってからは、すっぱり手を切ったぞ」

「やだ、ますます下《げ》の下の下じゃないの。どん底の奈落の底よ。女を弄《もてあそ》ぶなんて。長義さまは、そんなこと絶対なさらなくてよ。長義さまの爪の垢《あか》を煎《せん》じて飲ませてあげたいわ」

「正月頭の垢なんぞいらんわい。だいたい、何だその態度は。『やだ、ほんと、極悪、至悪』って、それが鈴江三万石の正室の物言いか」

「ベーだ。だでぃーのお説教なんか聞きません。これからは、遊び猫権ちゃんって呼んでやる」

　三嶋が、かかかかかと大笑する。

「まあ、珠子さま、それがよろしいかと存じます。おもしろうございますねえ。遊び猫権ちゃん。傑作でございますよ。かかかかか」

「三嶋、何をおもしろがっておる。だいたい、おまえが話を大げさに色着けしおるから、ややこしくなるのじゃ」

「あれぇ、そうでございますか？　わたしは、ただありのままを申し上げたつもりでしたが。権太郎さまが艶耶子姫に怨《うら》まれたのが、すったもんだの始まりでございましょう」

「あのう、差し出がましいかもしれませんが」

　お糸はおそるおそる、口を挟んだ。

「要するに、鈴江に迫る変事とは、妖し狐の眷属が四千年前の怨みを晴らすために仕掛けてきたと、そういうわけでございますか」

「違う、違う、のう、のう、のう。お糸、よく聞けよ。と言うか、ちゃんと聞いてくれ、な?」

権太郎の眉が八の字に下がっている。ほとほと困っている風だ。

権太郎さま、ちょっと可愛いかも。

などと、お糸は感じてしまった。

「わしの若いころのあばんちゅーるなど何程のこともない。おまけ、おまけ、酒のあて、栄螺《さざえ》のつぼ焼きの殻にも等しいものよ」

「では、お酒そのもの、栄螺の身となるものとは?」

「鈴江の地じゃ」

権太郎が居住まいを正し、重々しく告げる。

「鈴江は三万石の小国ということになっておるが、それは、人族の側からの形《なり》に過ぎん。人族というのは往々にして視野が狭窄《きょうさく》しておるからのう。自分たちの見たいものしか見ようとせんし、見えるものしか信じようとせん。まったくもって、ふーりっしゅな生き物で、そんなふーりっしゅな生き物の中で、さらにふーりっしゅな正月頭の男と我が娘が夫婦《めおと》になろうとは、六千年の我が生涯でも無念の極みで」

「権太郎さま、権太郎さま」

お糸は慌てて金ぴかの袖を引っ張った。ふーりっしゅが何のことやらわからなかったが、愚かとか馬鹿とか阿呆《あほ》とか頓珍漢《とんちんかん》とかぱっぱら頭とか、そういう類の言葉だとは推察できる。

人がふーりっしゅな生き物なのも権太郎の無念も、一先《ひとま》ず置いといて、話を進めてもらいたい。

「鈴江は人の決めた石高とはうらはらに、実は非常に壮大な地だったとそう仰せでしようか」

「うんにゃ、広いのではなく、深いのじゃ」

「深い？」

「そうそう、でぃーぷなわけよ。でぃーぷ。かの地は深く、我らちょぃと不思議一族にとっては非常に住み易い土地であったのじゃ」

「深い土地……。「権太郎さま、申し訳ありません、わたしの foolish な頭では解《げ》せぬのですが。深い土地とは、どのような意味なのでしょうか」

「げっ、お糸。なんじゃ、その本場仕込み風の発音は。べりぃわんだふるぅであるぞ」

「は？　そうでございますか。very wonderful だなんて。ありがとうございます」

権太郎は顎を引いて、まじまじとお糸を見詰めた。

「珠子、何者だ、この娘は」

「ふふ、お糸ちゃんはそこらへんの人族の娘《こ》とはちょっと違うの。とっても、頼もしい不思議だし、すてきでしょ」

「ふむ、確かに変わった娘ではあるな。人族には珍しく深い」

深い？　ここでも〝深い〟だ。

「駄目よ、だでぃー。お糸ちゃんに手を出したりしたら、顔面、思いっきり引っ掻《か》いちゃうからね」

「あほか、人族の女なんてこっちから御免こうむるわい」

権太郎はぶるぶると頭を振ると、鼻の横を擦《こす》った。いつの間にか、金色の長い猫ヒゲが生えている。それを指先でしごき、もう一度、お糸を見詰めてくる。

「深いとはつまり、多くを受け入れられるということじゃ」

「はあ、多くを？」

「そうだ。浅い穴には鰯《いわし》の頭と鯖《さば》の尾しか埋められんが、深ければ鮭《さけ》も鮎《あゆ》も鰻《うなぎ》も水母《くらげ》も烏賊《いか》も秋刀魚も鰤《ぶり》も鰹《かつお》も鮪《まぐろ》も、何でもかんでも埋められるであろう」

「まあ、確かに……。権太郎さま、お魚がお好きなのですね」

「うん、猫だからね。水母や烏賊は魚じゃないけどね。まあ、わしが一等好きなのは鰹節。乾物好きなんよね、わし」

「女はぴちぴち、活《い》きの良いのがお好きですのにねえ」

「そうそう、やっぱりぴちぴち、ぼよよ～んで……って、三嶋、何を言わせる。つまらぬ口を挟むな」

三嶋が下を向いて、舌を出す。

「深い場所は住み易い。鈴江は限りなく深く豊かな地で、わしたちは、もうずっとずっとずっと以前から鈴江を我らが住処《すみか》として暮らしておった。そういう地は鈴江だけではない。この世界のあちこちにある。例えば、猿族などは奥州《おうしゅう》辺りがお気に入りだし、犬族の一部は蝦夷《えぞ》で暮らしておる。牛族の多くは確か薩摩におるはずじゃ。むろん、猫族の内でも江戸におるものもおるしな。京で生きているものもおる。わしのように世界を股《また》にかけて、飛び回っておるものもおるしな。いえぃ、とれびあぁん、ぐらっちぇ、ぐらっちぇ、ぼんじゅーる、ちゃおちゃお、こんにぃちはぁ、みなさぁんはっぴいでよかったようぅっ」

権太郎の日本語が些かおかしくなっているとは思ったが、一々、かまう気分ではなかった。お糸は僅かに膝を進めた。

「もしや鈴江は妖し狐の眷属にとっても、心惹《ひ》かれる地であったのでございますか」

「まさに、それよ。あやつらは、食い散らかしの一族での。気に入った地を見つけると、そこに住んでいる一族を追い出し……いや、追い出すなどと生易しいものではないな。殺戮《さつりく》の限りを尽くし、手向かうものは容赦なく殺し、滅亡させ、その地を我が物とするのよ。あやつらのために滅んだ一族が少なからずおる」

「まあ、何という非道を」

「さっき、三嶋は九尾の狐が付け尾をしておると言ったが、確かにそのとおりだ。やつらは見栄でごちゃごちゃ尾っぽをくっ付けておる。しかし、『三国妖狐伝《さんごくようこでん》』に出てくる白面金毛九尾の狐の残虐な行いは、あながち全てが作り話というわけでもない。妖狐が妲己《だっき》や華陽《かよう》夫人に化けて残虐の極みを尽くしたのは、妖し狐族の本性の現れともとれるのだ。やつらは食い尽くす。その地の命も豊かさも。そればかりか、荒らすだけ荒らした後《のち》、また他の地を狙って戦《いくさ》をしかけてくるのだ」

「信じられません。あまりに悪逆無道ではありませぬか。それで、狐たちはついに、鈴江に目を付けたわけですか」

「まさにそのとおり。鈴江は極上の地じゃからのう。やつらが見過ごすわけがない。

しかし、鈴江には我ら猫族なんだけどちょいと不思議な一族がいた。そこで、熾烈《しれつ》な戦いとなったわけよ」

「それが四千年前なのでございますね」

「そうだ」

権太郎は胸を張った。

「我らは勝った。妖し狐たちを倒し、鈴江から追い散らしたのよ。やつらは這《ほ》う這《ほ》うの体《てい》で逃げていった」

「どこへ逃げたのですか」

「うむ。おそらく、唐土《もろこし》か天竺《てんじく》であろう。もともと在所は唐土の田舎《いなか》だったらしいからな」

「はあ……在所でございますか」

「そうそう、しかし、この前またぞろ日本に帰ってきたらしい。多分、まっきぃあたりにくっ付いてきたんじゃろうな」

「まっきぃ？」

「吉備真備《きびのまきび》じゃ。あいつ、やり手のくせに抜けておるところがあるでのう。美女に化けた狐をうっかり連れて帰ったんじゃないのか」

「き、吉備真備がまっきぃですか」

「そうそう。吉備真備がまっきぃで、織田信長《おだのぶなが》はのぶちん。徳川家康はいえぼんと、わしは呼んでおったがの」

「ご、権現さまがいえぼんですか。そ、そういえば、珠子さまはやっちゃんとお呼びになっておられたとか」

「家康ちゃんのこと？　ええそうよ。やっちゃん。まるっとした、肥えた狸《たぬき》みたいな小父《おじ》さまだったわね」

いえぼん。やっちゃん。肥えた狸。

頭がくらりとした。こんな会話が公儀の耳に入ったら、鈴江三万石は間違いなくお
取り潰しだ。ついでに、お糸も首を刎《は》ねられる。首の後ろがひやりと冷たくなった。

『きぬた屋』に出入りしていた紋上絵師《もんうわえし》が首を斬り落とされ、竪川《たてかわ》に投げ捨てられるという無残な事件があった。お糸が七つのときだ。首は岸辺近くの杭《くい》に、身体は一ッ目《ひとつめ》橋の脚に引っかかっていたとか。下手人《げしゅにん》は捕まらなかった。首の斬り口から見て、武家が試し斬りにしたのではないかとのうわさがいつまでも人の口に上っていた。本当のことは、いまだに不明だ。どちらにしても、誰かが職人の首を刎ねたのだ。おそらく怨みも憎しみも、因縁もない相手を殺した。職人は穏和で、真面目で、三カ月前

に所帯を持ったばかりだった。殺されなければならないどんな訳もなかった。それなのに、殺された。訳もなく、斬り捨てられた。

人族もけっこう残虐な性質《たち》であるのかもしれない。

ふっと、お糸は考えた。考えると寒けがした。首がさらに冷たくなる。

「鈴江の地を渡したりはしないわ」

珠子の凜《りん》とした声が聞こえた。

清涼な風が身体の真ん中を通り過ぎていったようだ。寒けが消えた。背筋がしゃんとする。

「鈴江はあたしたちにとっても、長義さまにとっても大切な国。狐だか啄木鳥《きつつき》だか知らないけれど、そんな残忍で食い意地の張ったやつらに渡したりするものですか」

「珠子さま。妖し狐の眷属と並べるなど啄木鳥の一族が気を悪く致しますよ」

三嶋がそれとなく窘《たしな》める。お糸はまた、のけぞりそうになった。珠子たちといるとのけぞってばかりいるようだ。

「えっ、き、啄木鳥の一族までいるのですか」

「おる。琉球《りゅうきゅう》に住もうておるかのう。恪勤《かっきん》で真面目な性質で、よい一族じゃ」

三嶋が目を細める。啄木鳥はお気に入りの一族らしい。

「はあ、あの、やっぱり、木地師《きじし》とか樵《きこり》を生業《なりわい》にしておられるのでしょうか」

「啄木鳥の一族が木地師をしておるとは聞いたことがないが」

「では、大工とかでございましょうか」

珠子がくすりと笑った。白い手をひらひらと振る。

「お糸ちゃん、幾ら啄木鳥だからって木に拘らないの。あたしたちだって別に、魚や鼠《ねずみ》に拘ってるわけじゃないでしょ」

「鼠より狐の方が」

三嶋が口の周りをぺろりと舐めた。

「よほど味はよいぞ。まあ、一番美味であるのは、ひ……いや、こほんこほん。どうしたか、急に喉がいがいがしてまいった」

み、三嶋さま。今の〝ひ〟って何です。何とおっしゃろうとしました？　まさか、まさか〝人〟じゃないですよね。

さすがに面と向かって問い質《ただ》すことはできない。お糸は僅かに身体を引いた。

三嶋さま、ひ、人食い虎なんかじゃないですよね。まさか、まさか、まさか。あ、でも、そういう気配、ちょっとあるかも。

「ヒラメは美味《うま》いからのう。わしも好物じゃ」

権太郎も舌舐《したなめず》りする。

「いえ、わたしはヒカリキンメダイのことを言うたのです。あれは美味《おい》しゅうございますよね」

「ヒラメの方が美味い」

「ヒカリキンメダイに決まっております」

「あんなギョロ目魚、わしは大嫌いじゃ」

「ふん、開きっぱなしの平べったい魚のどこがよろしいのか、わかりかねます」

三嶋と権太郎が睨み合う。

「ヒラメもキンメダイも鈴江の海でたくさん獲《と》れるのよ」

二人をまったく無視して、珠子が話を続ける。

「海。まあ、鈴江には海があるのですか」

「ええ。とってもきれいな海があるの。本当にきれいなのよ。一日のうちでも刻々と色が変わって、特に入日のときなんか海の上が紅や臙脂《えんじ》に染まって、それが日が沈むのにつれて、群青《ぐんじょう》や茄子紺《なすこん》になっていく様ったら。ほんとに、うっとりしちゃう」

珠子は微笑《ほほえ》みながら、視線を空に漂わせた。

ああ、この方は本当に、鈴江という国がお好きなのだわ。

染《し》み込むように思う。そして、あたしも好きだと思う。一度も見たことのない鈴江の風景が眼裏《まなうら》に広がるように感じる。波が寄せては返す夕暮れの浜辺を、珠子さまと連れ立って歩いてみたい。鈴江の美しさをしっかりと、我が身の中に刻み込みたい。

「鈴江はわたしたちの国、長義さまの国。妖し狐なんかに乗っ取られてたまるもんですか。だでぃー」

「いぇい。かもんぷりぃず、わっとぅきゃんあいどぅ」

「もう、何言ってんだか。鈴江の一大事のときに what can I do なんてふざけてる場合じゃないでしょ」

「げげげ、おまえたち何でそんなに発音がいいんだよ」

「知りませんよ、そんなこと。適当に言ってるだけなんだから。それより、だでぃー、妖し狐の眷属はどうやって鈴江を乗っ取るつもりなの。あたしたち、どんな手を打てばいいの」

「よろしければ、利栄の喉を食いちぎりましょうか。妖し狐と手を組み、お家乗っ取りを謀《はか》るなど言語道断。どのような鉄槌《てっつい》を下してもよろしかろう」

三嶋が口を広げ歯を覗かせた。その歯が一瞬、牙に変わったように見えた。

「珠子さまさえお許しをくだされば、この三嶋、一噛みで利栄を絶命させてご覧にいれまするぞ。むふふ」

カチカチカチ。三嶋は楽しげに歯を鳴らす。

三嶋さま、やっぱりヒカリキンメダイより人の方がお好きなのでは……。

「駄目よ。幾ら悪人でも、殺しては駄目。命を奪って解決することなんか何一つ、ないわ。三嶋、安易な道を選んではなりません」

珠子の言葉に三嶋が平伏する。

「珠子さま、なにとぞご容赦くだされませ。わたしが愚かでございました。つい、権太郎さまに影響されてしまいました」

「こら、こら、こーら、三嶋。そこで、わしの名を出すか。それじゃ、まるでわしがあほみたいやないかい」

「あほに決まっとるやおまへんか。あんさんの頭の中、粟《あわ》おこしが詰まってるんとちゃいまっか」

「うぬぬ、この鼻でかの虎女が。言いたいことを言いおって。そこに直れ。成敗してくれる」

「ほほほ。権太郎さまのなまくら刀で、わたしが成敗できましょうか。ほほほ」

珠子が大きく息を吸い込んだ。

「これ以上、揉めるんだったら、二人とも部屋から放り出すわよ。だでぃーにも三嶋にも、二度と姫を抱っこさせないわ。いいえ、一切、触らせませんからね」

「げげげっ、珠子、な、何ということを」

「珠子さま、それだけはお許しくださいい」

「じゃ、ちゃんと話を進めなさい。でないと、一生、姫には逢えないものと覚悟するのね。三嶋、『このちと、だれ？』って言われるのは、だでぃーだけじゃなくてよ」

「ひえええっ、あまりに殺生なお言葉でございますう。聞きとうございません」

三嶋は耳を塞《ふさ》ぎ、いやいやと身を捩《よじ》る。権太郎は見るも哀れなほど萎《しお》れていた。美由布姫の威力は相当なものだ。

「だでぃー」

「はい」

「妖し狐はどうやって、鈴江を我が物にするつもりなの。利栄に取り憑《つ》いて思うがままに動かす……何てことはないわよね」

「そうだ。人はよく狐憑きなどと騒ぐが、狐ばかりでなく狸も犬も啄木鳥も、むろん我らが猫も、人に憑くことはない。生きておる者には全て魂が宿る。魂は堅牢《けんろう》な壁のようなものでな。その者本来の姿を守り通すのだ。魂が変わるとすれば、外からではなく内側からのみなのじゃ」

「内側と申されますと」

お糸はごくりと唾を呑み込んだ。

「ふむ、つまり、己で変わろうとしたとき、変わらねばならぬと決意したときのみ、魂は変化《へんげ》するのよ。むろん、それは外からの何かに呼応して……うーむ、つまり、お糸が誰かを愛《いと》しく想うたとする。すると、その相手のために強くありたい、美しくありたい、正直でありたいと望むであろう？」

「はい」

そのとおりだ。その想いをお糸はこの江戸屋敷で芽生えさせ、培《つちか》ってきた。

「それが魂の変化じゃ。飽くまで、お糸の想いが魂を変えた。外から何かに憑かれて変わったわけではなかろう」

「はい」

この想い、この決意はあたしのものだ。誰に強いられたわけでも押し付けられたものでもない。

「そういうふうにな、いかに妖し狐であろうと魂の壁を壊してまで、人の内には入って来られない。だから、やつらは化身する。華陽夫人だの玉藻前だのに化けて惑わそうとするのじゃ。壁を脆弱《ぜいじゃく》にして何とか入り込もうとするわけよ。まあ、化身するのは我らも一緒じゃが、我らは心を弄んだり、国を亡ぼしたりはせぬ。そういう悪行は駄目、駄目、のぅぐぅっどなのじゃ」

「では、その come on 利栄さまは、妖し狐たちに操られているわけではないと、仰せなのですね」

「お糸、嘉門じゃ、嘉門。やたら英吉利言葉を使わずともよい」

「あ、すみません、そんなつもりはないのですが、つい。どうしちゃったのかしら、あたし。いえ、そんなことより、えっと、でもあの、それなら利栄さまとやらは、ご自分の意思で妖し狐たちと手を組んだことになりますか」

権太郎は腕を組み、重々しく頷いた。

「そうだ。お糸、人の魂は堅牢である。が、魂そのものが全て清いわけではない。邪心に満ちた禍々《まがまが》しいものであっても、刺々《とげとげ》しく卑しいものであっても魂は魂じゃ。利栄の魂は、歪みきっておった。妖し狐たちが付け入るには格好の形であるのだ。ただ、利栄が妖し狐の正体を知った上で手を結んだとは思えぬ。そう容易く正体をさらすやつらではないし、妖かしと手を結ぶほど度胸のある男でもないしのう」

「では、利栄さまも騙《だま》されているわけですね」

「そういうことになる。あなたこそが鈴江の国主になるお方とかなんとか、上手いこと言い寄られたのではないか。もとがぼっちゃんじゃからのう。ぼっちゃんの上に野心がある。甘言に一番釣られ易いたいぷぅよ。つまり、妖し狐の餌《えさ》としてはうってつけなのだな」

「ねえ、だでぃー」

黙って聞いていた珠子が口を挟んできた。眉間に憂いが漂う。

「だでぃーは、どうして利栄の近くに妖し狐がいると感付いたの。だでぃーはやつらの正体を見抜けるわけ？」

「いや、残念ながらそこまでの妖力はない。やつらとて必死じゃ。そう簡単に尻尾は出さん。付け尾であっても出さんのよな」

「じゃ、どうして？」

「臭った」

「臭った？」

「ふむ、鈴江に入ったとたん、なぜか胸騒ぎがしての。もしやと思い、利栄の屋敷を覗いてみたのじゃ。そうしたら、臭った。微《かす》かだが妖し狐の匂いがしたのじゃ」

お糸は思わず鼻を押さえた。

「それは、どれほどの悪臭でありましょうか」

「いや、それが、意外とよき匂いでな。やつら、清の国から持ち込んだ香油でせっせと毛づくろいをするのよな。だから、けっこうほんわかした芳香がするわけじゃ。うむうむ、匂うというより香るという方がよいかもしれん。ちょっと色っぽい、そのくせ、楚々《そそ》とした香りでのう。うむ、悪くはないぞ」

「権太郎さまは、その香りに惹かれてつーやんにちょっかい出しちゃったんですよねえ。ああ、何とも嘆かわしい」

「うっ、三嶋、まだ言うか」

「そうよ、三嶋。ここは目をつぶって。口も閉じて。つーやんについては、後でゆっくり聞かせてもらいましょう」

「あ、はい。出過ぎたことを申しました。ご容赦ください」

三嶋が殊勝《しゆしよう》に頭を下げる。「このちと、だれ？」の衝撃はまだ続いているらしい。

「その匂いのもとはわからぬのですか」

お糸の問いかけに、権太郎はうーむと一言唸った。

「わしの鼻をもってしても、嗅《か》ぎつけられなかった。利栄の周りがほんわか匂うと、ただそれだけじゃ。やつら、上手く匂いを誤魔化しているのだろう。となると、犬族でも難しいかもしれん」

「妖し狐が誰に化けているかわからぬわけですね」

「まさに、然《しか》り」

権太郎がもう一度、低く唸ったとき、廊下に足音がした。障子に影が映る。

「奥方さま、ただいま、国元よりのご使者が到着致しました」

おかかの声だった。

「使者が参ったと？」

「はい、殿さまの御言伝《おことづて》を携えて参られた由にございます」

「そうか。あい、わかった。すぐに目通りつかわす」

珠子が立ち上がる。

香が馥郁《ふくいく》と匂った。長義からの言伝と聞いて、心が浮き立つのか、珠子の頬は紅《こう》潮《ちょう》し肌の白さを引き立てている。

しかし、四半刻《しはんとき》（約三十分）の後《のち》、部屋に帰ってきた珠子は血の気のない顔をしていた。側に侍っていたお糸は、自分の頬も同じように色を失っていると察していた。

まさか、そんなことが……。

# その三　寝転んでも猫

「そうか、そうか。利栄のやつが正月頭の一行に加わっておるのか。それは、ちと、厄介でちゅねえ」

権太郎が言った。三嶋が答える。

「ちとどころではございませんでちゅよ。表向きだけとはいえ、隠居したはずのあやつが、なぜ、殿さまについて出府するのか。たいそう、怪しゅうございまちゅですね」

「怪しい、怪しい。三嶋の顔よりも怪しいでちゅう。ぱっぱっ」

「権太郎さまだけには、面相のことを言われたくありませんでちゅう。ぺろぺろ」

「こりゃ、三嶋。そりゃあどういう意味でちゅか。ばあ」

交わす言葉の辛辣《しんらつ》さのわりに語尾が妙に甘ったるいのは、二人して美由布姫をあやしているからだ。権太郎の膝《ひざ》に抱っこされた美由布姫を権太郎は覗《のぞ》き込み、三嶋は屈《かが》み込んで話しかけている。二人とも、目元も口元もだらしなくたるんでいた。

「権太郎さまのお顔のような悪巧みを考えておるに違いありませんでしゅよ。用心しないとでちゅねえ、ばあ」

「こりゃこりゃ、三嶋。無礼であろうが。のう、美由布、三嶋のおばちゃんは失礼でちゅう、ちゅう、ちゅう」

美由布姫の眉が下がった。口がへの字に歪《ゆが》む。

「う……うえっ、うえっ」

「うわっ、三嶋。おまえのせいで美由布が泣き出したではないか。顔を近づけるな、顔を」

「まっ、何を仰せになります。権太郎さまがあまりにちかちかしているので、姫さまのお目が眩《くら》んだのではありませぬか」

「うえっ、うえっ、う……あーん」

「あらまあまあ。美由布姫、かわいそうに、こちらにいらっしゃい」

珠子が抱き取ると、美由布姫はぴたりと泣き止《や》んだ。まだ、しゃくりあげてはいるが、安心しているのがよくわかる。

「美由布、三嶋がよほど怖かったのだな」

「また、そのようなことを。権太郎さまのちかちかがお嫌だったに決まってます。まったく、かちかち山の爺《じい》さまならいざ知らず、ちかちか爺なんて、ほんと、姫さまでなくとも泣きたくなりますよ」

「二人ともいいかげんにしなさい」

珠子が珍しく声を荒らげる。

「美由布姫を取り合ってる場合じゃないの。由々《ゆゆ》しき事態なのよ。もっと真剣になりなさい」

「す、すまん。そぉりぃ、そぉりぃ、あいむぅそぉりぃ」

「申し訳ございません」

珠子の一喝に二人がしょげかえる。

うーん、迫力だわ。

お糸は心底から感心する。

赤子を抱き、きりりと立つ珠子からは周りを圧する如《ごと》く、気力がほとばしっていた。それは凛々《りり》しくも、颯爽《さっそう》ともしていて、つい見惚《みと》れてしまう。しかし……。

それだけの覚悟を決めるところまで、決めねばならないところまで追い込まれた証《あかし》でもある。見惚れているだけではすまない。

「お糸ちゃん、姫をお願い」

「あ、はい」

受け取ると、美由布姫は声を上げて笑った。まだ、歯も生えていない口を広げ、満面の笑みを見せてくれる。

ああ、可愛《かわい》い。何て、愛らしいの。

長義の一行に、かの利栄が同行しているとの口上を聞いてから重く淀《よど》んでいた胸に、心地よい風が吹き通った。

「な、なぜ、お糸だと笑うのだ。ああ、無念だ」

「ほんに。これでは我々の立つ瀬がありませんなあ」

権太郎と三嶋が同時にため息を吐き出した。この二人、本当に息がぴったり合っている。本人たちはまったく気付いてないのが、おかしい。

「それにしても、利栄は何のために出府してくるのか。くえすちょぉんであるな」

お糸の腕の中で穏やかに笑う孫娘をちらりと見やり、権太郎は髭《ひげ》の先をしごいた。

「建前は隠居の江戸見物なんだって。でも、十中八九、いえ十割が十割、そんなわけがないでしょ。建前だけよ。あの利栄が隠居気分でのんびり漫遊なんて枯れているはずがないし、後ろには妖《あや》し狐《ぎつね》の眷属《けんぞく》が控えているんだもの」

「しかしな、珠子。利栄にしろ妖し狐にしろ、欲しいのは鈴江という土地そのものだ。利栄が城主となり、その陰で妖し狐たちが思うがままに跋扈《ばっこ》する。人の世も、人でないものたちの世も自分たちが支配する。やつらはそう目論《もくろ》んでおるのだぞ」

「ええ」

珠子が頷《うなず》く。

「とすれば、なぜ江戸になど出てくる。正月頭とはいえ主のいない鈴江の方が、あれこれ企《たくら》み易《やす》かろうに。あやつらの狙《ねら》いは、飽くまで鈴江の地。江戸でもこの国全てでもあるまい」

「確かに……解《げ》せませぬなあ。殿さまのお留守を狙って事を起こすのなら、まだわかりますが、わざわざ付いて江戸に出てくるとは、何が狙いなのか」

カッ。不意に三嶋の両眼が大きく見開かれた。

「まさか、まさか、まさか」

反対に権太郎は目を閉じ、低く唸《うな》った。

「珠子の命を狙ってのこと、と考えられるな」

お糸は思わず美由布姫を抱きしめていた。力がこもり過ぎたのか、美由布姫が泣き出した。

「あ、姫さま。ごめんなさい。よしよし、よしよし」

あやすとすぐに泣き止み、赤子はふわりと一つ、あくびを漏らす。一人前のところがおかしくもあるが、笑う余裕は今のお糸にはない。

珠子、暗殺。

胸の奥にわだかまっていた思いが、権太郎の一言に刺激され、頭をもたげる。心の臓が締め付けられるようだ。

まさか、そんなことが。

珠子は鈴江の城主の正室である。幾ら悪党でも奸臣《かんしん》であっても、暗殺を企てるなど信じ難い。それとも、それは町方の考えであって、権謀術数渦巻く政《まつりごと》の場ではありがち、特異なことではないのだろうか。だとしたら、武家の世界とは何とあさましい、何と人道から外れたものなのだろう。猫はもとより熊や狼《おおかみ》より、ずっと剣呑《けんのん》ではないか。

「もしかしたら利栄は、そして、妖し狐たちも些《いささ》か焦ってきておったのかもしれぬな。あっ、美由布ちゃん、おねむでちゅか」

「焦る？　利栄めらが何を焦っておると言われますか。姫さま、ねんねしまちゅか。いい子でちゅねえ」

「ふむ、わしの考えるところ、利栄は甥《おい》である正月頭を傀儡《かいらい》として、己は操り手、つまり傀儡師《くぐつし》となり好きに操ろうとしたのだろうよ。しかし、それが上手《うま》くいかなかった。美由布ちゃん、べろべろばあ。おっきして、じぃじと遊びまちぇんか」

「だでぃー、三嶋。そのへんてこな言葉遣い、止めてくれない？　お糸ちゃん、悪いけど美由布を寝所に寝かせてきてちょうだいな」

「あ、はい。あの……でも、姫さまが」

「うん？　美由布がどうかした」

「確《しか》とはわかりかねますが、ここにおりたいと申されておられる気が致します」

「美由布が？　だって、まだ片言もしゃべれないのに、ちゃんとしたおしゃべりなんかできないでしょ」

「そうなのですが……、何となくわかるのです」

ここにいたいの。ここにいて、みんなの話を聞いていたいの。

腕の中で目を閉じている美由布姫が訴えている。そんな気がしてならないのだ。

美由布姫さまには事の次第がわかっていらっしゃる。そして、母上さまの身を案じていらっしゃる。

そんな馬鹿なと一笑に付されそうだが、お糸は強く感じていた。

「そう……。もしかして、姫は姫なりにこの母を気遣うてくれているのかもしれませんね。でもね、大丈夫よ、美由布。母さまは強いのです。あなたのためにもあなたの父上さまのためにも強くなければならないのです。だから、誰にも、どんなものにも負けませんよ」

珠子が微笑《ほほえ》む。強く、気高く、優しい母の笑顔だった。美由布姫の頰《ほお》が少し動いた。母に笑い返したのだとお糸は思う。やがて、赤子はその身体《からだ》に合った、小さな寝息を立て始めた。

お糸は美由布姫を抱いたまま権太郎を見上げ、問うた。

「権太郎さま、畏《おそ》れながら殿さまは、なぜ傀儡となるのを避けられたのでしょうか。それほど強いお心をお持ちだったのですか」

「強い心？　あほかい。のぅのぅ、ありえませーん。正月頭はその名のとおり、頭の中が年中めでたい男だ。人を疑うとか、陥《おとしい》れようとか、あれこれ画策しようとかそういう能力はまるで無しの、のほほん駄目男でなあ。まったくもって役にたたん」

「だでぃー。それ以上、長義さまの悪口を言うと鼻の頭を引っ搔《か》くわよ。ついでに、美由布姫抱っこ禁止令を出しちゃうからね」

「珠子、また、そんな阿漕《あこぎ》なことを。わしは、正月頭を褒めてるんだぞ。褒めてんの。今時、ああも人の好《い》いあほ……じゃなくて、人格者は珍しい。ぷらいすれぇすな男よのう。つまり、あまりに正月頭があほ……純であるがゆえに、さしもの妖し狐の妖術も利栄の奸計も功を奏さなかったわけだ」

「まあ、お人柄が純でありましたら、妖術や奸計は効かないものなのですか」

「むろんそうじゃ。狐の妖術、人の奸計。どちらも人の心に付け入ってこそだからな。例えば、お糸、おまえは今、成し遂げたい目途のようなものがあるか。そう大仰でなくともよい。細やかでいいのだが、成就させたい望みのようなものはあるか」

細やかな願い。

あることは、ある。

「あの、お針が上手になりたいのですが」

「針か。あのちくちくするやつな。おかかに教えてもらえばよかろう。ふふ、わしなんぞ、ぱぁりぃの御針子の飼い猫まどまぁぜるふらんそわぁーずと……いや、こほんこほん。おかかの指導の下、励めば針ぐらいすぐに上達するだろうが」

「それが、ほんとに微々たる上達しかしなくて、いまだに、真っ直《す》ぐに縫うのも覚束《おぼつか》ない有り様でございます」

「そりゃあ、ちょっと情けないのう」

「はい。我ながら、お恥ずかしゅうございます。おかかさまの見事なお手を見る度に、我が身の至らなさを思い知らされて」

「それじゃ、お糸」

権太郎が指を鳴らす。良い音がした。

「おまえは針が上手なおかかが羨《うらや》ましい、だな？」

「はい。羨ましゅうはございますが……」

「羨んでおるだけなら、いい。しかし、その思いが高じればどうなる？　羨望は嫉妬《しっと》に変わり、嫉妬は憎悪となる」

「まあ、そんな。おかかさまを憎むなんて考えたこともありません」

「だから、譬《たと》えだ、譬え。おまえの思いが『いいなあ。おかかさまみたいになりたいなあ。よしっ、あたし、おかかさまに追いつけるよう頑張ろうっと。うふっ』ぐらいでとどまっておればいい。しかし、『くそぅ。幾《いく》ら励んでも、おかかには勝てぬ。えぇい、腹立たしい。悔しい。おかかなど死んでしまえばいいのに』とあらぬ方向に、暴走したとする。すると、そこに囁《ささや》く者がおるわけよ。『では、わたしが手を貸してあげよう。憎いおかかを始末してやろう。そうだ、おかかの指を動かなくするというのはどうだろうねえ。そうすれば、おかかは二度と針を持てなくなる。おまえは、屋敷内で一番、針の上手い娘《こ》になれるよ。ふふふふ』とな」

「いえ、おかかさまが針を使えなくなっても、わたくし、一番にはなれませんから。一番になろうと思ったら、屋敷中の方々みんな針が持てなくならなくちゃ無理です。でも、そうなったらそうなったで、とっても大変で」

「だから、譬えなのだ。そういう風に他人を妬《ねた》んだり、僻《ひが》んだり、欲望を膨らませておると、そこに付け込まれ糸を括《くく》りつけられる。そして気が付けば、己の意思も心もなく、操られるままの傀儡となっておるわけよ。わかったか」

「はい。何となく……。でも、あまり気持ちの良い譬えではございませんよね」

ふっと、おかかの話を思い出した。常葉《ときわ》という前の守役の話だ。女たちの妬み、僻みを一身に受けて気鬱《きうつ》の病になり、去っていった侍女。この屋敷内にも人の嫉妬、憎悪は渦巻いているのだ。決して、清麗な浄土ではない。

「まあ、妬みだの僻みだのは、誰でも多かれ少なかれ持っておる。持っていないのは赤子ぐらいのものだ。だから、赤子にはどんな妖術を駆使しても、奸計を巡らせても意味がない」

「では、殿さまは赤子のような方なのでございますね」

「まあな。赤子とまでは言わんが、付け入る隙《すき》がなかったのは確かだろうな。まったく、いい大人で一国の主だ。もうちょいどろどろしてもいいはずだが。純も過ぎると頼りなく、歯痒《はがゆ》いわい。むしろ人としてどーかと思っちゃうね、わしなんか」

「でも、それと珠子さまのお命を狙うことがどう結びつく……」

お糸は、あっと声を上げそうになった。

顔から血の気が引いていくのがわかる。

「珠子さまを亡き者にすることで、殿さまの御心を傷付けようと考えて……」

あまりのおぞましさに、最後まで言葉を続けられなかった。

思わず美由布姫を抱きしめてしまう。この温《ぬく》もり、この重みが心地よい。心が落ち着く。

あたし、姫さまに縋《すが》っている。

小さな命に支えられている。お糸は顔を上げ、背筋を伸ばした。

しっかりしなくちゃ。強くならなくちゃ。あたしには守るべきお方がいるのだから。

権太郎が髭の先をついて形を整える。

「まさに、そうだ。珠子を失えば正月頭は嘆き悲しむ。嘆きも悲しみも心に深い傷を作る。正月頭は定めを呪い、天を呪い、神や仏を呪うだろう。我が身の不運を嘆き続けるだろう。それで心が爛《ただ》れる。傷は泣いても嘆いても呪っても癒えることはなく、むしろ深くなり疼《うず》き続ける。それで、妖し狐らは正月頭を取り込み、人形として操ることができるのだ」

「何という卑劣な」

「まあ、狐だからな。我々のように気高く、孤高の美を生きるというわけにはいかんのだ」

権太郎が気高く、孤高の美を生きているようにはまったく思えなかったが、お糸は口を挟まなかった。一々揚げ足を取っているときではない。絶対に負けられない戦《いくさ》が始まるのだ。

腕の中で美由布姫が身じろぎする。

大丈夫よ。大丈夫。

愛らしい声が聞こえた気がした。

鈴江三万石城主、伊集山城守長義が江戸上屋敷に入ったのは、それから七日の後《のち》だった。

その日、空はからりと晴れ上がり……もせず、鬱陶しい雨雲が垂れ込めていた。秋の気配はどこかに退き、梅雨が戻ってきたような空模様だ。

「ねえ、お糸ちゃん。もう一度、髪を梳《す》いてちょうだい」

「はあ、でも、珠子さま、御髪《おぐし》はさきほど梳いたばかりではありませんか」

「それはそうだけど。やっぱり気になっちゃって。ねえ、この髷《まげ》おかしくない？」

「ちっとも、おかしくなんかございませんよ。よくお似合いです」

「そうかしら？　この笄《こうがい》はちょっと地味じゃない？　こっちの櫛《くし》は派手過ぎる気もするけど」

「そんなこと、ございません。笄も櫛も珠子さまの御髪によく映《は》えておりますよ」

「ほんとに？　嘘《うそ》じゃない？」

「わたくしが珠子さまに嘘をついてどう致します。ええ、嘘じゃありません。本当に似合っておられます」

「そうかなあ。だといいんだけど。あ、この打掛《うちかけ》はどうしよう。少し品がないような気がしてきたわ。こっちの檜扇《ひおうぎ》模様の方がいいのではないかしら。色合いはこちらの梅樹《ばいじゅ》模様が好きなのだけれど、梅では秋には着られないしねえ」

でも、おかしい。喉元《のど》までせり上がってきた笑いをお糸は、何とか飲み下した。

今朝から、珠子はずっとこんな調子だ。髷の形を気にし、小袖や打掛の合わせ方で悩み、化粧を何度もやり直す。

「困ったわ、決まらない。困ったわ」

と繰り返し、せつなげにため息を吐《つ》く。

その様子が可愛くもあり、おかしくもあり、微笑ましくもある。

「珠子さま、大丈夫でございます。本当にお美しくていらっしゃいますから、ねえ、三嶋さま」

「え？　あ、うん、何か言うたか、お糸」

三嶋は袖口で口元を隠し、ふわぁとあくびを漏らした。転《うた》た寝をしていたらしい。

「お糸ちゃん、三嶋は駄目よ。着物も髷の結い方もどうでもいいんだから」

珠子が笑いながら鏡を覗き込んだとき、慌《あわ》ただしい足音が響いた。こちらに近づいてくる。

曲者《くせもの》か。

お糸は打掛を脱ぎ捨てると、素早く袖を括った。傍《かたわ》らに携えている小太刀《こだち》を握る。

三嶋も飛び起き、両眼をぎらつかせた。

「お、奥方さま。た、たいへんでございます」

おさけが廊下にへたり込む。

「何事じゃ。如何《いかが》致した」

珠子も懐剣《かいけん》をしっかり摑《つか》んでいる。

「と、と、殿さまがお、お越しでございます」

へたり込んだまま、おさけが告げる。珠子の手から懐剣が滑り落ち、畳の上に転がった。

「殿さまが！　まさか、屋敷入りは日が落ちてからと、使者が言伝《ことづて》をもってきたばかりではないか」

「そ、それが、早馬でお一人、お着きになった由《よし》でございます」

「まさか、そのような」

珠子が立ち上がったのとほぼ同時に、男が一人、庭から現れた。おさけが平伏する。

「珠子」

「長義さま」

旅装姿の男が大きく手を広げる。珠子は一寸《ちよつと》も躊躇《ためら》わなかった。その腕の中に飛び込んでいく。

「珠子、珠子、逢《あ》いたかったぞ」

「長義さま、わたくしも……どれほど、このときを待ち望んでおりましたか……」

「わしもじゃ。わしもじゃ」

長義が腕に力を込め、珠子を掻き抱いた。珠子の頬に血が上る。肌も髪も艶《つや》やかにきらめく。

夫の腕の中で、珠子は照り映えるように美しかった。

まあ、なんてすてきな夫婦《めおと》ぶりでしょう。

お糸は自分が抱きしめられたような心持ちがしていた。全身がかっと熱くなり、目の奥が潤んでくる。

やだ、あたし、泣きそうになってる。

この屋敷で躾《しつ》けられ、鍛えられたとはいえ、お糸は町方の娘だ。武家の、しかも、大名家の夫婦の有り様など今まで一度も目にしたことはない。どんなものなのだろうと心を馳《は》せたこともない。町方の夫婦のように連れだって歩いたり、床几《しょうぎ》に並んで座ったり、冗談を言って笑い合ったり、喧嘩《けんか》して罵《ののし》ったり、謝ったり、夕涼みに大川の土手を歩いたりはしないだろう。したくても、できないだろう。それくらいを思うだけだ。きっと、しきたりとか作法とか心得とか、守らなくてはならない決め事が山ほどあって、とても窮屈なんだろうなとも思う。思っていた。だから、鈴江の城主と正室の夫婦ぶりにはもう驚くしかない。驚いて、熱くなって、目の奥がうるうるしてしまう。

何と言っても人目も憚《はばか》らず、ぎゅっぎゅっである。「逢いたかったぞ」である。「どれほど、このときを待ち望んでおりましたか」である。「わしもじゃ。わしもじゃ」である。それで、またぎゅっぎゅっである。

もう、すてき。もう、羨ましい。もう、和事《わごと》みたい。

「ぶえっくしょーん」

突然、傍らでくしゃみの音がした。「くしゅん」とか「くちゅん」とか可愛いものではない。お糸が耳を押さえ後ろに転がるぐらいの、大音響だ。

「あ、これはどうも、ご無礼を致しました。些か風邪気味でございまして。ご寛恕《かんじょ》くださいませ。ふぁっ、ふぁっ、ふぁっくしょーん。あ、またまたご無礼を」

三嶋は懐紙を取り出すと、思いっきり洟《はな》をかんだ。

「三嶋、相変わらず豪快じゃのう」

長義が笑いながら、腰を下ろす。まだ珠子の手をしっかり握っている。珠子の白い手がやけに小さく見えた。

「息災であったか、三嶋」

「はい。おかげをもちまして、風邪気味な他はいたって、いたって、ふぁっ、ふぁっ、ぶぁっぐじょーん」

長義が素早く袂《たもと》で顔を覆う。珠子は夫の背に隠れる。

「三嶋、かなり鼻水が飛んできたぞ」

「ああ、申し訳ありません。でも、殿さまにおかれましては、避《よ》けるのがたいそうお上手になられましたなあ」

「ははは、三嶋の鼻水をもろにかけられたら、とんでもないことになるからな。何しろ、粘り気が半端では……うん？　珠子、この者は誰《たれ》ぞ？」

お糸はもろに顔にかかった鼻水を拭《ふ》き取るべく悪戦苦闘していた。

「あっ、やっととれた。もう三嶋さま、くしゃみをなさるのに、どうしてわざわざお顔をこっちに向けるんですか。もう、やんなっちゃう。ほんと、もろに……あっ」

長義と目が合う。

「ひええっ、殿さまの御前でとんだご無礼を致しました。お、お許しくださいませ」

お糸は平伏した。一国の主の前で上役たる三嶋に文句を言ってしまった。本来なら伏したまま、顔も上げてはならないはずなのに。

ああ、またやっちゃったんだ、あたし。

「あー、よいよい。そのように畏《かしこ》まらずともよいぞ。面《おもて》を上げ、もそっとゆるりと致せ」

のんびりというより、の――んびりといった感じの声が響く。南風にあたりながら、和草《にこぐさ》の上に寝転んでいる。そんな心持ちになった。身体も心もふわぁんと緩んでくる。

お糸はそっと顔を上げた。

丸い。

顔も目も鼻もころんと丸い男が胡坐《あぐら》を組んでいる。ニコニコ笑っている。まじまじ見詰めるとやはり……丸い。

伊集山城守長義は、何もかもが丸い男だった。

あらまと、お糸は思う。

突然の抱擁に度肝を抜かれ、かつ、見惚れてしまってじっくり眺める余裕がなかったが、こうしてまじまじ見詰めるとやはり……丸い。あらまと、お糸は再び思う。

長義は醜男《ぶおとこ》ではない。でも美丈夫《びじょうふ》でもなかった。ごく普通の、ありきたりの、平凡な丸顔だ。身体付きもまろやかというか、尖《とが》ったところがないというか、要するに丸い。変に鋭かったり、小狡《こずる》そうだったり、横柄だったりするよりずっといいが、あらまと、お糸はやっぱりやっぱり思ってしまうのだ。

珠子の夫であれば、さぞや男ぶりのいい、姿形の整ったお方だろうとかってに考えていた。

くっきり凜々しい顔立ち、引き締まった体軀《たいく》、颯爽《さっそう》とした立ち姿等々から、長義はちょっと、かなり、ずい分、隔たっている。珠子と並んでいると「まあ、まことに内裏雛《だいりびな》のようでございますわねえ」とはお世辞にも言えない（お世辞なら言えるかもしれないが）。本音を隠さず言えば「まあ、まことにかぐや姫と分福茶釜《ぶんぶくちゃがま》のようでございますねえ」となる。

「長義さま、これがお糸でございますの」

珠子が告げる。「おお」と長義が口を開けた。口の開け方まで丸い。しつこいようだが、どこまでも丸い。

「そうか、そなたがお糸か。珠子の文《ふみ》で名だけは知っておった。珠子によう忠義を尽くしてくれておるそうじゃな。わしからも礼を言うぞ。かたじけない」

「も、もったいのうございます。み、み、身に余るお言葉をた、賜《たまわ》りまして、ま、まことに恐悦至極《きょうえつしごく》に存じ上げたてまつり、ま、まつり、まつりまして候でご、ござります」

額を畳に擦《こす》りつけるほど身を屈める。

「いや、だから、そんなに畏まらずともよいのだ。何を言うておるのかさっぱりわからんではないか」

「ふふ、そうじゃ、お糸。もそっと力を抜くがよい。いつもどおりでよいのじゃが……」

珠子がちらりと廊下を見やる。

「おさけ、当分、こちらの座敷に人を近づけるでないぞ。誰であろうと、そなたが取次を致せ」

「畏まりました」

おさけが戸をゆっくりと閉める。

「よし、これで安心。お糸ちゃん、素《す》に戻っていいわよ」

「へ？」

「長義さまは堅苦しい場が何よりお嫌いなの。だから、せめて奥にいるときぐらいは楽に、楽に、ざっくばらんにしてちょうだい。表とは違うんだから。ね、長義さま」

「そうそう。珠ちゃんのところぐらいしか、わし、息抜きできないからね。畏まられると、居場所無いなあって感じになってしまうから、止《や》めといてくれ、な、頼む」

長義が拝む真似《まね》をする。

「は、はあ、た、珠ちゃん？」

「そうなの。長義さまったら、わたしのこと珠ちゃんって呼ぶの。もう、恥ずかしい」

「いやあ、珠ちゃんは珠ちゃんだ。この響きの可愛らしさが珠ちゃんにぴったりだものな。珠ちゃん」

「まあ、可愛らしいだなんて」

「珠ちゃんは可愛いぞ。若いから可愛いんじゃなくて、幾つになっても可愛いぞ。ずうっと、可愛いぞ」

「もう、やだ、長義さまったら」

珠子が頬を赤らめ、長義の腕をぴしゃりと叩《たた》く。

「あいたたた。珠ちゃんに叩かれてしまった。痛い、痛い。うーん、でも叩き方まで可愛いぞ」

「長義さまこそ。お会いする度にすてきにおなりです。とってもすてき。文句なくすてき。めったやたらにすてき」

「珠ちゃん、褒め過ぎ」

「あら、まことですもの。こんなすてきな殿御《とのご》と夫婦だなんて、珠子、幸せでございます」

「長義も幸せだ。珠ちゃん、一生、仲良く暮らそうな」

「はい。嬉《うれ》しゅうございます」

いちゃいちゃ。さらに、いちゃいちゃ。続けていちゃいちゃ。

お糸は鼻をもじもじさせている三嶋に囁いた。

「あのう、三嶋さま。憚りながらお尋ねしますけど」

「何じゃ」

「殿さまと珠子さまって、いつもこんな風なのですか」

「そうじゃな。殿さまが奥においでになったときは、たいてい、こんな風じゃな」

「珠ちゃんと呼んで、いちゃいちゃと」

「そうである。ものすごい、いちゃいちゃぶりであろう。お二人のいちゃいちゃぶりには、空を行く雁《がん》さえ落ちてくるほどだ」

「まさか」

「まことであるぞ。一度、落ちてきたことがあった。すぐに、わたしが頂いたがのう。丸々肥えてたいそう美味であった」

三嶋が天井を見上げる。質素な舟底天井だ。質素だがこれを突き破って、雁は落ちてこないだろう。さすがに無理というものだ。

「できれば、もう一度味わいたい……。う」

三嶋の鼻がむずむずと動く。

危ない！

「びえっ、びぇっ、びぇっくしょーん」

とっさに三嶋の顔を持ち、横に向けた。ぐぎっと鈍い音が響く。

「うっ、うっ……く、首が……今。ぐぎっと……」

「きゃあ、三嶋さま。ごめんなさい」

慌てて、元に戻す。また、ぐぎっとさっきより大きな音がした。

「うぐっ」

三嶋の黒目がくるくると回る。

「ひえええっ、す、すみません。三嶋さま、お気を確かに。い、今、御典医《ごてんい》をお呼び致します。あ、動かないで。動くな。首、動かしたら駄目だって」

「あ、治った」

「はい？」

「昨夜から悩まされておった鼻詰まりとくしゃみがきれいさっぱり治ったのだ。おお、すっきり、すっきり。お糸、礼を言いますぞ。そなた、医者の素養があったのじゃな」

三嶋が息を吐く。さらに吐いて、吸い込み、また吐く。

三嶋さま、ふつう息は吸ってから吐くものなんですけど。

ちろりと思った。よくわからないが、ともかく大事には至らなかったらしい。ほっとする。

ここで三嶋に寝込まれでもしたら、大変だ。ころころと珠子が笑った。

「ね、長義さま。お糸ちゃんっておもしろうございましょう。このとおり、一緒にいると楽しくて、楽しくて、笑っていられますの」

「まことだな。まことに楽しい。お糸、これからも珠ちゃんのこと、頼むぞ。この可愛い笑顔を側《そば》で守ってやってくれ」

長義が頭を下げる。

「ひえっ、と、殿さま。も、もったいのうございます。お、お止めください。珠子さまのお側で、糸は糸なりに務めさせていただきたく、たてまつり、ま、まつり、まつりまして」

「祭りと申せば」

「へ？　三嶋さま。わたくし、祭りなんて申しておりませんが」

「祭りと申せば」

三嶋が口元を引き締め、長義を睨《ね》めつけた。睨めつけたわけではないだろうが、目力がすごいので視線を向けられただけで、そんな気になるのだ。しかし、慣れているのか胆が据わっているのか、長義は臆《おく》した風もなく胡座《こざ》していた。

「鈴江猫祭りが、今年は取り止めになるやもしれぬと聞き及びましたが。殿さま、まことにござりましょうか」

「まあ、鈴江猫祭りが取り止め？」

珠子が目を瞠《みは》った。

「う、なぜ、それを知っておる、三嶋」

「わたくしの耳は天下随一の早耳でございますからな。ささ、そのようなことより、殿さま、よもや祭りが取り止めになるなどと、ありえませぬな。ただのうわさ事でござりますな」

「いや、それがどうも……その方向で動いておるのだよ」

長義が深い息を吐く。

「何ですと！　やはり、うわさはうわさでなく、まことでございましたか。おのれえ、ぎりぎり」

三嶋が歯軋《はぎし》りをする。慣れたとはいえ、三嶋の怒りの形相は、やはり怖い。そうとう怖い。むちゃくちゃ怖い。

「殿さま、何故《なにゆえ》でございます。何故、鈴江猫祭りを取り止めになさるのです」

珠子も表情を引き締める。長義が目を伏せた。三嶋の憤怒《ふんぬ》の相には平気でも、珠子の眉を顰《ひそ》めた顔つきは応えるらしい。

「う……す、すまぬ。わしも何としても取り止めだけは取り止めたいと思うておるのだが……、執政の中から、取り止めもやむなしの声が上がってのう。それを無下にもできぬわけで……」

「誰です！」

三嶋が叫んだ。いや、吼《ほ》えた。

「由緒ある鈴江猫祭りを取り止めにしようなどと、奸計を巡らせる執政とは誰です」

そいつが目の前にいたら、喉笛を食い千切ってやるのに。

と言わんばかりに、三嶋の歯が鳴る。ぎりぎりではなく、がちっがちっである。音だけで骨が砕けそうだ。

「それは、明らかにはできぬ」

「お教えください、殿さま」

「できぬ」

長義が言い切った。丸顔には不釣り合いなほどきっぱりとした口調だった。

「政の会議の上でのことだ。他言はできぬ」

「それは、確かにそうでございますね」

珠子が頷く。

「長義さま、暫《しばら》くお会いせぬうちに大人《たいじん》の風格さえ具《そな》えられたのではございませんか。堂々として、ほんにすてき」

「えっ、珠ちゃん、今にゃんと言った？」

「やだ、長義さまったら、ちゃんと聞こえておりましたでしょ」

「いやあ、聞こえなかったにゃあ。聞こえたけど、もう一度、聞きたいにゃあ」

「もう、お馬鹿さん。堂々として、ほんにすてきと申し上げましたの。きゃっ、恥ずかしい」

「いやあ、天にも昇る心持ちだ。珠ちゃん、もう一度、褒めてほしいにゃあ」

袂で顔を隠す珠子に、長義がにゃあにゃあ言いながらすり寄っている。

「三嶋さま。殿さまって権太郎さまに似ているような気が致しますが、義理の間柄でございますよねえ。あの、見た目とかではなくて、ご性質と申しましょうか、ご気性と申しましょうか。あの、わたくしめの考え違いでしょうが……」

「実の親子ほど似ておる。すぐに、にゃんにゃん男におなりになって、困ったものじゃ。まあ、珠子さまも殿さまとおられると、いちゃいちゃ女に変わるからのう」

「相思相愛のお仲というわけですね」

「まあ、そういうことじゃ。殿さまは権太郎さまほど調子乗りでも、女好きでも、軽《けい》佻《ちょう》浮《ふ》薄《はく》でも、異国かぶれでも、癇《かん》癪《しゃく》持ちでも、お頭《つむ》がぱっぱらりんでもないからのう。多少のにゃんにゃん振りには目をつむるしかあるまいて」

「……権太郎さまに些か厳し過ぎませんか」

三嶋はふんと息を吐いた。

「これでもまだ生温《ぬる》いぐらいじゃ。ふん、ふん、ふん。そんなことより殿さま、珠子さま、ご無礼ながらにゃんにゃんいちゃいちゃしている場合ではございませんぞ。鈴江猫祭りが取り止めになるなど一大事ではございませんか」

「はっ、そうだわ。殿さま、これは由々しき事態にございます」

珠子が居住まいを正す。

「まことにそのとおり。どうせ、佐竹嘉門利栄どのの息のかかった重臣どもが騒いでおるのでしょう」

「三嶋、露骨に本当のところを見抜くでない」

長義が一瞬だが、視線を空《くう》に漂わせた。

「それに、はっきりと取り止めが決まったわけではない。わしが、うんと言わねば、いかな叔父上といえど勝手な真似はできぬ」

「まさか、うんとおっしゃる気ではございますまいな」

「そんな気はない」

「『よいぞ』も『苦しゅうない、好きに致せ』も『面倒臭いから、そなたたちに任せる』も『勝手ににゃんにゃん』も全部、駄目でございますよ。よもや、お口にされてはおりませんよね」

三嶋がにじり寄る。

「『勝手ににゃんにゃん』とはいかなる意味か？　三嶋、心配致すな。そのようなこと一言も言うておらん。ただ、思いの外、取り止めの動きは根深くてな、なかなかに厄介ではある。霜月より早く出府してきたのはそういう国元の動きを逆手にとる相談のためだ。あ、でもにゃん、そりゃあ、一日も早く珠ちゃんに会いたいってのが本音にゃんだけどね、にゃんにゃん」

「まあ、いけませんわ、長義さま。いちゃいちゃしてたら三嶋に怒られます。いちゃいちゃ」

「にゃんにゃん」

「ぐうぉっほん！」

三嶋が空咳《からぜき》をする。空咳といってもその勢いはすさまじく、お糸の打掛の裾がぶわっと持ち上がった。まるで鞴《ふいご》だ。

「殿さま、珠子さま。にゃんにゃんもいちゃいちゃも暫《しば》しお控えください。事は鈴江猫祭りの存亡に関わりまするぞ」

「あの……」

お糸は打掛の裾を直し、おずおずと尋ねてみた。

「さっきから度々、お話に出ております、鈴江猫祭りとはどのようなものなのでしょうか。ただのお祭りではないのですか」

ただの祭り、ではないようだ。ただの祭りで、珠子や三嶋がここまで騒ぐはずがない。とすれば……。

「ただの祭りに非《あら》ず」

三嶋が胸を張った。帯に挟んだ扇子《せんす》を取り出す。

「よく、聞きや。事は鈴江開闢《かいびゃく》のころに遡《さかのぼ》る。つまり、今よりざっと二百年前のこと」

「は、はあ」

「戦国の世のざわめきがまだ世に残る慶長《けいちょう》十年、鈴江初代城主、伊集山城守長頼《ながより》さまは弱冠十九歳であられた」

「は、はあ……の、はあ」

「その若き君主に次々襲い掛かる苦難は、戦場《いくさば》での戦いを彷彿《ほうふつ》させるほどに過酷なものであった。じゃんじゃんじゃじゃじゃじゃしゃーん」

「み、三嶋さま、講釈師のようになっておられますが。それに、じゃじゃじゃじゃしゃーんではなくじゃじゃじゃじゃーんではございませんでしょうか」

「うるさい！　黙って聞きや。ここからが山場じゃ」

「や、山場って」

珠子がひらりと手を振った。

「いいわ、三嶋。わたしがもう少し、あっさりと纏《まと》めます。だからね、お糸ちゃん、鈴江猫祭りの起こりは、今をさること二百年前、慶長のころにあるの。鈴江は石高としてては小さくはあるのだけれど、海あり山あり川あり、しかも地味は肥え、天候は温暖で、温泉まであるの。とってもいいところなのよ。人も他の生き物ものんびりとしていて、およそ争い事とは縁がないような土地柄なの」

「ふん、まあ、利栄さ――――んのように、何でもかんでも揉《も》め事にしてしまうお方はおられますけどねえ。ふんふんふんふん」

講釈師の立場を失ったのが悔しいのか、三嶋は鼻息を三連発で噴き出した。打掛の裾が煽《あお》られて、ぱたぱた動く。

「揉《も》め事を起こし、揉め事を楽しみ、周りを混乱に陥れる者はどこにでも、どんな時代にもいるわ。ただ、長頼公を悩ませたのは人ばかりでなく、天であったの」

「天とは、天候でございますか」

「そうなの。温暖で豊かな鈴江国とは言ったけれど、長頼公の治世はどうしてだか荒れることが多く、長雨、日照り、洪水などが次々起こったのね。で、そうなるとさっきの揉め事人間の登場となるわけ。天災がこうも続くのは長頼公の人徳が欠けているからだの、天に見放されているからだの、好き勝手なことを言って長頼公を貶《おとし》め、城主の座から引きずり下ろそうと画策したの」

「まあ、それはお家騒動の手前ではありませぬか」

「そうそう。結局、そうなの。国や民の暮らしを憂《うれ》えてではなく、鈴江を自分たちの思い通りに動かしたいって輩《やから》が騒いだのね。でも、打ち続く天災に人々が疲弊していたのは事実だし、長頼公って悩み易い性質《たち》だったようで、今の鈴江の苦境はひとえに主たる自分の不徳にあると悩み、何と……」

「何と？」

「お腹を召されようとしたのね。自分が死ねば、全てが収まるとでもお考えになったのでしょう。いえ、そう考えるように仕向けられたのかもしれないわ」

お糸は顎《あご》を引いた。こういうところが、よく、わからないのだ。

お武家はすぐに腹を切るという。誇りのため、家のため、一分《いちぶん》を通すため。

お糸にはとうてい解《げ》せない。腹を切ってそれで上手く収まることなどあるのだろうか。誇りより、家より、一分より、人の一命の方がよほど重く、貴いと思う。政を司《つかさど》る武家たちが、そこを知らずしていいのだろうか。己や他人の命を蔑《ないがし》ろにしていいのだろうか。難問山積みの政を放り出して、一人腹を切るなど言語道断ではないか。城主たる者、死んで楽になるより、生きて苦難に向かい合う道を選ぶべきだ。

切腹なんて潔くもないし、格好良くもない。

「長頼公はお腹を召さなかったのよ」

珠子が早口で続けた。

「七十二歳の天寿を全《まっと》うし、鈴江の基を作られたの」

「まあ、それはようございました」

なぜだか、ほっと息を吐いていた。二百年も昔のこととはいえ、無為に人が死ななくてよかったと思う。

「でも、死の瀬戸際まではいったの。切腹の覚悟をして、辞世の句まで詠《よ》んで、ここでいざというときに」

「いうときに？」

つい、身を乗り出す。

「おやめなさいと止める声がしたの」

「ど、どなたの声でございます」

「それがね、その場には、介錯人《かいしやくにん》と長頼公の二人しかいなかったんですって。当然、どちらも男よ。ところが、その声は涼やかな女人のものだったの。長頼公は驚いて辺りを見回したら」

「はい、見回しましたら？」

「真っ白な猫がいたんですって」

「猫が！」

「ええ、それはそれは美しい毛並みの白猫がいつの間にか、長頼公の前に座り、じっと見つめていたの。そして、人の言葉でこう告げたのよ」

珠子は背筋を伸ばし、こほんと軽く咳をした。こちらは可愛い。そよと吹く微風のようだ。

「早まってはなりません。今少し、辛抱なさい。年が改まれば、良き日々が訪れます。空は落ち着き、地には作物がたわわに実り、人は困窮から免れます」

珠子の声は柔らかく美しく、心に染《し》み入ってきた。

お糸は自分が救いの言葉を授けてもらっている心持ちになる。

「さらに、その猫はこれから数年は鈴江はさしたる天災に見舞われることはない。その間に新田開発や治水に精を出すようにと告げて、去っていったの。そして、その言葉どおり、翌年もさらに次の年も天候に恵まれ、作物はみな豊作となったのね。その後《のち》も長頼公が、白猫のお告げを守り、治水のための普請《ふしん》や新田の開発に力を注いだおかげで、鈴江の民が飢餓に苦しむことはなくなったと史書には記されているのよ」

「ああ、では、鈴江猫祭りというのは、その白猫を称《たた》えて始められたお祭りなわけですね」

「そうなの。長頼公は自分の命を救い、鈴江を救った白猫の恩を忘れないために白猫神社を建立し、白猫の現れた霜月の末に鈴江猫祭りを催すことに決めたのよ」

そうか。鈴江と猫は昔から深い縁《えにし》があったのだ。

「それ以来、毎年、欠かさず鈴江猫祭りは催されてきたの。このお祭りをすることで鈴江の地は守られているという気持ちが、代々の城主さまにも領民にもちゃんとあったのね。いえ、今でもあるはず」

「ある、ある」

長義がこくこくと頷く。首振り人形みたいだ。

「つまり鈴江という地で、猫と人はとても上手く暮らしていたのよ」

珠子が微笑む。長義がまた首を振る。口元に仄《ほの》かな笑みが浮かんでいる。仲の良い幸せな夫婦《めおと》そのものの姿だ。

いいなあ。

お糸は羨ましくなる。所帯を持ちたいとは僅《わず》かも思わないけれど、こんな風に、誰かと顔を見合わせ、微笑み合い、支え合い、穏やかに生きていけるなんて、すごくいい。世の中がとても優しくて美しくて清らかなものに見えてくるではないか。

「そこに、あの狐どもが割り込んできおったのよ」

地の底から湧き上がってくるような、おどろおどろしい声で三嶋が口を挟んだ。世の中がとてつもなく物騒で、剣呑なものに見えてくる。

「狐どもが割り込む？」

長義が首を傾《かし》げた。

「あ、いえいえ、実は、三嶋は今度狐模様の打掛を新調するつもりでしたの。それが、他の中﨟《ちゅうろう》に割り込まれて、些か腹を立てておりますの」

珠子がはたはたと手を振った。

いや、珠子さま、子ども相手じゃあるまいし、そんな誤摩化しが通用するわけがございません。

目配《めくば》せし、胸の内を眼差《まなざ》しで伝える。

「そうか、それは残念だったな、三嶋。しかし、そなたにはもっと大胆な模様の方が似合うのではないか。うん、狐柄などおもしろくはあるが、品はないぞ」

長義は真顔で三嶋を慰めている。

珠子のいかにもな誤摩化しは、ちゃんと通用したようだ。

うわぁ、長義さまって純過ぎて子どもみたい。容易《たやす》く騙《だま》されそうだわ。大丈夫なのかしら。

一抹《いちまつ》の不安が胸を過《よぎ》る。

しかし、まあ、何とか話は繫《つな》がった。

鈴江の民と猫たちは深く結び付き、平穏に暮らしていたのだ。そこに妖し狐の眷属たちが割り込んできた。猫にとって居心地の良い場所は、狐にとっても住み易いところであるのだろう。ただ、割り込むだけなら、話し合いの上で共に生きていく道を探ることもできたはず。しかし、妖し狐たちは人間、心内に悪意と野心を潜《ひそ》ませた佐竹嘉門利栄という人間と結託《けったく》した。結託し、鈴江を乗っ取ろうとしているのだ。その手始めに、人々が白猫の功徳《くどく》に思いを馳せる鈴江猫祭りを取り止め、廃そうと目論《もくろ》んだ。代わりに、狐祭りを催す策略でも巡らせているのではなかろうか。

由々しき事態だ。しかも、その由々しさを長義に気取《けど》られてはならない。長義は自分の妻が、猫族なんだけどちょいと不思議な一族であることを知らない。珠子が口をつぐんでいるからだ。それはそうだろう。愛《いと》しい妻が人ならぬものであるなんて、知れば仰天する。ひっくり返る。もしかしたら、「化け物」なんて叫びながら、斬りかかってくるかもしれない。

いや、それはないいな。

長義さまに限って、それはない。

この大らかで鷹揚《おうよう》な殿さまなら、どんな現《うつつ》も受け入れるのではないかと、お糸は思う。もちろん、少しは動揺も驚きもするだろうが、その後には案外、あっさりと、「え、珠ちゃん、猫族なのか。そうか、でもかまわぬぞ。珠ちゃんは珠ちゃんだから、それでいいのだ」

なんて、胸にきゅっと染みる台詞《せりふ》を口にする気がする。うん、きっとそうだ。さっきお逢いしたばかりだけれど、信じられる。

お糸はちらりと珠子を見やった。

珠子さまは、なぜ、真実をお話しにならないのかしら。

ふっと疑念が湧いた。

長義さまを信じていらっしゃらない？　いいえ、そんなことはない。お二人は夫婦として心底から信じ合っておられる。それくらい、あたしにもわかる。でも、それならなぜ、ご自分のまことの姿をお見せにならないのだろう。

お糸は胸の内で首を捻《ひね》った。

珠子一人のことではない。事は鈴江そのものに関わってくる。城主である長義に隠し立てをしたままで、妖し狐の眷属や利栄とちゃんと渡り合えるのか。

さっきより強い不安が心の内に渦巻いた。

「ところで、珠ちゃん……」

長義の黒目があちこち動く。

「まだ、ねんねしておるのか」

「は？　ねんね？　おや、誰のことでございましょう」

「またまた、とぼけてくれるな。なっ、早く美由布姫に逢わせてくれ。姫はもうずいぶんと大きくなっただろう。もしかして、父上とか呼ばれるかもしれんなあ。ああ、駄目だ。まだ、心の用意が整うておらんぞ」

「まあまあ、長義さまの方が童《わらべ》のようですわ。お糸ちゃん、姫はそろそろお目覚《めざ》かしら」

「はい。もうお目覚めになられましょう。お連れ致します」

お糸が立ち上がったとき、三嶋が唸った。珠子の気も俄《にわ》かに張り詰めた。

「うん？　珠子、三嶋、如何した」

長義が瞬《まばた》きをする。

お糸は胸に手を置いた。珠子や三嶋ほどではないが、感じる。胸に不穏な気配が突き刺さってくる。

「どうしたんだ？　何かあったか？」

長義はまだ瞬きを繰り返していた。

足音が近づいてきた。女の忙《せわ》しい足音だ。

おさげだった。裾を持ち上げ、急ぎ足で駆けてきた。息が弾んでいる。額には汗さえ浮かんでいた。急いだからではなく、慌てていたからだ。逸《はや》る心が息を乱し、汗を滲《にじ》ませている。

「殿さま、奥方さま、ただいま、佐竹嘉門利栄さまがお屋敷に入られました。奥方さまへのご挨拶の儀があり、お目通りをと願《ねご》うておられます」

「何と叔父上どの、もう江戸屋敷に着かれたのか」

「よくもぬけぬけと参ったものだ」

長義と三嶋の声が重なる。もっとも、三嶋のものは低い唸りとしか聞こえないだろう。お糸の耳は、三嶋の唸りをちゃんと聞き分けられるようになっていた。

「珠子さま、如何致します」

三嶋が囁いた。その囁きも鮮明に聞き取れる。ずい分と耳聡《ざと》くなったものだ。これも、精進の賜物《たまもの》だろうか。

「むろん、お逢い致す。叔父上どののご挨拶を受けぬわけには参るまいて」

珠子が胸を張った。闘志がみなぎっている。華奢《きゃしゃ》な身体が逞《たくま》しく見える。

凜々しいわ、珠子さま。

「利栄どのを奥書院の間にお通しせよ。すぐに、わらわも参る」

「畏まりました」

おさけは、そそくさと立ち去った。

「では、わしも一緒に参ろう」

長義が立ち上がる。いいえと、珠子がかぶりを振った。

「利栄どのはわたしに挨拶を願うておられます。わたし一人でお目にかかりましょう。長義さまは美由布姫のお相手をお願い致します。お糸も連れていきますので守りがいなくなりますゆえ」

「美由布姫！」

長義の目尻がでれっと垂れた。権太郎とよく似た顔つきになる。珠子より、よほど親子っぽい。

「わかった。ここで待っておろう。ただ、叔父上どのは毒舌家だ。何を言われるかわからぬぞ。一々、腹を立てるな」

「ご心配なく。短気は致しません。三嶋、お糸、参るぞ」

珠子が打掛の裾を引く。三嶋が続き、お糸はその後ろに従う。

佐竹嘉門利栄。

ついに見《まみ》えるときがきた。

どんな悪相なのか。どんな悪人なのか。この眼で確と見届けてやる。珠子の闘志が乗り移ったようだ。身体が熱くなる。お糸は唇を嚙《か》みしめ、廊下を歩いた。


え？　この男《ひと》が利栄？

珠子の近くに畏まりながら、お糸はぽかりと開きそうになる口を何とか引き締めていた。そんな間抜け面、さらすわけにはいかない。しかし、それにしても……。

利栄は潑剌《はつらつ》とした面《おも》持ちの美丈夫だった。背も高く肩幅もあり、強い眼差しをしていた。白髪が交じってはいるものの、髪には艶があり、肌も滑々《すべすべ》としていかにも清康《せいこう》な感じがする。とても五十近い年には見えない。

悪漢とか、策略家といった印象からは程遠い姿だ。引き比べては悪いが、権太郎の方がよほど悪人面ではないか。

「ご正室さまのご尊顔を拝し、恐悦至極に存じたてまつりまする」

よく通る声で挨拶し、利栄は深く頭を下げた。そういう仕草もしなやかで、格好がいい。

「利栄どの、そのような堅苦しい挨拶は抜きに致しましょう」

上段の間から、珠子が微笑む。

「利栄どのも健壮なご様子、何よりであります」

「はい。それがしは至って元気でございます……と申し上げたいのですが、このところ今一つ調子が悪く、食気も起こらず、動き回るのが億劫《おっくう》でならぬのです」

「おや、夏の暑さにやられましたか。涼しくなったころに夏の疲れが出ると申します。今年は殊《こと》の外《ほか》、暑い日々が続いておりましたから、お気を付けください」

利栄の眉が微《かす》かに顰《ひそ》められた。本当に微かだ。お糸以外の誰も気付かなかったかもしれない。耳だけでなく目もずい分と鋭くなった気がする。いや、実際になっているのだ。

「いや、それが、どうやら夏疲れや病ではなく……」

利栄が声音を低くした。

「何者かの呪詛《じゅそ》によるものらしいのです」

「呪詛とな？」

思わず、珠子が声を上げた。

「さようでござる。それがしの命を狙い、呪詛している輩がおるのです。このところ寝つきが悪く、妙な汗をかくようになり申した。このまま呪詛の力が強まれば、この命も風前の灯火《ともしび》やもしれませぬ」

利栄は深い吐息を漏らした。

「まさか、とてもその様《よう》には見えませぬぞ。利栄どのの思い過ごしではあるまいか」

「いやいや、ご正室さま。これがまことであるのが人の世の恐ろしいところでござります。それがしを亡き者にしようと企む者が確かに、おるのです」

「そこまで言うからには、何か証となるものをお持ちなのか」

珠子の問いかけに、利栄は「いかにも」と頷いた。我が意を得たりという顔つきだ。少し、得意げでもある。

その顔のまま、懐から袱紗《ふくさ》の包みをとりだした。

「ご正室さま、これをご覧あれ」

紫の袱紗がめくられる。

珠子が短く、息を吐き出した。三嶋が身じろぎする。お糸はつい叫んでしまった。

「藁《わら》人形だわ！」

丑《うし》の刻参りで使うという、呪いの人形だろうか。粗末な藁の人形だ。胸に五寸釘《くぎ》が刺さっている。気味が悪い。とても禍々《まがまが》しいものを感じる。

「どこと場所は言えませぬが、これが我が庭の松の大樹に打ち付けられておったのです。朝起きて、見つけたときは仰天致しました」

どことは言えぬと公言しながら、庭の松の木だとしゃべっている。わざとではないだろう。とすれば、この男のお頭《つむ》はときおり空回りするらしい。

「藁人形ねえ……」

珠子がまじまじと藁人形を見詰める。

「お糸」

「はい」

呼ばれてお糸は前に進み出た。

「そなた、これをどう思う」

袱紗ごと渡された藁人形を、お糸もじっくり眺めてみた。

「どうじゃ。思うたところを申してみよ」

「はい。手に取ってみてもよろしゅうございますか」

「かまわぬ。のう、利栄どの」

「はあ、それは一向に差し支えござらぬが」

と、ここで利栄は急にお糸に身体を向けた。

「妙齢《みようれい》の美しい女人が手にするような物では、ござらんぞ」

お糸を見やり、笑いかけてくる。背中がぞくりとした。

「美しいお女中には、あまり似つかわしくない代物であろう。はははは。で、名はお糸と申すのか。ほうほう、何とも可愛い名であるな。いやいや、ご正室さまも見目《みめ》麗《うるわ》しくあらせられるが、仕える者たちも佳人揃《ぞろ》いで、まさに眼福、眼福」

あははと笑った後、利栄はちらりと三嶋を見やりつつ「いや、まさに佳人揃いだ」と繰り返した。三嶋がふんと鼻息の音を立てる。

何だか妙に調子のいい男だ。

お糸は利栄の視線を感じつつ、藁人形を手に取った。

あっと、声を上げそうになった。何かが聞こえたのだ。

なに？

お糸は耳をそばだてる。

イタイ、イタイ、イタイ……。

え、いたい？　痛いって言ってるの？

イタイ、イタイ、イタイ……ヌイテ、ヌイテ……。

ぬいて？　何のこと、何を……。

お糸は息を詰めた。藁人形に打ち込まれた五寸釘は、錆《さび》が浮き出て、ところどころが赤く変色している。ずい分と古い物だ。

これか。

お糸は顔を上げ、利栄の視線を受け止めた。

「畏れながら申し上げます。この釘、わたくしの手で抜いてもよろしゅうございましようか」

利栄の美相《びそう》に戸惑いが走る。

「釘を？　いや、それはかまわぬが抜いて如何する」

答えず、お糸は釘を掴んだ。一瞬だが、手のひらが熱くなった。握りしめ引き抜く……つもりだったが、上手くいかなかった。木に打ち付けてあるわけではなし、ただ藁に刺し込んだだけの物だ。子どもでも楽に抜けるはず。それなのに、抜けない。

お糸は奥歯を噛みしめ、満身の力を込め引いた。

ボンッと弾《はじ》けるような音がして、釘が抜ける。思わず目を瞠っていた。新しいのだ。藁人形に刺さっていた先っぽの二寸ほどは、まるで錆びていない。錆びていないどころか、今しがた作られた物のように艶々と光っている。錆だらけの頭の三寸とは、別物みたいだ。

「奇妙な釘であるな」

珠子が目を細める。

「なぜ、先だけが新しいままなのじゃ」

「それに、藁に刺さっていたにしては変な音がしましたぞ」

三嶋は眉間に皺《しわ》を寄せた。

「ボンッと聞こえました。ご無礼ながら、わたくしめは利栄どのが放屁《ほうひ》なされたかと思いましたぞ。ほほほ」

「わしはそなたとは違う。屁《へ》などひらぬわ。控えろ、三嶋。わしは殿の叔父ぞ。身分を弁《わきま》えて物を言え」

利栄の口元が曲がる。語尾がふにゃりと萎《しお》れたのは、眉間に皺を寄せながら嘘笑いをしている三嶋の顔があまりに怖かったからだろう。利栄は空咳を二つほどすると、ぷいと横を向いた。

「利栄どの」

珠子が僅かに身を乗り出す。

「この藁人形をどこで、手に入れられたのです」

「それは蔵の中……あ、いやいやいや。先ほど申し上げたとおり、我が屋敷の楓《かえで》の木に打ち込まれておったのです」

「楓？　松ではありませんでしたか」

「へ？　あ……そうそう。松でござる。松。先々代のご君主さまより賜った五葉の松であります。この枝ぶりの見事さは畏れながら、公方《くぼう》さまおわします千代田城の松もかくやと思われるほど」

「松の木に刺さっていたのですね。前夜までなかったものが、朝お目が覚めたら打ち込まれていたわけでありますか」

「……さようでござる。誰かが我が命を狙って呪詛したに違いござらん。見つけ次第、打ち首にしてやる所存でござる」

「あら、でも、それなら、これは丑の刻参りの人形ということになります」

思わず口を挟んでいた。

「いかにも、さようだ。見るからにそうではないか、呪いの藁人形ぉぉぉであるぞ。ふふ、お糸、怖いか。少し怖《おじ》けたであろう。ははは、美女が怯《おび》える様もなかなかに見物であるな。ははは」

うわっ、気持ち悪い。このおっさん、かなりの勘違い野郎だわ。

胸裏で呟《つぶや》く。

今時、真っ昼間の藁人形を怖がる娘なんて、いない。いれば、よほどの臆病者か、か弱い女を演じているかだ。

「でも、丑の刻参りというのは、丑の刻に神社に参詣するのでございましょう。呪う相手の庭の木に打ち付けるなど聞いたことがございませんが。七日間通わねば満願成就せぬのに、一日目で見つけられたら何の効力もなくなります。利栄さまを呪うた相手というのは、それを知らなかったのでしょうか」

「いや、それは……むにゃむにゃ」

「確かに、お糸の言うことも一理あるのう。それに、丑の刻参りとは嫉妬深い女が相手を呪うて為《な》すものでありましょう。利栄どのは、そのような者にお心当たりがござりますのか」

「は？」

「利栄どのを妬む相手です。例えば……そう、情を交わしながら弊履《へいり》の如く捨て去った女とか。側室にしながら顧みなかった者とか。お屋敷内にそういう女がおるのではないのですか。よくよく、お考えあそばせ」

「ご正室さま、お戯《たわむ》れを。それがしは、女子《おなご》に怨まれるような覚えはいっさいござりませぬぞ」

心外だと言わんばかりに、利栄が唇を尖らせる。

「あら、では、この藁人形はいかような経緯《いきさつ》でお庭に？」

「そ、そのようなこと知りもうさん。それがしが知っておるわけがございますまい。

いずれにしても小事に過ぎませぬ。武士たるもの藁人形ごときに騒いでいては面目が立ちもうさん」

勝手に騒いだのはそっちじゃない。小事に過ぎないなら、わざわざ袱紗に包んで持ってくるなって。

これも胸裏で突っ込む。利栄の言動は突っ込みどころ満載なのだ。

手の中で藁人形がもそりと動いた……気がした。

え、まさか。

五寸釘を抜き取った藁人形からは、禍々しい気配は漂ってこない。むしろ、愛らしい。目も口も鼻もない粗末な藁の人形をどうしてだか愛らしく感じてしまう。

利栄が居住まいを正し、胸を張った。

「そのような小事より、ご正室さまのお耳にいれたき大事《だいじ》がございます」

じゃあ、そっちの方を先にいいなさいよ。と、ここでもお糸は声に出さず、突っ込んでいた。

「今度は何事です、利栄どの」

珠子は苦笑いを浮かべている。

「利栄さまが大事と仰せになるからには、余程の大事なのでございましょう。珠子さま、心してお聞きなされませ」

三嶋が露骨に皮肉を投げつけた。利栄は「まさに、まさに」などと独《ひと》り合点《がてん》している。他人の皮肉や嫌みを感じない性質《たち》らしい。育ちが良過ぎるのか、ただの、あほなのか。きっと、ただの、あほだ。

「実は、猫を一匹始末しようと思いましてな」

「猫を？」

珠子が眉を顰めた。三嶋が僅かに身じろぎする。

「はい、三毛の雌猫でござる。これを始末したいと思うております」

利栄がにやりと笑った。嫌な笑いだ。顔立ちが整っているだけに、不気味さがいや増す。

「始末とはまた、穏やかでありませぬのう。その猫が何かとんでもない粗相を致しましたか」

珠子が眉を顰めたまま、問う。口調が少しばかり尖っていた。

「粗相もなにも、これが妖猫《ようびょう》なのでござる」

「妖猫？　どういう謂《いい》です」

「女に化けます」

珠子と三嶋が顔を見合わせる。

「しかも妙齢の美しい女子にです。いや、こちらのお糸ほどではありませぬがのう。はははは。いや、お糸、気を悪くするでないぞ。わしは何もそなたが妖猫だと申しておるわけではないからのう。ゆめゆめ、誤解するでないぞ。早とちりはせぬが得策よ。はははのは」

誤解なんてしてません。早とちりもしてません。

「猫は女子に化けまして、我が屋敷に女中として入り込み、内情を探っておったのでございます」

「まあ……」

一瞬だが、珠子が絶句する。

「時には人、時には猫の姿で嗅《か》ぎ回っていたわけでござるな。まことに、不埒《ふらち》な話ではございませぬか」

不意に利栄が手を打った。

「夢之介《ゆめのすけ》、夢之介、おるか」

「ははっ、ここに」

廊下に一人の侍が現れる。顔つきも身体もきりりと引き締まった精悍《せいかん》な若侍だ。肩衣《かたぎぬ》を着けない略装だが、それが却《かえ》って若さをひきたてていた。

「この者は、坂城《さかき》夢之介と申す、佐竹家の家士でござる。このような出で立ちではありますが、江戸に到着したばかりゆえ、なにとぞご寛恕《かんじょ》いただきとうございます」

珠子は鷹揚に頷くと、夢之介に声をかけた。

「坂城、長の旅、苦労でありましたな。佐竹家の家士であるとは、つまり、山城守さまの臣下であるということ。御《おん》ためめに、心して励むがよいぞ」

「ははっ」

主筋《しゅうすじ》とはいえ、佐竹家は飽くまで臣下、家来の立場なのだと、珠子は暗に告げた。むろん、夢之介ではなく利栄に、だ。

利栄の頰がひくひくと動いた。さすがに、珠子の言葉の裏を察したらしい。

このおっさん、思ったことがほんと素直に顔に出ちゃうのね。

ちょっと、おかしい。

「夢之介、例のものをこれに」

「ははっ」

夢之介が白い布の包みを利栄の前に置いた。

「お見苦しき儀はなにとぞお許しくだされ。是非にお目にかけたく持参致しました」

芝居じみた所作で、利栄は白布を取り去った。

「まっ」

「むむ」

珠子と三嶋が同時に声を上げる。お糸も息を呑《の》んだ。

鳥籠《とりかご》を一回り大きくしたほどの籠の中に、三毛猫が横たわっていた。ぐったりと体を投げ出し、目を閉じている。腹の辺りが微かに上下しているから生きてはいるのだろうが、瀕死《ひんし》の有り様なのは明らかだ。腹にも胸にも血がべっとりついている。血は黒っぽく変色し、異臭を放っていた。

「かわいそうに」

お糸は思わず叫んでいた。

「なぜ、このような惨《むご》いことをなさるのです。猫とはいえ、あまりに哀れではありませぬか」

「お糸、そのように怒るでない。いやしかし、怒った顔もまた、なかなかに愛《う》いではないか。むっふふふ」

わぁ、気持ち悪ぅ。何考えてんの、このおっさん。

「しかしの、こやつは猫にして猫に非《あら》ず。妖猫じゃ。哀れもかわいそうもないのであるぞ」

ないのかあるのか、どっちよ。

「利栄どの、その猫を如何するおつもりじゃ」

「それはむろん、始末致します。世に害をなす妖猫。生かしておくわけにはまいりませぬ」

始末する。その一言がお糸の胸に刺さる。

三毛猫と目が合った。黒い眸《ひとみ》が潤んでいる。何もかも諦《あきら》めたような、覚悟を定めたような眸だ。

「わたしには信じられませぬ」

身を乗り出す。

「このような哀れな猫が妖かしだなどと信じられませぬ」

「うむうむ、お糸は無垢《むく》な娘ゆえ、疑うということを知らぬのじゃな。しかし、見た目に騙《だま》されてはならぬぞ。仏の顔をしながら鬼の心を持つ者もこの世にはたんとおるのだ。わしも、顔立ちのわりには胆力があり豪傑だとよく言われたものよ。わっははは」

誰が言ったのよ。おべんちゃらに決まってるでしょ。

「この猫の始末はこちらでつけるとして、ご正室さま、このようなお見苦しい物を御前に差し出した無礼、ひらにお詫《わ》び致します。しかし、これには仔細《しさい》がありましてな」

ひらにお詫び致しますのところで、下げた頭を利栄は勢いよく起こし、珠子を見据えた。

「かの、鈴江猫祭りの一件でござる」

珠子は顎《あご》を引き、利栄の視線を受け止めた。

「鈴江猫祭りの件とな？」

「ははっ。ご正室さまにおかれましては、既にお聞き及びかもしれませぬが」

そこで言葉を切り、利栄はちらりと珠子を見やった。

芝居がかっているだけでなく、いかにも底意地悪そうな眼つきだ。なまじ、顔立ちが整っているだけに、相手を窺《うかが》う嫌らしさが際立つ。さっきも感じたが、人の美しさや凜々しさは、顔立ち云々《うんぬん》ではないらしい。その顔の裏にくっ付いているもの。想いとか、人柄とか、志《こころざし》とか、性根とか、そういう諸々《もろもろ》に左右されるのだ。きっとそうだ。

ソウダ、ソウダ。ソノトオリダ。

軽やかな声を聞いた。

えっ、誰？

躊躇《ためら》いがちにそっと眼差しを巡らせる。部屋の隅《すみ》に畏まっていた若侍、坂城夢之介と視線が絡んだ。

この方？　いえ、違うわ。すぐ傍らで聞こえたもの。

カサッ。指先が何かに触れた。

藁人形だ。胸のところに釘の跡がくっきりと残っている。

まさか、このお人形が……。まさか、まさかね。

こほん。軽い咳の音がした。目を上げると、利栄が目配《めくば》せしてきた。気色悪い。

利栄はお糸の渋面《じゅうめん》にも気付かず、珠子の方に身を乗り出した。

「国元では、鈴江猫祭りの取り止《や》めを求める声が多々、上がっておりまする」

「何と、祭りを取り止めるとな」

珠子が大きく目を見開いた。

今初めて聞いたわ。もう、びっくりしたじゃない。

という表情だ。もちろん芝居だけれど、こちらはちっとも嫌らしくない。むしろ、可愛い。贔屓目《ひいきめ》でなく可愛い。無茶苦茶《むちゃくちゃ》、可愛い。見ているだけで笑みが零《こぼ》れるほど可愛い。

利栄とまたまた目が合った。

何を勘違いしたか、笑い返してくる。

お糸は素知らぬ振りをして、目を伏せた。

「利栄どの。鈴江猫祭りは鈴江開闢《かいびゃく》の折、長頼公の御代《みよ》より続いた由緒ある祭礼ではありませぬか。それを取り止めるとは、如何な所存でございます」

「その因《もと》こそがこれでござる」

利栄は、三毛猫の入った籠を指差した。

「この猫が如何致しました」

珠子の眉が微かに寄る。利栄は胸を張り、膝を手で叩いた。仕草一つ一つが、やけにもったいぶっている。

普通にしゃべれないの。普通に。

さすがに、お糸の立場では面と向かっては言えない。それが歯痒《はがゆ》かった。

「やれやれ、利栄さま、相も変わらずご所作が大仰で、些か鬱陶しゅうございますぞ」

三嶋がもろに口にした。利栄のこめかみに青筋が浮く。

「な、なんだと。鬱陶しいとは聞き捨てならん。三嶋、そなた、誰に向かってものを言うた」

「利栄さまでございますが。それが何か？」

「うぐぐ。おの、おの、おのれ。数々の無礼、もう堪忍ならぬ。そこに直れ。成敗してくれる」

利栄は立ち上がり、腰に手をやった。手をやって、黒目を左右に泳がせる。ふふんと、三嶋が鼻で笑った。

「ご正室さまのおわす上屋敷の奥に、お越しでございますからねえ。お腰の物は御《お》錠口《じょうぐち》でおあずけあそばしたでしょうに。はや、物忘れのお年となられましたかしら。むふふふふふ」

「むむむむ。そなたなど、この小さ刀で十分。覚悟せよ、三嶋」

「おやおや、上屋敷の奥、ご正室さまの御前で刃傷《にんじょう》沙汰《ざた》を起こすおつもりか。そちらこそ、ご切腹のお覚悟がいりますぞ」

「う、うぐぐぐ……。おのれ」

利栄が身体を震わせる。面《おもて》が紅潮して、憤怒《ふんぬ》の形相がすさまじい。が、三嶋はいたって涼しい顔をしていた。利栄の怒りなど、どこ吹く風といった様子だ。

「いいかげんにしや！」

珠子が一喝する。利栄と三嶋が同時に身を縮めた。

「三嶋、そなたが悪い。一々、利栄どのに渋口《しぶくち》をきくでない。無礼を詫びよ」

「そうだ、そうだ。この渋口婆《ばばあ》。へっへい、怒られた。怒られた。いいざまだわい」

「利栄どの、あなたもいいかげんになさいませ。殿の叔父上さまともあろうお方が、女の挑発にのって刀に手をかけるとは短慮に過ぎますぞ」

愚息を叱る母の如《ごと》く、珠子が叱咤《しった》する。

「え……いや、手をかけたりしてないし……。それに、三嶋のやつがやたら突っかかってくるのが悪いんで、それがしは別に何にも悪くないし……。そ、そうです、そうです。ご正室さま。悪いのは、みーんな、三嶋でござるぞ」

うわっ、このおっさん、どうにもなんないわ。いるよね、こんなやつ。すぐに他人《ひと》のせいにして、「おれ、悪くないもん」なんて逃げを打つやつ。やだなあ。恥ずかしくないのかしら。

大川の水で産湯を使い、江戸の町で生きてきた者がなにより嫌うのは、野暮《やぼ》だ。野暮とはつまり、生き方の汚い者のことだと、父や母から教えられてきた。

己の至らなさを棚に上げ、他人ばかりを罵る。卑怯《ひきょう》である。卑劣である。自分さえよければ他人のことなど顧みない。不正をする。不正を知って正そうとしない。欺《あざむ》く。誤魔化《ごまか》す。強い者にすり寄り、弱い者を蔑《ないがし》ろにする。

錦に身を包んでいても、見場がどれほど良くても野暮なのだ。

「野暮にだけはおなりでないよ。野暮な男に引っ掛かったりおしでないよ」

母に幾度となく言われてきた。心に刻んでいる。お糸から見れば、利栄は文句なく〝野暮〟の範疇《はんちゅう》に納まる。ど真ん中だ。できるなら、あかんべをしてやりたいが、さすがに憚られる。そのかわりに顎を上げ、利栄を睨《にら》みつけた。ここでも、どう勘違いしたか、利栄は口元を綻《ほころ》ばせ二度、三度、頷いてきた。

わしは大丈夫だ。心配致すな。

とでも言うように。

とんでもない、とんちんかん野郎ね。ちゃんちゃらおかしいわ。

「利栄どの。話を進めてたもれ。何故にこの猫と、鈴江猫祭りの取り止めとが繋《つな》がるのです」

「さよう。その話でござるが」

利栄が膝行《しっこう》する。わざとらしく、声を潜める。

「長頼公の代よりこの方、鈴江は猫を守り主として崇《あが》めてまいりました。猫神社と称する社《やしろ》が領内、あちこちにあるのはご正室さまも、ご存じのはず。何と百余を数えるとか。領内に百余でござるぞ」

「それが如何致しました。これまで何の不都合もなかったはず。城下にて、その猫神社にまつられた猫神さまたちが一堂に会するのが鈴江猫祭りではありませんか。近隣からも多くのぜんにゃん……善男善女《ぜんなんぜんにょ》が集《つど》い、たいそうな賑《にぎ》わいともなると聞きました。さらに、二日にわたる祭りは、旅籠《はたご》をはじめとする店々を潤し、鈴江に相当の益をもたらしてきたはず。そうそう容易く取り止めなどできますまい。民の商い、民の暮らしにも影が差すのは必定《ひつじょう》ではありませぬか」

「さもありなん。しかし、ご正室さま。お聞きくだされ。鈴江猫祭りをこの先、今までどおりに続けることは、益よりも害を生み、鈴江の地を荒廃させる。これもまた、必定でござるぞ」

「それはまた、何故に？」

「猫を崇め、猫を守り、猫を大切にしてきたことが仇《あだ》となったのでございます。つまり、猫どもが図に乗り、己《おの》が分際を忘れ、我が物顔で振る舞うようになったわけでござるな。そういうものたちの中から、妖かしの力を具えた妖猫、まあ、わかり易く言えば化け猫、化け物の類《たぐい》が現れてきたのでござるよ。その妖猫は人に化し、人に紛れ、人の心を操り、鈴江の地で悪行を尽くしております」

「まさか」

三嶋が腰を浮かせる。

「猫がさような悪さをするわけがございません。それは謂《いわ》れのない流言飛語《りゅうげんひご》でございますぞ」

「流言飛語とな」

「さようです。大方、猫嫌い、猫を快く思わぬ者の仕業《しわざ》でありましょう。あらぬうわさを流して喜んでおるのです。ふふん、殿のお身内ともあろう利栄さまが、そのようなものにあたふたしておられるとは、ほほほ、些か情けなくはございませんか」

「あたふたなどしておらん。妖猫は確かにおるのじゃ。この猫が確かな証よ」

お糸はもう一度、籠の中の三毛猫を見詰めた。

ぐったりとして、血に汚れている。しかし、他は何の変哲もない三毛猫だ。妖かしの気配など微塵《みじん》もない。

「わたしには、衰弱した哀れな猫としか見えませぬが」

「うんうん、お糸は素直だからのう。猫の手管に容易く引っ掛かるのじゃ。初《うぶ》な者ほど騙され易いのは、世の道理というもの。だからこそ、お糸のような娘にはしっかりした守り手が要るのよ。なんなら、この佐竹嘉門利栄が後ろ盾になってやってもよいぞ。いや、遠慮は無用だ」

一生、遠慮するわよ。守り手や後ろ盾なんて要りませんよーだ。

自分の身は自分で守る。それくらいの強さも覚悟も持っている。

そんな思いを込めて利栄を睨もうとしたけれど、また、勘違いされるのが落ちなので、黙って三毛猫を見続けた。

「この猫は女人に化けて、我が屋敷に入り込んでおったのですぞ」

利栄の言葉が耳に飛び込んでくる。飛び込んで、突き刺さる。思わず顔を上げていた。目の前に、三嶋の強張《こわば》った面《おもて》がある。さっきまでの薄笑いも、澄ました様子もない。ただ硬く、張り詰めている。

「何と、まことですか」

珠子が息を吞み込んだ。

「まことでござる。この刀にかけて偽りなど申さん……あれ？　あ、そうか、刀はあずけており申した。ついうっかり失念致しておりましたな。ははは」

大丈夫か、このおっさん。大丈夫でなくても、ちっとも困らないけど。

照れ隠しの空咳を二回して、利栄は話を続けた。

「この猫は、おみけという名の女人となり、我が屋敷の奥女中として働いておったのです。むろん、それは表向きのこと。おみけは、あるときには女の姿、あるときには猫に戻り、不届きにもこの佐竹嘉門利栄の動向を探り、逐一報《しら》せておったのでござる。つまり、間者でござるな」

「報せていたとは、誰にです」

「さて、誰でありましょう。残念ながら、まだ、そこのところがはっきり致しません。ご正室さまにおかれましては、お心当たりはござりませせぬかのう」

「わたしが？　なぜ、わたしに心当たりなどお尋ねになる？」

「いやいや。まあ、もしやもしやと思うたまでのこと。ご不快であったならお詫び申し上げる。お許しくだされ。麗しい女人に怒られるほど辛《つら》いことは、ござりませぬからなあ。のう、夢之介」

「ははっ」

若侍は無表情のまま、頭を下げた。呆《あき》れているか、うんざりしているかどちらかだろう。

武士とはせつないものだ。一度、主従の関わりが生じれば、主《あるじ》がどれほど凡庸でも愚かでも悪辣でも、忠義を尽くさねばならない。戦国の世なら下剋上《げこくじょう》という言葉もあったが、太平の天下では主を替えることすら至難だ。

利栄は得意顔でしゃべり続けている。

「このように、我が鈴江では妖猫が蔓延《はびこ》り、さまざまに悪行を為《な》しております。それもこれも、これまで猫を甘やかしてきたことが因でありますぞ」

「悪行とはどのようなものです」

「ですから、間者として我が屋敷に入り込み……」

「それは利栄どの一己《いっこ》のことでありましょう。そこまで猫を悪《あ》し様《ざま》に言われるなら、鈴江のあちこちで騒ぎが起こっておるのですか」

「それは……さようでござります」

「例えば？」

「た、例えば……。昨年の夏の長雨も、川の決壊も、西の三村で疫病が流行《はや》ったのも、全て、猫の仕業に相違ござらん」

「長雨は鈴江だけではありませんでした。川の決壊とて、殿さまがお進めになっていた土手の普請が、費《つい》えが膨れ上がったため思うようにいかなかったからではないのですか」

珠子は正面から利栄を見据え、口調を強くした。

「まあ、そういう面も確かにあり申そう。が、大本《おおもと》のところには猫が呼び込んだ災いがござるのは間違いない。まったくもって、間違いない」

三嶋が顎を上げた。

「何を証左として、そのような世迷《よま》いごとを申されるのか。長雨や日照り、果ては天変地異のことごとくが猫のせいであるかのようなお口振り。何とも納得できかねます。猫が天変地異を起こすなら、狐は何と致しましょうか。この世の全ての天災、地妖の因ともなりますのか」

三嶋に対抗するつもりか、利栄も鼻の穴を膨らませる。

「三嶋、わしは狐の話などしておらん。猫だ、猫。ともかく、我が鈴江で猫どもは好き勝手に振る舞《も》うておる。その内の少なくない数が妖猫となり化け猫となり、我が国を害しておるのだ」

「ですからそれは、単なる利栄さまの思い込みに過ぎぬのではありませぬか。なにしろ、あなたさまは思い込みと思い付きだけで生きておられるお方ですからねえ」

「控えよ、無礼者が。幾らご正室さま付きの上臈《じょうろう》とはいえ、あまりに口が過ぎるぞ」

利栄が片膝を立てる。

三嶋がさらに顎を上げる。

二人の視線がぶつかる。

お糸は空に散る青白い火花を、確かに見た気がした。

「利栄どの、話を前に進めてたもれ。利栄どのは鈴江の災厄は全て猫のせいだとお考えなのですね。それで、鈴江猫祭りを取り止めにした後《のち》は、どうなさるおつもりか」

珠子が静かな、しかし、力のこもった声で問うた。

「我が鈴江の領内より猫を一掃致しまする。触れを出し、猫を飼うことを一切禁じるのが、まずは得策かと存じ上げます」

珠子の眉間に薄く皺《しわ》が寄った。

「三嶋の肩を持つわけではありませぬが、利栄どののお話を伺う限り、なんの証左もなく猫を悪者に仕立て上げておるように感じられますが」

「何とこれはまた心外なり」

利栄が自分の膝をばしりと叩く。力を入れ過ぎたのか、顔が少し歪んだ。

お糸はちょっと笑いそうになる。

「それがしは、鈴江のために本気で申し上げておるのですぞ。このまま、猫どもを野放しにしておけば、さらに災厄が降りかかることになりましょうぞ」

「さようですか。憚りながら、わたしには利栄どのの言は、執政のしくじりを全て猫に擦《なす》り付けておるように思えますぞ」

「なな、な、なんとこれは心外の上にも心外でござる。そもそも政の何たるかをご正室さまはお考えになったことがおありなのか。畏れながら申し上げるが、女子の身で政道について語るは、僭越《せんえつ》に過ぎましょうぞ」

ばっかじゃないの、このおっさん。

お糸は唇を結び、胸の内で毒づく。

かっちかちの石頭なだけじゃなく、偉そうにふんぞり返っちゃって、女を見下すわけ？　了見違いも甚《はなは》だしいわ。

男にも女にも、老人にも子どもにも、政は関わってくる。悪政は人々を苦しめるし、善政を敷けば豊かにも幸せにもなれる。

女だって政を語る。自分たちに関わり合うのだから語って当たり前ではないか。それを僭越だと切って捨てる利栄からは、傲慢さという悪臭が芬々《ふんぷん》とする。

「利栄どの、女子を侮《あなど》っては政は成り立ちませぬぞ」

さすがに、腹に据えかねた様子で、珠子が口吻《こうふん》を尖らせた。

「でも、珠子さま。利栄どのは、ご執政には入っておられませぬ。裏でじたばたされているかどうかは、あずかり知りませぬが、今は執政から身を退いておられるはず。そうでございますよねえ、利栄さま。今は政に口を挟めるお立場ではありませんよねえ。ご隠居の身でありますものねえ。此度《こたび》の旅も、江戸への物見遊山《ものみゆさん》でありましょう。まあ、羨ましい。わたしなど日々の勤めに追われ、芝居を観《み》に行く暇もございませんのに」

三嶋がわざとらしく笑い声を上げた。

「むむむ、三嶋、わしをまたも愚弄するか」

「羨ましいと申し上げましたでしょう」

バチバチバチ。

再び火花が散る。

「殿のご意向は祭りの存続にありましょう」

珠子がはっきりと言い切った。

「全ては、殿がお決めになること。わたしや家臣たる利栄どのが勝手に決めることは、許されませぬ」

　有無を言わせぬ口調だった。

　威厳さえ漂う。

「むむむむ」

　さすがの利栄も、気圧《けお》されたのか黙り込んだ。

「みゃう」

　籠の中の猫が、悲しげに鳴いた。

　利栄の鼻の穴が再び膨らむ。

「わかり申した。ご正室さまがそこまで仰せなら、それがしは黙って引き下がりましょう。後々、悔いることにならなければよろしいですが。ふふん、鈴江が猫にのっとられる前に、殿の目がお覚めになるとよろしいが。まっ、それでは、それがしはそれがしの身の回りからだけでも災厄を取り除くことに致します」

　利栄は立ち上がり、若侍を見やった。

「夢之介」

「ははっ」

「その不届きな妖猫を始末致せ」

若侍、夢之介の面《おもて》に戸惑いが走った。

「始末と……申されますと」

「始末は始末よ。焼くなり、斬るなり、毒を食らわすなり、好きにするがよい。わしを謀《たばか》ろうとした罪は重い。何なら四肢を切り落として犬の餌《えさ》にしてもよいぞ」

三嶋が身体を強張らせる。お糸も腰を浮かせていた。

「そ、そんな、あんまりです」

声が震えてしまう。

「利栄さま、それはあまりに惨うございます。わたしなどが口を挟むのも憚られますが、この猫が妖猫だとは、どうしても信じられませぬ」

「お糸、わしの言を疑うのか」

「滅相《めっそう》もございません。けれど、万が一、この猫が妖かしであったとしても、利栄さまのお身体を傷付けたわけではありませぬのでしょう。ただ、お屋敷の内情を探っていたというだけで犬の餌とは、あんまりでございます」

「お糸」

利栄が目を細めて、お糸を呼んだ。ねっとりと絡みつくような呼び方だった。「お〜いとぅ」という感じだ。

うわっ、気持ち悪っ。

首の辺りの肌が粟立《あわだ》つ。ぞくぞくと寒けがする。真夜中の墓場で、幽霊から「うらめしや～」と言われた方が、まだましだ。

「そなたは、見目麗しいだけでなく、心根の優しい娘じゃ。ご正室さまの周りには下品で猛々《たけだけ》しい女とも思えぬ輩ばかりが侍《はべ》っておると、心痛の種であったが、そなたのような者が仕えておるのは実に良きことじゃ」

すすっと近寄ってきたかと思うと、利栄はお糸の手をしっかりと握り込んだ。

素早い。

ひえええっ。

お糸は悲鳴を上げそうになった。

全身の肌が粟立ってしまう。

「うむうむ、かわゆい手じゃのう。人形のようじゃ。かわゆいかわゆい。むふふふ」

「殿」

夢之介が僅かに進み出た。

「そろそろ、ご退出の刻《とき》でございますぞ」

「うん？　もうそんな刻か。ははは、ご正室さまと話しておると、楽しくもあり愉快でもあり、ついつい刻の経《た》つのを忘れてしまうのう。ははは、お糸、今日のところはこれでな」

男の妙に柔らかな手が離れた。ほっと息が吐けた。しかし、猫はどうなる？

「利栄さま、あのどうか猫の命をお助けくださいまし。あまりに不憫《ふびん》でございます。それに殺生はなるべく避けねばなりませんでしょう」

無理やり愛想笑いを浮かべる。胃の腑《ふ》まで粟立つようだ。

「うーん、お糸にそこまで頼まれるとなあ、如何しようかのう」

「わたしがあずかりましょう」

珠子が言った。

「利栄どの、この猫、わたしがあずからせていただきます。まことの妖かしかどうか、調べてみとうございますゆえ。鈴江猫祭りについてはそのあたりを確かめたうえで、後日、殿とお話をしてみましょう。それでよろしいですね」

「ふむ。まあ、ご正室さまがそう仰せなら致し方ない。それがしは、しょせん家臣の一人に過ぎませぬからなあ。嫌とは言えませぬよ。ははは。では、確かにおあずけ申しました」

「おあずかり致しました」

珠子が口元だけの笑みを作る。

「おおそうだ。もう一つ、申し上げるべき儀がござった」

まだ、あるの。

珠子がいかにもうんざりしたように、ため息を吐《つ》いた。

「お世継ぎの件でござる」

「お世継ぎ……」

「さよう。殿とご正室さまのお仲睦《むつ》まじいのはめでたきなれど、いまだに男子誕生を見ぬは由々しき事態でござる。これは、鈴江の未来《さき》にも大きく関わること」

珠子が唇を嚙みしめた。

「言い難きことながら、それがししか進言する者はおらぬゆえ、断腸の思いで申し上げる」

断腸のわりには、涼しげな顔つきで利栄は続けた。

「ご正室さまに、もしこの先も男子誕生の兆しがなければ、殿がご側室を望まれても、致し方ないとご納得いただきたい」

「無礼でありましょう」

三嶋が吼《ほ》えた。

ほんとだ、無礼過ぎる。

このおっさん、無礼が裃《かみしも》着けてる輩だわ。

「無礼は百も承知で申し上げておるのだ。お世継ぎは男子でなければならぬ。鈴江に男子が誕生せねば、お家は断絶の憂き目にあうかもしれぬのだぞ。お世継ぎの一日も早いご誕生こそ、鈴江の安泰に繋がる。そもそも、側室とはお世継ぎを産むために」

「心得ました」

珠子が凛《りん》とした物言いで、利栄を遮った。

「その件についても、わたしなりに考慮致します。利栄どのの進言、確と胸に留めましたゆえ、ご安心なさいませ」

「ありがたきお言葉。さすが、ご正室さまでございます」

利栄がにんまりと笑う。それから、足音高く出ていった。

「まったく、何という男であろうか。ご正室さまの前で側室の話を切り出すなどと。あれは嫌がらせに違いない」

三嶋がわなわなとこぶしを震わせた。

「三嶋。そなたに尋ねたいことがある」

珠子が三嶋に視線を向けた。その視線も口調も冷え冷えとしている。お糸は胸の上を手で押さえてしまった。動悸《どうき》がしたのだ。

珠子さまが、こんなお声を出すなんて……。

座敷の中が、ふいに凍《い》てついた気さえする。心身も冷えて、妙に寒い。

珠子といて、こんなに気が張り詰めたのは初めてだ。三嶋も神妙な顔つきになる。

居住まいを正し、僅かに頭を下げる。

「この猫を間者として、利栄どのの屋敷に送り込んだのは、そなたか」

「えっ」

思わず声を上げていた。口を開けたまま、猫と三嶋を見る。

こ、この猫が間者？

三嶋さまが送り込んだ？

「さようでございます」

暫しの間をおいて、三嶋が答えた。低いけれど、はっきりとした口調だった。

「全て、わたし一人で仕組んだことにございます」

「なぜ、そのような真似をした」

珠子の語気が、それとわかるほど険しくなる。

「わたしに一言も告げず、なぜ、そのような勝手な振る舞いを致した。なぜじゃ。申せ、三嶋」

「珠子さまに言上《ごんじょう》致せば、止められると思いましたゆえにございます」

「当たり前じゃ！」

珠子の叱咤が響いた。

「そのような愚挙、許すわけがあるまい」

「お言葉ではございますが、珠子さま」

三嶋が伏せていた視線を上げた。口元が微かに震えている。

「利栄どの、いえ、佐竹嘉門利栄は、我らが敵でございます」

「三嶋」

「敵でございます。それは明白ではありませぬか。利栄は、妖し狐どもに操られ、鈴江猫祭りを取り止めにし、ひいては我ら猫族なんだけどちょいと不思議な一族を鈴江の地、いや、日《ひ》の本《もと》から追い出そうと画策しております。さらに言えば、殿にとってかわり、政を恣《ほしいまま》にしたいと望んでおるのです。これが敵でなくて、何でありましょうか」

「だから、間者を送り込んだと申すか」

「敵の動きを知るは、戦いの初歩にございましょう」

「控えよ。戦いとはなんぞ。我らと利栄どのが戦うことは、鈴江内を二分することに繋がる。そうは思案せなんだか」

「珠子さま、既に鈴江内は二つに割れております。利栄の後ろには、あの妖し狐の眷属どもがおるのですぞ。権太郎さまの言われたことをお忘れか。やつらは奸計を弄し、珠子さまのお命を狙っております。それこそ由々しきことではありませぬか。珠子さまとて、戦うご決意をなされたはずでは」

三嶋が膝行する。打掛を摑《つか》んだ指が震えていた。珠子は、三嶋を見詰めたまま告げた。

「三嶋、確かにわたしは戦う意を固めておる。しかし、それは倒す倒されるという類の戦《いくさ》ではない。鈴江で、そして、この江戸屋敷で誰のものであろうと決して血を流させぬ。そのために戦うのじゃ。血で血を洗う戦ほど愚かなものは無い。誰が勝っても、敗れても必ず遺恨を残す。戦いでまことの平安は手に入れられぬ。それが殿の、そしてわたしの信じるところじゃ」

「それは、些か甘《あも》うございますぞ。珠子さま」

三嶋が背筋を伸ばした。

何かに挑むかのような姿勢だ。

お糸は、せつなくなる。せつなくて、泣きそうになる。

珠子と三嶋は、主従というだけでは足らぬほど強い絆《きずな》で結ばれている。互いを信じ合い、尊び合っている。

傍らにいて、確かに感じていた。

その二人がこんな風に言い争うなんて、とても嫌だ。針の筵《むしろ》に座らされて、と言うけれど、本当に居たたまれずお尻や足がちくちくと痛むような心地だ。針の先で突かれているようだ。

お二人とも、お止めください。

そう叫びたいけれど声が出ない。張り詰めた気配に気圧されて、喉も舌も縮んでいる。我ながら情けない。

お糸は唇を噛んだ。

カサ。

傍らで、微かな音がした。

カサ、カサ。

乾いた硬い音だ。

え？

下を向く。音の出処《でどころ》を目で探す。

あの藁人形が転がっていた。利栄の毒気に当てられたり、珠子と三嶋の諍《いさか》いにはらはらしたりで、すっかり忘れていた。

人形が……動いた？

指先でそっと触ってみる。

何も起こらない。当たり前だ。人形は人形だ。動いたり、しゃべったりするわけがない。わけがないが……。三嶋の太い声がぶつかってくる。

「とくとお考えあそばされませ。牙《きば》をむいて襲いかからんとする相手に、道理や信条は通用致しませぬ。生温《なまぬる》いご決意では、とても太刀打ちできる相手ではないと」

「もうよい」

三嶋の言葉を断ち切るかのように、珠子が立ち上がる。

「この上、話を続けても無駄じゃ。お糸、早《はよ》う、おみけの手当てをしてやるがよい。三嶋の愚策によってかように傷ついた。手遅れにならぬうちに、きちんと治療してやらねばならぬ」

「は、はい。かしこまりました」

「珠子さま、お待ちくださいい。利栄はともかく、狐の眷属につきましては」

「そなたを謹慎《きんしん》とする」

三嶋が大きく息を吸った。お糸も胸を押さえる。

「わたしがよしというまでは、屋敷内をうろつくことはむろん、部屋から出ることも許さぬ。わかったな」

「……承知つかまつりました」

三嶋が深く頭を下げた。

衣擦《きぬず》れの音を残し、珠子が出て行く。

「珠子さま」

お糸はそのあとを追った。

「お待ちくださいい、珠子さま」

打掛の裾に縋《すが》るような思いで、珠子の前に膝をつく。

「お糸、邪魔じゃ。どきや」

「いえ、どくわけには参りませぬ。珠子さま、お願いでございます。なにとぞさっきのお言葉、お取り消しくださいませ」

珠子の眉間に皺が寄る。その表情のまま、後ろに控えていた腰元たちに軽く首を振った。腰元たちが一斉にさがる。

お糸は廊下に手をついた。手のひらがひやりと冷たい。

「どうか、三嶋さまの謹慎の儀、今一度、お考え直しください」

珠子を見上げ、必死に訴える。

「三嶋さまなりに、珠子さまの御身を考えてのことではありませんか。その忠義のお心に免じ、ご寛恕くださりませ」

「ならぬ」

珠子の返事はにべもなかった。

「三嶋は、主であるわたしに一言の断りもなく、勝手な振る舞いをしたのじゃ。咎《とが》めは受けねばならぬ」

「け、けれど珠子さま」

「控えよ、お糸。そなたが口を挟むことではない」

珠子の声も表情も、どんどん硬く、鋭くなっていく。お糸の知っている珠子とは別人のようだ。

お糸の中でせつなさが募る。

でも、でも、珠子さま。こんなのって、あんまりです。謹慎だなんて、部屋から一歩も出られないなんて、三嶋さまがおかわいそうです。おかわいそう過ぎます。

心の内が上手く言葉にならない。もどかしい。そのもどかしさの証のように、目の奥が熱くなった。

気付けば、涙が頰を伝っていた。

いけない。泣いてるときじゃないのに……。

袖口で涙を拭く。何となくだが袖が重い。悲しい涙を拭くときは、袖まで思うようにならないのだろうか。

「あら？」

珠子が口を窄《すぼ》める。しゃがみ込み、もう一度「あらま」と呟いた。口調ががらりと変わる。

「お糸ちゃん、それ」

「え？」

珠子の視線を辿《たど》って袖に目をやる。

「きゃっ」

思わず声を上げてしまった。ついでに後ろにのけぞって、尻もちをついてしまった。それくらい驚いたのだ。

袖に、あの藁人形がくっ付いている。いや、くっ付いているというより……。

「何だか、一生懸命にしがみついているみたいねえ」

珠子が首を傾《かし》げた。

確かにそうだ。人形は両手（？）で袖を挟むような格好になっている。落ちまいとしがみついているとしか見えない。

「ど、どうしてこんなところに……。座敷に置いてきたはずなのに」

唾《つば》を呑み込む。座敷に置いてきたつもりが、持ってきていたのだろうか。とっさに人形を摑んで、珠子を追いかけた？　追いかけながら、袖にくっ付けた？　ありえない。そんなこと、どうにもありえない。

お糸はそっと、藁人形を手に取った。見詰めてみる。横にし、裏返し、逆さにして、さらに見詰める。ただの藁人形だ。藁を括《くく》って人に似せたものに過ぎない。目も鼻も口もない、粗末な作りの人形。

「何だかへんてこよねえ」

珠子もまじまじと人形を見ている。

「へんてこだわ、この人形。ちょっと、鼻がむずむずする」

「鼻で、ございますか」

「鼻よ。何だか怪しいと思ったら、鼻がむずむずするの」

「この人形、怪しいのでしょうか。もしそうなら、焼くなり捨てるなりした方がよろしゅうございますか」

「そうねえ。でも、剣呑な気配はしないけどねえ。うーん、この人形の始末はお糸ちゃんに任せちゃう。好きにして」

「あ……はい」

「さ、お糸ちゃんも今日は、部屋に引きあげて。いろいろあったから疲れたでしょ。ゆっくり休むといいわ。これから、また忙しくなるかもしれないから」

珠子が立ち上がる。お糸に背を向ける。

「あ、お待ちくださいませ。三嶋さまのこと、本当にこのままでよろしいのですか」

「よい」

一言、言い捨てて、珠子は去って行った。

「ああ、もう役立たず」

お糸は部屋の真ん中で足を投げ出して座った。

役立たずとは、自分のことだ。

珠子を説得できなかった。みすみす、三嶋を謹慎の身にしてしまった。それが悔しい。

ごろりと横になる。仰向《あおむ》けになり、天井を眺める。母のお稲が見たら、文字通り目を三角にして怒鳴《どな》りつけてくるだろう。「お糸、何てはしたない。おまえは、『きぬた屋』の一人娘なんだよ。少しは慎みってものを持ちなさい。慎みってものを」と。

ところがここは鈴江三万石の江戸屋敷で、実家《さと》ではない。行儀見習いの奉公に出した娘が、まさか足を広げて寝そべっているなどと、『きぬた屋』のお内儀《かみ》として、大所帯を切り盛りしているお稲だとて、さすがに見通せはしないだろう。

ええ、ええ、わかってますよ、おっかさん。はしたないのは百も承知で寝っ転がってんだから安心して……って、安心なんかできないわよね。だけど、今はむしゃくしゃして、そのむしゃくしゃをどこにぶつけたらいいか、そこんとこがわかんないの。

お糸は起き上がり、今度は胡坐《あぐら》をかいてみた。小袖の裾が割れて、脹脛《ふくらはぎ》が剝《む》き出しになる。そのまま、身体を前に倒すと背と腰が伸びて、気持ちがいい。

どうしていらっしゃるだろう。

三嶋のことを考える。

きっと、正座の姿勢を崩さぬまま、部屋でじっとしているだろう。謹慎ということになれば、部屋の入口に見張り番がつく。厠《かわや》に行くのさえ、一々、告げなければならない。好きに歩き回ることも、誰かに話しかけることも憚られる。

あんまりだわ。珠子さまったら、三嶋さまにあんまりの仕打ちだわ。ひど過ぎる。

正直、腹が立つ。珠子に対して、初めて怒りに近い情を覚えたのだ。その反面、珠子の言葉に深く頷く心持ちもした。

血で血を洗う戦ほど愚かなものは無い。

まったくそのとおりだ。

男はそんな愚かな戦をずっと繰り返してきた。これからだって、どうなるかわからない。では、珠子は女のやり方で戦をするつもりなのだろうか。

血を流さず、勝者も敗者も無い戦い。憎しみを断ち切り、許すための戦い……。わからない。考えてもわからない。

お糸はため息を三回続けて、吐き出した。

「珠子さま、何を考えておいでです」

四回目のため息を零す。

「いやあ、そんなに深刻に考えなくてもよいと思うぞ。ぷりてぃがぁる。いえっぃ」

陽気な声がした。

すぐ後ろだ。

振り向き、お糸は悲鳴を上げた。

いや、悲鳴を上げたかったのだが声が出なかった。口も目も丸く開いたまま閉じられない。

「……権太郎さま……」

ややあって、ようやくそこに立っている男の名を呼べた。

「いえっいっ、はうあーゆぅ、ぼんじゅーる、ぼんじょるのお、れぃでぃおいと」

「はあ？」

お糸は瞬きを二度繰り返した。目がちかちかしてきたのだ。

権太郎は銀色に輝く布を頭に巻いていた。そこには色とりどりの石（宝玉なのだろうか？）が幾つもちりばめられ、それぞれが紅に紫紺に緑に橙《だいだい》に輝いている。しかも、額の真ん中辺りには大きな鳥の羽根が三本もくっ付いている。

もしかして、これが孔雀《くじゃく》の羽根？

ごくりと生唾を呑み込む。

天竺《てんじく》や獅子国《ししこく》に棲《す》むという鳳凰《ほうおう》孔雀の絵を見た覚えがある。息を呑むほど美しい鳥だった。その尾羽は長く、瑠璃《るり》色に輝いていると絵の説明にあった。

その羽根は頭の巻物だけでなく、艶のある黒い半幅帯――おそらく天鵞絨《びろーど》だろう――の前にも縫い付けられている。頭よりかなり短めではあるが、権太郎の動きにそって揺れ、揺れる度に光を弾いた。その帯の上が銀色の筒袖で下が茜《あかね》色の短袴《たんこ》になっている。どういう類の布なのか、妙にてらてらした光沢があるうえに巻物同様に大小、色さまざまな石があちこちで光っている。さらに先の尖った黒い沓《くつ》にも真ん中に大きな緑黄色の石が飾られていた。さらにさらに筒袖には金色の短冊形の布が幾枚も垂れ下がり、七夕《たなばた》の笹よろしくさらさら揺れている。

「あの、何と申しましょうか、前にも増して……ご立派な衣装でございますね」

派手を立派と辛《かろ》うじて言い換えて、お糸はまた目を瞬《しばたた》かせた。

「ぬはははは。驚いたか。これはたぁばんというてな」

と、権太郎が頭を指差す。

「外《と》つ国《くに》の被《かぶ》り物《もの》だ。一枚の布でできておるんだぞ」

「あらまあ。一枚布で？　とても、そうは見えませぬが」

「くははは、だろう、だろう。南蛮笠《なんばんがさ》とはまた一味違っておろうが。これが似合う男はこの日の本にはなかなかおらぬぞ。畏れ入ったか、くははは」

お糸は無理やり愛想笑いを浮かべようとしたが、頬が変にひくついただけだった。

たぁばんという被り物を初めて見たが、なるほど、日の本にはこれが似合う者はそうそういないだろう。着流しや羽織袴、裃の格好にはあまりに不釣り合いだ。似合うわけがない。お糸は一瞬、父親のきぬた屋芳佐衛門が黒羽織を身に着け、たぁばんを巻いている格好を思い描いた。続いて、佐竹嘉門利栄や伊集山城守長義が裃とたぁばん姿でしずしずと歩いている絵が浮かぶ。

噴き出しそうになる。お糸は唇を結んで、必死に笑いをこらえた。父や利栄はさておいて、鈴江城主である長義を笑うわけにはいかない。たとえ、頭の中だけとはいえ、武家勤めの身には禁戒中の禁戒だ。

ともかく、たぁばんなんて似合う者はめったにいない。似合ったからといってどうなんだとも思う。それに。

お糸はちらっと権太郎を見やった。

権太郎さまも、別に似合ってるわけでは……。

ないと感じる。言っちゃあ悪いが、化けそこなった派手好きな狸《たぬき》みたいだ。目がちかちかして、頭がぐるぐるして、見詰めているとなぜか恥ずかしくなる。

「むふふふふ、わしのふぁっしょんせぇんすは特上だからのう。なんてったって、仏蘭西はぱぁりぃ仕込みだ。誰にも、真似はできんぞ。むふふふふ」

「まことに、そのとおりでございますねえ」

おそらく、真似したい者はいない気がする。

それにしても、仏蘭西はぱぁりぃの人たちは、こんな珍妙な出で立ちをしているのだろうか。ちょっと信じ難い。いや、今はぱぁりぃの人々がどんな装いをしていようが、かまいはしない。それどころではないのだ。

「権太郎さま。turban も fashion sense もこちらに置いといていただいて」

幻の荷物を横に移す仕草をする。

「ぐっ、お、お糸。おまえどうして、そんなに発音がいいのだ。どこぞで、いんぐりっしゅを学んだのか」

「学んでおりませぬ。権太郎さまの真似をしただけです。English などわたくしが知るわけございませんでしょう」

「い、いやしかし、やたらに発音がよくて」

お糸は権太郎ににじり寄った。

「Gontarou さま」

「ひえっ、ち、ちがうぞ。Gontarou ではなく権太郎だぞ。和風の発音でいいからな。お糸、落ち着け」

「慌てておられるのは権太郎さまの方です。権太郎さま、さっきおっしゃいましたね。深刻に考えずともよいと、確かにおっしゃいましたよね」

「いや、よいと断言はしておらんよ。わしは、よいと思うと申したのだ。おまえが胡坐をかいて、ため息なんぞ吐きまくっておるからちょっと励ましてやろうとしただけでな」

「まあ、わたくしをおからかいになったのですね」

「へ？　いやいや、いやいやいやいや。からかったんじゃなくて励ましたの。わしは、れいでぃをからかったりはせんぞ。そういうのは、下種《げす》のやることだ。女人は尊ばねばならん。女人こそがこの世の花、この世の宝、この世の光。うん？　お糸、如何した？　ほんとにどうした？　泣いておるのか」

権太郎が覗き込んでくる。

お糸は袖口で涙を拭《ぬぐ》った。

「お許しください……。つい……」

権太郎と話しているうちに、ふっと涙が滲《にじ》んできたのだ。きっと、張り詰めていた気持ちが緩んだのだろう。不安や心配や心細さや、さまざまな想いがどっと押し寄せて、お糸を泣かす。

「はしたない真似を致しました」

「はしたなくなどあるものか。泣きたいときは我慢せず泣くのが一番だ。無理して涙をこらえても何の得にもならんからなあ。泣いても何の得にもならんかもしれんが、すっきりするだろう。泣いて、すっきりして、またがんばればよいのだ。遠慮せず、我慢せず泣けばよい。うんうん、乙女の涙はまたこれ一見に値するしのう。むふふ。で、涙の因はなんだ？　このすてきなだでぃーに話してみなさい。勤めが辛いのか？あの、あほたれ利栄にねちねち苛《いじ》められたか？　お腹でも痛いのか？　巾着を落としたのか？　食べ過ぎて太ったのか？　吹き出物に悩んでおるのか？」

権太郎が動く度に羽根がさわさわと音を立てる。石がちかちか光る。

「……三嶋さまがおかわいそうです」

「へ？　誰がかわいそうだと」

「三嶋さまです。珠子さまより、お部屋で謹慎を言い渡されました」

「ほう、珠子が三嶋に謹慎を。そりゃあ初耳だ」

「え？　でも、さっきは深刻に考えるなと仰せだったではありませんか」

ぐすり。お糸は洟《はな》をすすりあげた。何だか、権太郎の前だと遠慮も恥じらいもいらない気がしてくる。気持ちがふっと楽になる。素のまま振る舞っても咎められない気楽さだ。

「だから、それはお糸が憂い顔でため息を連発しておったのを通りすがりに見ちゃったものだから、ちょいと気になって声をかけたわけよ」

「通りすがりって。権太郎さま、わたくしめの部屋の中をお通りになったのですか。まるで気が付きませんでしたが」

「あ~気が付かなくて、当たり前。わしぐらいの、ぐれぇときゃっとになると、風と一緒に移動したり、気配を消してあちこちするなんて朝飯前の夜食の後、かふぇおうれとふらんすぱぁんでぼんじゅーるよ。くわっはははは」

権太郎が何を言っているのか解《げ》せないが、解せなくても一向に差し支えなかった。

「で、何で三嶋は謹慎を食ろうたのだ。あいつは鶏を丸齧《かじ》りしたり、特大握り飯を食らうことはあっても、珠子から謹慎を食らうことは今まで一度もなかったはずだが」

「それが実は……」

お糸は権太郎相手にこれまでの経緯《いきさつ》、利栄が珠子にお目見えのためにやってきたところから後《のち》の話を、できるだけ詳しく、丁寧に伝えようとした。

話を聞いて、権太郎が腕組みをする。

「ふーむ、三嶋が間者をのう」

「そうなのです。それで、珠子さまがお怒りになって」

「なるほど、なるほど。それで、その間者となった女子猫《おなごねこ》は生きておるのだな」

「はい、珠子さまがお手当てを申し付けられましたゆえ、わたしめが手当をいたしました。一命は取りとめるのではないかと思われます」

「そうか。で、どんな女子であった？」

「はい？」

「三嶋が間者として忍び込ませるのだから、相当な美猫のはずだがのう。いやいや、わしは佳猫、麗猫の類より、こうちょっと愛嬌《あいきょう》があって『やだ、笑うと可愛い』ってたいぷぅが好みなんだがのう。まあ妖艶な年増《としま》も悪くはないが」

「権太郎さま！」

「ひえっ、耳元で怒鳴るな。耳ががんがんする」

「もう、あなたって人は。わたくしは三嶋さまの身を案じておるのです。それなのに女猫の type など気にして」

「うわっ、やっぱり発音いいわ、この娘《こ》」

「もう知りません。権太郎さまなど頼りにしたわたしが間違っておりました」

権太郎から珠子に、三嶋の謹慎を解くようにとりなしてもらいたかった。それを頼むつもりだった。それなのに、権太郎は三嶋の身より、おみけという間者の容姿を気にしている。

口惜《くちお》しくて、辛くて、落胆して、お糸はまた涙ぐんでしまった。

「あー泣くな、泣くな。悔し涙は幾ら流してもすっきりせんぞ。それに三嶋のことは心配せんでいいって。あいつは、そう容易くへこむタマではない。さらにそれにな」

権太郎の声音がふっと低くなる。顔つきも眼つきも、引き締まっていた。

「これは多分……」

「は？」

「うーん、まあどうだろうかなあ。違うかなあ。違わないかなあ」

「権太郎さま、何をおっしゃっているのです。わたしには、さっぱりわかりかねますが」

「うんうん、だからお糸は気にせずともよいのだ。謹慎、謹慎と騒いでおるが、たかだか部屋に閉じこもって外に出られぬだけだろう。打ち首や獄門磔《はりつけ》になるわけではなし、その時期がくれば珠子が許しを出すだろう。それまで待てばよいだけの話だ」

「でも、三嶋さまと珠子さまはご口論あそばしたのですよ。こんなこと、わたしがお屋敷に上がって一度もございませんでした」

「まあ、女同士なんてのは主従であろうが、母娘《おやこ》であろうが、友であろうがどこかでいがみ合っちゃうもんだ。気にするな、気にするな。気にするだけ損だぞ。蕎麦《そば》を食べようとしたら手が滑って、まだ一口も食ってないのに鉢ごと地面に落ちちゃったぐらい損だぞ。お糸、おまえもおいおいわかってくるって。女同士ってのは仲がよさそうに見えても、裏に回ると案外どろどろしてるもんだ」

そうだろうか。

お糸は首を傾げる。

長い年月、珠子に仕えたわけではない。よくよく考えれば、鈴江の江戸屋敷に奉公に上がってまだ一年も経っていないのだ。それでも、短い日々の間であっても珠子と三嶋の主従が固い絆で結ばれていることは察せられた。三嶋は珠子のためなら命を懸ける覚悟をしている。静かで揺るぎない覚悟だ。珠子もそんな三嶋を心底から信頼し、大切に思っている。三嶋の覚悟も珠子の想いも、お糸にはわかる。ちゃんと伝わってくるのだ。

それなのに、あんなに露骨に言い争うなんて。あれではまるでお互いを厭《いと》うているようではないか。もしかしたらと、お糸は息を呑んだ。もしかしたら、妖し狐の眷属とやらに取り憑《つ》かれた利栄の邪悪な雰囲気に染まったのではないだろうか。だとしたら事はもっと剣呑で、厄介な展開になる。

気にするなという権太郎の言葉を鵜呑《うの》みにはできない。駄目だ。やはり、権太郎に何とかとりなしてもらわなければ。

「権太郎さま」

お糸が顔を上げると、権太郎が唸った。

「うーん、この人形は」

あの藁人形を手に眉間に皺を寄せている。ひどく険しい表情になっている。

「権太郎さま！」

「ひえっ、はいはい。はいはい、何でしょう。何でもお答え致します。困ったことがあったなら、迷わず相談してください。あなたの悩みをすっきりさせる、すてきなでぃーです、よろしくね。はっぴぃはっぴぃはっぴぃらぁいふ」

権太郎が妙な節回しで返事をする。唄？　だろうか。

「何でございますか、そのへんてこな端唄《はうた》は？」

「うむ。まあ、わしのてぇまぁそんぐぅかのう。ははは。なんてったって、わしは悩める女人、迷う乙女の力強い味方であるからのう。ははははは」

「はあ、女人や乙女でなくては駄目なのですね」

「当たり前のこんこんちきちき、兄さん、おっさんたちの悩みなど鬱陶しいだけだわい。そこへいくと、やはり女人の憂いをたたえた面持《おもも》ちは風情があって、よいよい。可憐であれば、なお、よいよいのよいよいよい」

「権太郎さまと利栄さまって、似てる」

「うん？　お糸、何か言ったか？」

「いいえ、別に何も申し上げてはおりません」

かぶりを振る。権太郎を頼る気持ちは萎《しぼ》んで、縮み、徐々に失《う》せていった。

やはり、あたしが何とかしなくちゃならない。他人《ひと》に頼っちゃいけないんだわ。

気を取り直し、お糸は権太郎の手に握られている人形を見やった。

「それより、その藁人形がお気になりますか」

「うむ……まあな」

権太郎の表情が僅かながら硬くなる。

お糸も気にはなっていた。珠子と三嶋の諍いに心を奪われて、ついつい見過ごしていたが、どうにも奇妙な人形だ。ただの藁人形ではない。まるで、生命《いのち》が宿っているような気配がする。

生きている？　まさか。

自分の内に芽生えた思いを自分で打ち消す。

鈴江の江戸屋敷は、摩訶《まか》不思議な場所だ。女主からして人間ではないのだから、不思議であってもちっとも不思議ではない。いや、不思議ではあるが、その不思議さが気味悪くも、おぞましくもない。むしろ、愉快で心地よいとさえ感じる。しかし、藁人形が生きているというのは、さすがに突拍子もなさ過ぎるだろう。

束の間の物思いから我に返ると、権太郎はまだ人形を見詰めていた。そして、重々しい口調でお糸を呼んだ。

「お糸」

「はい」

「墨と筆を用意してくれ」

「あ、はい。ただいま」

権太郎のいつにない張り詰めた姿に気圧される。お糸は急ぎ、硯《すずり》にたっぷりの墨と筆を揃えた。

「これでよろしいでしょうか」

「うむ、十分だ。そなたは、部屋の隅に下がっておれ」

「は、はい」

わけのわからぬまま、部屋の隅っこに身を置く。

いったい何をなさるおつもりなの。

権太郎は筆を手にぴくりとも動かない。

まさか、呪い封じでは。

お糸は生唾を呑み込んだ。

人形には呪いが宿る。人の邪心が宿ると聞いた覚えがある。この藁人形も呪いのための物だとか。もっともそう言ったのは利栄なので、どこまで信用できるか疑わしくはある。が、藁人形の形は、よく草双紙《くさぞうし》などに出てくる丑の刻参りの物にそっくりだ。嫉妬深い女が、妬んだ相手に見たて五寸釘を打ち込むという人形だ。七日目の満願の日に相手は死ぬと言い伝えられている。そういえば、この人形も五寸釘に刺し貫かれていたではないか。

やはり呪いが籠《こも》っていたのか。それを権太郎は封じようとしている。お糸に危害が及ばぬように遠ざけた上で、戦いに挑んでいる。さすが、猫族なんだけどちょいと不思議な一族の長《おさ》だ。普段は、ちょっと、いや、かなり、あほっぽくも見える権太郎だが、いざというときは頼もしくも雄々しくもなる。あほっぽいのは世を忍ぶ仮の姿だったのだ。きっとこれが本来の権太郎なのだと、お糸は一人納得していた。

権太郎さま、がんばって。

胸の前で指を組み、声にならない声をかける。権太郎の引き締まった横顔を見詰める。

「むん！　これだ」

権太郎の口から気合がほとばしった。

「いえいーっ」

同時に右手が大きく動き、筆の先から墨が四方に散った。権太郎はかまわず、人形の上に何かを書き付けていく。

やっぱり、呪い封じだわ。権太郎さま、すてき、がんばって。

「ふうーっ、これで……いい」

権太郎が長い息を吐き出した。額に汗が滲んでいる。

「権太郎さま」

お糸は駆け寄り、懐紙で権太郎の汗を拭った。

「お汗がこんなに。大丈夫でございますか」

「うむ、なかなかに難儀であったが、やり遂げたぞ」

「お見事でございます。これで、呪いはきれいに消え去ったのでございますね」

「うん？　何のことだ？」

「え？　この呪いの藁人形の力を封じ込めたのではないのですか」

「呪いの藁人形？　これが？　ええっ、そっそうなのか。わわわっ、やだやだ、びっくりだ。おう、べぇりぃさぷらぁいず。知らなかったぞ、怖ぁ、呪いがくっ付いたらどうしよう」

　権太郎が藁人形を放り投げる。

「はあ？　権太郎さま。それでは、墨と筆で何をしていらしたのでございます」

「そりゃあ、顔を描いてたのだ」

「か、顔？」

「そうだ。顔、ふぇいすじゃな」

「あの、では、わたしを部屋の隅に遠ざけたのは、危険が及ぶかもしれないとか……、そういうご配慮ではなかったわけで……」

「え？　あれは墨が飛ぶといかんと思ってな。わしは気配りの男だからのう。ただ顔をちゃちゃっと描いただけだから、危険も機嫌もなかろう」

　お糸は床に転がった藁人形を拾い上げた。藁の先端を括り膨らんだところ、顔と思《おぼ》しき場所に墨で黒々とへのへのもへじが描かれていた。

「何よ、これ」
思わず叫んでしまった。
「だから顔だ。幾ら人形とはいえ、のっぺらぼうってのも如何なもんかと思っての
う。どうだ？　目鼻を付けると、ぐっと可愛らしくなるではないか」
へのへのもへじが可愛らしいわけないでしょ。
怒鳴りそうになるのをぐっとこらえると、眉毛がひくひくと動いた。
「ひえっ、お、お糸、如何した。何を怒っておるのだ」
「怒っている？　わたくしが？　滅相もございません。わたくしは、ちーっとも怒っ
てなんかおりません」
「し、しかし、顔がこ、怖いぞ」
「あらま、わたくしの顔が怖い。まあ、幾ら権太郎さまでも無礼でございますよ。お
ほほ、いえ、よろしいのです。怒ってなんぞおりませぬから。なんなら、へのへのも
へじ顔になってもようございますよ。ほほほ、へのへのもへじだなんて、藁人形にへ
のへのもへじだなんて、権太郎さましか考え付きませんわよねえ。ほほほ。まったく
もって、あほらしい。やっぱり、どうにもあほらしい。うん？　権太郎さま？　どこ
に行かれました。権太郎さま」

いつの間にか権太郎が消えている。お糸の顔つきがよほど怖かったのだろう。とっとと逃げ出したようだ。

まったく、どうしようもないおっさんだわ。

胸の内で呟き、お糸はため息を吐いた。

どうしようもないおっさんだ。しかし……。

へのへのもへじ顔の藁人形を眺めてみる。

確かにのっぺりと何もなかったときより、可愛い。不気味さも妖しさも消し去られて、愛らしささえ滲んでくる。

「ふーん、何かいいかもね、あんたも顔ができて嬉しい？」

そう問うて、自分で答える。ちょっぴり声音を変えて。

「うん、嬉しいよ。お糸ちゃん、ついでに、おら、名前も付けてもらいたいなあ。顔と名前、二つとも欲しいや」

「あらあら、贅沢《ぜいたく》言うのねえ。でも、いいわ。あたしが名前付けてあげる。えーっとね、うーん、藁太郎でいいかな」

「ちょっと、古臭いなあ」

「まあ、文句言うの。我儘《わがまま》だこと。じゃあ、藁吉、藁助、藁エ門……。うーん。どうも、よくないなあ。じゃあねえ……」

いつの間にか、かなり本気で藁人形の名前を考えていた。

「あ、思い切って、わらちゃんでどう？　わらちゃんのわらは、藁じゃなくて笑うのわらよ。みんなが幸せに笑えるようにって祈りを込めて、わらちゃん。どう、気に入った？」

――気に入ったよ、いい名前だ。ありがとう。

ふっと声が聞こえた。

お糸の独り言ではない。

お糸は藁人形のわらちゃんを、見詰める。もう、驚きも怯えもしなかった。

藁人形の声を聞いた。

普通なら空耳か幻聴かと思うだろう。不気味だと怖じ気《おけ》を震ったかもしれない。けれど、ここは鈴江の江戸屋敷だ。城主の正室は猫族なんだけどちょいと不思議な一族の姫だ。煮干しが好物で、頭からぽりぽり齧る。齧っていると、つい猫耳や猫ヒゲが飛び出てきたりする。その父親はめちゃくちゃな性質《たち》で突然に現れたり消えたりするし、お付きの上臈は虎に変化《へんげ》する。いや虎が人間に変化しているのか。どちらにしても奇妙だ。

とても奇妙で、この上なく愉快なところだ。藁人形がしゃべるのも有りかもしれない。

「わらちゃん、あんたは呪いの人形じゃなさそうね。暫くは、あたしと一緒に暮らしてみる？」

手の中で人形が微かに動いた。

カサカサと乾いた古藁の音がした。

# 終　天晴《あっぱ》れ、猫晴れ、江戸の空

十日が過ぎた。

表向きは、屋敷の中は落ち着いていた。城主の長義が出入りするので、いつもよりずっと活気付いてはいるが、大きな事件や揉《も》め事《ごと》が起こるわけでもなく、坦々《たんたん》と日々は過ぎている。

表向きは、だ。

お糸の心の内は淡々どころか、ともすれば乱れ騒いでしまう。

三嶋の謹慎がまだ解けないのだ。

正直、二、三日で珠子から謹慎を解くとの命があるのではと期待していた。珠子は聡明な女人だ。寛容な性質《たち》でもある。時が過ぎて怒りが収まれば、三嶋の想いを理解し、過《あやま》ちを赦《ゆる》すことができると、お糸は信じていた。

それが十日だ。十日経《た》っても何も変わらない。赦しどころか、珠子は三嶋の部屋を

覗《のぞ》こうともしなかった。まるで、端《はな》からいないもののように振る舞っている。三嶋

お糸は食事の膳を運ぶと称して、日に二度は三嶋の許《もと》を訪れていた。三嶋は窶《やつ》れ、は窶《やつ》れ、痩《や》せ衰えて……はいなかった。食事は毎回、きれいに平らげ、合間には菓子やら煮干しやらを山ほど食しているみたいだ。おかげで、顔の色艶はよかった。

「珠子さまは、何故、三嶋さまをお赦しにならないのでしょうか」

ある日、三嶋を相手に愚痴ともつかぬ物言いをしてしまった。

「しかたあるまい。珠子さまのお怒りが解けるのを待つしか手立てはないからのう」

食後、ごろりと横になり、三嶋は楊枝《ようじ》の先でしきりに歯をせせっていた。虫歯でもあるのか、時折、眉を顰《ひそ》める。

「わたしも、些《いささ》か逸《はや》り過ぎた」

「でも、それは鈴江のためを思ってのことでございましょう」

「そうなのだが、珠子さまにはわかっていただけなかった。というか、聞く耳ももたぬという態度であらせられた」

身を起こし、三嶋はお糸をちらりと見やった。ちょっと嫌な、どことなく棘《とげ》のある目つきだ。

「珠子さまは、些かお考えが甘いところがある。まあ、お生まれになったときから姫

ぎみであったのだから、致し方ないとも言えるが、やはりのう、鈴江の危機を見据えて対処できねば、ご正室の務めは果たせぬと思うが」

「三嶋さま」

お糸は慌《あわ》てて、腰を浮かせた。三嶋は、主《あるじ》である珠子をやんわりとだが謗《そし》ったのだ。珠子の耳に入れば、事態はさらに悪化する。いや、そんなことより、堂々と意見するのではなく陰で珠子を貶《おとし》めるような口を利《き》いた。ほかの誰でもない、珠子が最も信頼している上臈《じょうろう》三嶋が、だ。そのことが衝撃だった。

息が閊《つか》えて、苦しい。

お糸は横を向いて、胸を押さえた。

もう、止《や》めてほしい。こんなこと、早くお終《しま》いにしてもらいたい。

どこで何を違《たが》えてしまったのだろう。

お糸は逃げるように部屋を出た。磨き込まれた廊下を歩きながら、考える。考えてもわからない。どうにも、わからない。

いったいいつの間に珠子と三嶋の間にここまでの亀裂が入ったのか。齟齬《そご》が生じたのか。すぐ近くにいながら、まったく気が付かなかった。

泣きたくなる。

今のこの寒々とした鈴江の江戸屋敷にも、迂闊《うかつ》な己にも、明かりの見えない未来《さき》にも、泣きたくなる。

駄目、駄目、泣いたりしちゃ駄目だよ、糸。こんなときだからこそ、あんたが踏ん張らないと。しっかりしな。

わざと、はすっぱな言葉で自分を鼓舞する。溢《あふ》れそうな涙を辛《かろ》うじてこらえる。

「お糸どの」

不意に袖《そで》を引かれて、お糸は足を止めた。

「あら、おかかさま」

針上手のおかかが、丸い目でお糸を見上げていた。いつもより、ちょっとだけ潤んでいる。

「どうなさいました」

「お糸どの、奥方さまがお呼びでございます」

「珠子さまが」

「はい。すぐに、奥のお部屋に参られますように」

奥の部屋とは、珠子の居室のことだ。珠子の暮らしの場であり、ごく近しい者たちだけが出入りを許されている。その部屋で、珠子と三嶋とお糸の三人で、笑い興じ、とりとめのないおしゃべりをし、鈴江の行く末を真剣に話し合った。

三嶋は主の前で遠慮のないあくびをもらし、ときに曖気《おくび》の音まで平気でたてた。珠子もときたま猫耳を出したり、煮干しを山ほど平らげたりしたものだ。お糸だって、すっかりくつろいで、江戸の町のあれこれをおもしろおかしくしゃべって、三嶋でさえ大笑いさせたことが何度もあった。

あのころが懐かしい。

ついこの前のことなのに、百年も昔に思える。

はあっ。

ため息が聞こえた。

慌てて口を押さえたけれど、ため息の音はまた続いた。

はあっ、はあっ、はあ〜。

「おかかさま、どうなされました」

はあ〜。もう一度、せつなげな息を吐き出して、おかかはお糸をちらりと見た。

「お糸どの、このようなことを申し上げるべきではないと、重々承知はしておるのですが……。でも……」

おかかの物言いは実に歯切れが悪かった。以前から、おかかは饒舌《じょうぜつ》な性質《たち》ではない。賑《にぎ》やかにみんなと騒ぐより、黙って針を使っている方が性《しょう》に合っていると、おかかから直《じか》に聞いた覚えがある。

そう、おかかは饒舌な性質ではない。でも、暗いわけでもなかった。奥女中たちのおしゃべりに、にこにこしながら耳を傾けているし、ときたま、的を射た発言もした。何より、あまりの針下手なお糸を見放しもせず、呆《あき》れもせず、嫌みも言わず、根気よく指導してくれる。親切で優しい人柄なのだ（猫柄かもしれない）。

お糸はおかかが好きだった。そして、自惚《うぬぼ》れでなく、おかかもお糸を信用し、好きでいてくれていると思っている。

おかかの方に少し、屈《かが》み込む。

「おかかさま、どうぞお話しになってください。どのようなことであっても、決して他言は致しませぬから」

「お糸どの、わたしは、お糸どのが誰かに告げ口したり、話を漏らしたりするなんて、心配はしておりませんの。黙っていてほしいとお頼みすれば、お糸どのは絶対に口外なさらないお方だと、よく、わかっておりますから」

何気ないけれど、確かな信頼の言葉だった。頰《ほお》が熱くなる。胸の底がじわりと温かくなる。心が活力を取り戻す。

「わたしが口ごもるのは……これは、もしかして己の主を誇ることではないかと危惧するからでございます。でも、どうしても言わずにはおられなくて……」

「主……では、珠子さまのことで何か」

「はい」

おかかは深く頷《うなず》くと、意を決したように顔を上げた。真正面からお糸を見据える。

「お糸どの、奥方さまは如何《いかが》なされたのでしょうか」

「え？」

「この十日あまりで、お人が……お猫が変わってしまわれたようにしか、わたしには思えないのです」

お糸は顎を引き、口元を結んだ。

この十日あまり……。

お糸は忙しかった。三嶋が謹慎して動けぬ分を穴埋めしなければならなかったのだ。むろん、三嶋と同じ働きができるわけもない。それでも、できる分は引き受ける。そうしないと屋敷内の秩序が保たれない。

お糸は日がなどたばたと気忙《きぜわ》しく動き回っていた。ときに、三嶋の様子を窺《うかが》い、指示を仰ぎ、ちっとも改善しない珠子と三嶋の仲を嘆いた。美由布姫の世話もしなければならなかったし、若い御末《おすえ》たちの指導の役目もあった。仕事が、次から次へと降ってくる。湧いてくる。押し寄せてくる。

忙し過ぎて、珠子の許でゆっくりすごす暇はなかった。珠子から呼び出されることもなかった。そういえば、このところ、毎朝の挨拶の他には顔を合わせることは、ほとんどなかった。

「あの方がお側《そば》に侍《はべ》るようになってから、何と申しますか、以前の奥方さまではなくなったような……」

「あの方？」

首を傾《かし》げる。おかかが瞬《まばた》きを繰り返した。

「おみけどのでございますよ。三嶋さまのかわりに、奥方さまのお近くにべったり」

「ああ、おみけどの」

利栄の屋敷に間者として送り込まれていた女だ。三嶋の命を受けて、利栄の動きを見張っていた。数日前に声をかけられた。場所は、やはりこの廊下だった。

「お糸さまで、いらっしゃいますね」

声をかけてきたのは、透き通るほど白い肌に切れ長の眼の美しい女だった。淡い藤色の小袖の裾を引いて立つ姿からは、艶が滴《したた》り落ちるようだった。

「あ、はい。糸でございますが」

少しばかり気圧《けお》されながら、お糸が答えると、女は優雅な仕草で頭を下げた。

「みけと申します。その節は命をお助けくださり、さらに、お手当までしてくださいました。まことにありがとうございました」

それで、お糸は女があの間者であると知った。籠《かご》の中で血に汚れていた三毛猫は、こんなにも艶《あで》やかな女人だったのか。

一瞬だが、権太郎のでれっとした顔が浮かんだ。

「いえ、命を助けたなどと滅相《めっそう》もございません」

「でも、あのとき、お糸さまが庇《かば》ってくださらねば、わたしは利栄さまに殺されておりました。お糸さまのおかげで、一命を取りとめることができたのでございます」

おみけは足音も立てず、お糸のすぐ近くに来て、手を取った。

さすが猫と言うべきか、さすが間者と感心するべきか。

「お糸さま、本当に本当に、このご恩は忘れませぬ。いつか必ず、ご恩に報《むく》いまする。何かありましたら、どうか、わたくしめをお頼りくださいませね。この身、この命に代えましてもお糸さまの力になりますゆえ」

おみけの身体《からだ》も息も、香《かぐわ》しい。珍しいお香でも焚《た》き込めているのだろうか。心がゆるりと蕩《とろ》けていくような香りだ。

ちかっ。

頭の中で火花が散った。

これは危ない。危ないよ、糸。

何がどう危ないのか、見当がつかない。ただ、昔から剣呑《けんのん》なものを察する力は具《そな》えていた。

荷車の荷を留めた縄が切れかかっているのを感じたり、隣の店《たな》の竈《かまど》の火が燃え上がっているのを気取《けど》ったりした。心無い人に気味悪い娘だと疎《うと》まれることもあったが、お糸のおかげで災厄から逃れた人たちもたくさんいたのだ。

荷の下敷きにならずに済んだ人足《にんそく》も、小火《ぼや》で消し止められた隣の店の主人も、泣くようにしてお糸に礼を言った。

おみけも丁寧に礼を述べている。でも、剣呑だ。人足や店の主人とは違う。この慇《いん》勲《ぎん》な礼が、香しさが危ない。

なぜ？　わからない。

「そ、そのようなお心遣いは無用でございます」

お糸は慌てて、手を引っ込めた。おみけの指は細くて長くて、白くて冷たかった。

「それより、お怪我《けが》の方はもう？」

「はい。もったいないことに手厚い治療をしていただきまして、すっかりよくなりました。まだ少し、痛みはしますが」

おみけが艶然《えんぜん》と微笑《ほほえ》む。

「それはよろしかったこと。ご無理せずに、ゆっくりお休みあそばせ。ほほ、それではこれで」

お糸も無理やり笑みを作り、おみけに背を向けた。廊下の途中で振り返ってみれば、おみけはまだその場に立ったままで、お糸に向かって深々とお辞儀をしたのだ。

「おみけどのが、珠子さまのお側に侍っているのでございますか」

「はい。それはもう、べったりべったり、搗《つ》きたての餅《もち》もかくやと思われるほど粘っこく、侍っておられます」

そこでまた、おかかは吐息を零《こぼ》した。

「しかも、奥方さまもそれを許しておられる。許しておられるというか、おみけどのをいたくお気に入りのご様子で、片時もお側から放さぬといった有り様なのでございますよ」

「まあ、それは」

知らなかった。

「その分、今までお側に仕えていた者たちは遠ざけられることが多くなって……。お糸どのもそうでございましょう」

「へ？　あたしが？　あ、いえ、わたくしが、わざと珠子さまから遠ざけられたとおっしゃるのですか？」

「違います？」

「違います。わたくしは三嶋さまの分まで仕事が増え、忙しくて……。え？　あ？　あのまさかそんな」

口をつぐむ。そうだと言う風に、おかかが頷いた。

「わたしも、おさけどのも、お糸どのも、忙しいのです。次から次へと仕事を振り分けられて、くたくたになるまで働いておりますよね。奥方さまのご尊顔を拝するどころではありません」

「でも、それは三嶋さまがいない分の穴埋めではございませんか」

「わたしも初めはそう思っておりました。でも、よぉくお考えくださいませ。忙しいのは、以前から奥方さまの許に侍り、お世話を言いつかっていた者たちだけでございますよ」

「あ……」

そんな風に考えたことはなかった。

「おさけどのなんか、新しい手妻《てづま》を十も考えておくように言われ、半泣きになっております。毎日、夜遅くまで稽古をなさって、ろくに眠る暇もないのですよ。そして、わたくしたちがどたばたしている間に、おみけどのが奥方さまのお世話をして、ずっとご一緒しているのです。これって、些か変ではありませぬか」

変だ、確かに。

お糸は指を握り込んだ。

「おかかさま、珠子さまはわたしをお呼びになったのですね」

「そうです。本当に久しぶりに、お糸どのをお呼びになりました。何かご用事があるのでしょう」

「わかりました。参ります」

お糸は気息を整え、帯の上を強く叩《たた》いた。

気合を入れる。おかかも同じ仕草をする。

「わたしもお供致します」

「ええ、参りましょう、おかかさま」

「はい」

二人の女は目を見合わせ、頷き、打掛《うちかけ》の裾を引きずりながら廊下を歩いて行った。

笑い声が聞こえてきた。

珠子の居室からだ。それは、廊下を吹き通る風に乗って、お糸の耳に届いてきた。朗らかで、華やかで、楽しげな声だ。

「……笑っておいでですね」

思わず呟《つぶや》いていた。耳に慣れた珠子の笑い声だったのだ。

「ええ、笑っておいでです」

おかかがすっと息を吸う。

「このところ、奥方さまはよくお笑いになります。おみけどのが、たいそうな話し上手でいらして、それはもうおもしろおかしいお話を次から次へとなさいます。そういうところも、奥方さまのお気に入りになっているようです。でも」

おかかのぽってりした唇が結ばれる。

「でも、あんまりだと思いません？　三嶋さまがあのようにご謹慎されて、お辛《つら》いときに、幾ら奥方さまとはいえ楽しげに笑って過ごされるなどと。まして、謹慎を言い渡したのは、奥方さまご自身ではありませぬか」

「おかかさま」

お糸は微《かす》かにかぶりを振った。

行いがどうあれ、武家の身分である者が主を察度《さつと》することは許されない。諫《いさ》めるのなら、命を懸ける覚悟がいる。先刻の愚痴ともとれる嘆き（嘆きともとれる愚痴？）を含め、誰かに聞かれたら、おかかがどんな咎《とが》を受けるか知れない。

「もう、そこまでで」

「そうですね。でも、でも」

おかかはまだ口元を緩めようとしなかった。

「でも、わたしには、どうしても納得できないのです。三嶋さまにご謹慎を言いつけたこともですが、その後のお振る舞いを目にするにつけ、まるで別人のようです」

「別人？」

「ええ、別人です。お外見《そとみ》のことではなく、お外見は奥方さまとしか思われないのですが、その実、まるで違う誰かが奥方さまの振りをしているような気が致します」

唾《つば》を呑《の》み込んでいた。

「おかかさま、それって、珠子さまが誰かと入れ替わっていると、そう言われておるのですか」

ちらり。おかかが意味ありげな視線を向けてくる。

「確かな証《あかし》などはありません。ただ、奥方さまのあまりのお変わりように、ついつい、そのような埒《らち》も無い考えが浮かんでしまうのです」

お糸は思わず、口元を押さえていた。愛想笑いを浮かべようとしたが、そんな余裕はなかった。真顔のまま答える。

「でも、おかかさまのおっしゃることとはいえ、それは俄《にわ》かには信じ難いお話でございます」

「ええ、もちろん、わたしとて信じて申し上げているわけではございません。まさか、まさかと思いながら、それでも拭《ぬぐ》えぬ疑心なのでございますよ。ですから、どうか、お糸どのの眼と心でお確かめくださいませ。ね」

おかかの眼差《まなざ》しに縋《すが》るような色が滲《にじ》む。

お糸は唇を結び、ゆっくりと首肯した。

「まあ、お糸、待っておりましたよ。遅かったではありませぬか」

お糸が膝《ひざ》をつく間もなく、珠子が声をかけてきた。弾《はず》むような、快い声音だ。何の憂いも感じさせない声でもあった。

「堅苦しい挨拶はよい。ささ、もそっと近う。これに、これに参れ」

ひらひらと手招きする。

白い五本の指が舞の手のように動いた。

「はい……」

お糸は深く平伏《ひれふ》していた顔を上げる。そっと、珠子を見る。

別人？　他人？

「お糸さま、何をご遠慮なさっておいでです。奥方さまがお呼びではありませぬか。お近くに参られませ」

そう告げたのは、おみけだった。

きっちり髷《まげ》を結い上げ、小袖の上に流水落花模様の打掛を纏《まと》っている。まるで、奥を取り仕切り、侍女の頭となる老女のようだ。珠子の傍《かたわ》らで、艶やかに笑んでいる。つい、この前までは、そこは三嶋の席だった。おみけは、三嶋が座るべき場所に当然のように腰を下ろしている。

なぜか、胸の底がざわつく。我知らず、奥歯を嚙《か》みしめていた。

「今日は、そなたに二つほど話があってのう」

珠子がゆっくりと脇息《きょうそく》にもたれた。その動きにつれて、ゆらり。

甘い香りが揺れた。

この香りはなんだろう。とろりと粘りつくような重さがある。

とろり、とろり。

とろり、とろり、とろとろ……。

甘く重い香りが滴りとなって、身体の内に溜《た》まっていく。そんな幻覚を束の間《つかま》だが味わった。

素早く視線を巡らせれば、珠子の後ろ、床脇に青磁の置香炉があった。お糸には見覚えのない物だ。珠子はあまり香を使わない。着物に香を焚き込めることも、部屋に漂わすことも好まなかった。

「くしゃみが出ちゃうのよ」

お糸が側に仕えるようになって間もなく、鼻を押さえながらそう言ったのを覚えている。

「やっぱり、猫鼻だからかなあ。甘ったるい匂いを嗅ぐとてきめん、くしゃみが出ちゃうの。だから、臭い消しにお香なんて使いたくないの。自分でちゃんと舐《な》めてれば身体って、いつもきれいでしょ。臭ったりしないでしょう」

「は、はあ。でも、人はそうそう身体を舐められませんから」

「あ、そうか。じゃ、せっせとお風呂に入ればいいわ」

「あー、お風呂はよろしいですねえ。大好きです。うちのおとっつぁん……父なんか、朝湯が大好きで、毎朝、湯屋通いでした」

「ね、だったらお香なんかいらないものね」

「はい、まあ、臭くはありませんでしたねえ。呉服屋は女人相手の商いです。おじさん臭いのは大敵。ほんと、嫌われますから」

「あら、やはり、どんな商いにも苦労があるのねえ」

そんなやりとりをした。それから、江戸の湯屋の話になって、珠子が一度、入りたいと言い、三嶋が江戸の湯は熱過ぎて、身体に障ると止めた。

思い出を手繰《たぐ》りながら、お糸はそっと珠子を盗み見た。微笑んでいるけれど、どこか気怠《けだる》げだ。笑い声は弾んでいるのに、眼はとろりとして精彩がない。

別人？　他人？

まさか、まさか。そんなことがあるわけない。

背後でおかかが身じろぎした。その気配が伝わってくる。

お糸は珠子の近くに侍り、もう一度低頭した。

甘い香りが強くなる。

「そなたの、実家《さと》は呉服屋であったのう」

お糸が口を開く前に、珠子が言った。

「あ……はい。『きぬた屋』という呉服屋にございます」

そんなこと、珠子はとっくにわかっているはずだ。今さら何のために問うのかと訝《いぶか》しむ。つい、小首を傾げていた。

「まあ『きぬた屋』。あの『きぬた屋』なのですか。すてき」

おみけが声を上ずらせた。

「本所深川どころか、江戸内においても五指に入るかという豪商ではありませぬか。日に千両を商うと聞いた覚えがあります」

「いや、それは尾鰭《おひれ》の付いたうわさに過ぎませぬ」

きっぱりと言い切る。

まさに尾鰭が、しかも目立って大きな物がくっ付いた風説なのだ。

『きぬた屋』は確かに豪商だ。しかし、ここは江戸である。駿河町《するがちょう》の三井越後屋《みついえちごや》を筆頭に、大伝馬町《おおてんまちょう》の大丸《だいまる》、通《とおり》一丁目の白木屋《しろきや》など堂々たる大商店が立ち並ぶ町だ。

三井越後屋の店は東西に伸びる間口が、実に三十五間（約六十三メートル）あるとか。三井越後屋の前に立ったとき、お糸はその偉容に圧倒された。

紅殻《べんがら》の壁、大窓、人でごったがえす店内、溢れかえる活気は日本橋《にほんばし》の魚河岸《うおがし》を凌《りょう》駕《が》するとも思えた。店というより著大《ちょだい》な生き物のようだった。生きて、うねる身の内には無尽蔵の力が溜め込まれている。

あの力に比べれば、『きぬた屋』はまだまだ繊弱だ。か弱い子どもに過ぎない。その三井越後屋だとて、日に千両の売り上げはないだろう。江戸の魚介の全てをまかなう魚河岸五組合の売り上げが日千両と言われているのだ。ただ、店の構えはどうあれ、父、きぬた屋芳佐衛門の商いはまっとうだった。偽りも誤魔化《ごまか》しもない真っ直《す》ぐな商いを貫き、先代から引き継いだ中堅の呉服屋を本所随一の大店に育て上げた。

お糸は父のことを、『きぬた屋』のお内儀《かみ》として生きる母のことを誇りにしている。

でも、今、ここで、鈴江三万石江戸屋敷の奥で、実家《さと》が何の関わりがあるのだろうか。逼迫《ひっぱく》した国の財政を立て直すための借入金の申し入れだろうか。

いや、違う。それは表の話だ。財政全般は、表向きの男の仕事だ。百両、二百両ではない。千、万という金が動く。幾ら娘とはいえ、お糸の口利きでどうなるものでもない。女の出る幕はないのだ。それくらい、珠子なら重々承知しているだろう。

だとしたら、他にどんなわけがある？

「お糸さま、奥方さまは新しき小袖と打掛をご所望なのです」

おみけの一言が耳朶《じだ》に触れた。「えっ」と思わず声を漏らしていた。小袖にしろ打掛にしろ珠子が新調するなんて、お糸が侍ってから一度もなかった。食する物にしても身に纏う物にしても、珠子はいたって質素で、華美や贅沢《ぜいたく》とは無縁の生き方をしていた。そういう暮らしを心がけているというより、珠子の人柄（猫柄？）だということはすぐに察せられた。お糸が珠子を好きなのも、そんな人柄（猫柄？）によるところが大きい。

その珠子が新たに着物を拵《こしら》えるというのだ。

「小袖も打掛も、両方でございますか」

おみけではなく、上座に座る珠子に問いかける。

「むろん両方です」

答えたのはおみけだった。

「奥方さまに相応《ふさわ》しい豪華絢爛《けんらん》な打掛、美しい小袖を揃《そろ》えたいのです。お糸さま、

『きぬた屋』から上質の布を取り寄せるよう手配していただけますか」

「それは、でも……」

「ただで差し出せなどと言うてはおりませんよ。どれほどの費《つい》えがかかってもかまいませぬ。目も眩《くら》むような豪華な物を作りたいのです。『きぬた屋』なら、すばらしい品が揃っておりますでしょう。その中でも一等、高価なものを」

「まことでございますか」

おみけの言葉を遮り、珠子ににじり寄る。

「まことにそのように取り計らって、よろしいのですか」

暫《しばら》くの間があった。

珠子が鷹揚《おうよう》に頷く。唇を薄く開け、一言を発した。

「よい」

「本当に、本当によろしいのですね。『きぬた屋』の最上の品ということになれば、百両、いえ、二百、三百は下らぬ費えになるかと存じますが」

「よい」

「珠子さま、でも今、鈴江の内情は」

「お糸さま、些かしつこうございますよ」

今度はおみけがお糸を遮った。

「なぜに奥方さまのお心に背《そむ》こうとなさいます」

「背くだなんて、そのような気持ちは毛頭ございません」

「ならば、すぐにお取り計らいくださいませ。明日にでも、『きぬた屋』から人を寄《よ》越《こ》してもらいたいのです。そうでございますね、奥方さま」

「そうじゃ。お糸、おみけの申すように致せ」

「畏《かしこ》まりましてございます」

珠子の命だ。従うしかない。

平伏しながら、お糸はまた奥歯を強く嚙みしめた。

「何でしたら、お側に侍るわたしたちも新調致しましょうか。その方がお屋敷内もぐっと華やかになりましょう」

「そうじゃな。それもよかろう」

「ぜひぜひ、そう致しましょう。『きぬた屋』から反物《たんもの》が届き次第、おかかさまたちお針達者は、忙しくなりますよ。お覚悟あそばせ。おほほほほ」

おみけが高らかに笑う。おかかが顔を顰《しか》めたことは振り向かないでも、わかった。

「さて、お糸」

「はい」

「そなたには、もう一つ、話がある」

「はい。どのようなお話でございましょう」

珠子とおみけが素早く、目配《めくば》せを交わした。

「内密の話じゃ。おみけ、人払いを」

「畏まりました。おかかさまも他の者もご苦労でした。速《すみ》やかに辞されませ」

侍女たちが部屋から出て行く。お糸は僅《わず》かに振り返った。おかかと視線が絡む。

お糸どの、頼みましたぞ。

はい、お任せください。

眼だけのやりとりだ。おかかは唇を引き結んだまま、侍女たちの後についた。

珠子、お糸、おみけ。三人だけが残る。

お糸は丹田に力を込め、膝に手を重ねた。

さあ、来い。そんな、敵を迎え撃つ心構えだ。珠子を敵などと一切思わない。敵は、この臈《ろう》たけた美しい女だろうか。

「お糸」

珠子が脇息から肘《ひじ》をはずし、お糸を呼んだ。

「はい」

「これまで、美由布姫の守役、苦労であったの」

「は？」

「そなたは、よく尽くしてくれた。おかげで姫もすくすくと育っておる。ありがたく思うぞ」

「も、もったいないお言葉でございます。でも、あの、珠子さま」

「明日から、姫の守役はおみけとする」

一瞬、息が閊えた。胸を押さえて小さく呻《うめ》く。

おみけが笑みを浮かべて、お糸を見ていた。

「そんな……なぜ、なぜでございますか」

お糸は珠子ににじり寄った。

「なにか、わたくしめに落ち度がございましたか」

さらに寄る。

「お答えくださいませ、珠子さま」

「まあ。お糸さま」

おみけが声音を尖《とが》らせた。

「奥方さまに対し、そのように詰め寄られるとは。もそっと分《ぶん》を弁《わきま》えなされませ」

「うるさい！」

一喝する。

「わたしは珠子さまに伺っておるのです。そなたは関わりない。黙っておれ」

「ま……」

絶句したおみけの顔は、目も口も半開きになって妙に間抜けて見える。いつもなら、噴き出していたかもしれない。しかし、今は笑うどころではなかった。

美由布姫の世話は役目というより、珠子が与えてくれた幸せの一つだ。赤ん坊を産んだことはないけれど、小さな姫を抱っこしていると、愛《いと》しくて愛しくて涙ぐみそうになる。命に代えても守りぬくのだと強い覚悟が湧いてくる。この世のどんな邪悪も、災いも、不幸も寄せ付けはしない、と。

おっかさんも、こんな風にあたしを育ててくれたのかな。

そう思えば、胸の奥がじわりと温かくなった。自惚れでなく、美由布姫もお糸を慕ってくれているはずだ。お糸の顔を見れば、声を上げて笑ってくれるし、手を精一杯伸ばして抱っこをせがむ。ぐずっていても、お糸が抱き上げれば機嫌を直して笑顔になったりする。

そうだ。自惚れではなく、美由布姫さまはあたしを受け入れ、好いていてくれている。あたしの心をちゃんとわかっていてくださる。

「まあ、美由布姫は、ほんとお糸ちゃんが好きよねえ。ね、三嶋」

「さようでございますか。よく、わかりませぬが」

「そうに決まってるじゃない。お糸ちゃんに抱っこされると、てきめん、ご機嫌がよくなるんですもの」

「そのようなお言葉、もったいのうございます。でも、嬉《うれ》しゅうもございます。美由布姫さまが一番お好きなのは母上さま。次がおそれながら、父上さま。それはもう確かでございましょうが」

「殿の次はお糸ちゃんよ、間違いないわ。美由布姫だけじゃなくて、幼い子どもはみんなわかるのよ。大人がどれほど本気で自分に向き合ってくれているかってこと。お糸ちゃんの気持ち、姫は姫なりにちゃんと感じ取ってるはず。だから、心底からお糸ちゃんのこと信じてるんじゃないのかな。そうでなきゃ、抱っこされたときあんなに安心しきった顔しないわよ。ね、三嶋」

「ですから、わたしにはわかりませぬよ、そんなこと。ただ美由布姫さまにおかれましては、たいそう胆《きも》の据わった生来の質をお具えかとぞんじます。別にお糸だけを特にお好きなわけではありますまい」

「あら、やだ、三嶋ったら」

「何です？」

「お糸ちゃんに妬《や》いてるんでしょ」

「まっ、珠子さま、そのように露骨に……、あ、いえいえ、この三嶋がなぜ、お糸ごときに妬心《としん》を持たねばなりませぬ。ふん、馬鹿馬鹿しいにもほどがございますよ。ふんふん」

「またまた無理しちゃって。大丈夫、お糸ちゃんの次は三嶋だから。はい、堂々の四席でーす」

「珠子さま、それは、権太郎さまより上ということで？」

「もちろん。だでぃーみたいに気紛《きまぐ》れに現れて、嫌がってるのに頰ずりなんかして、さらに顔中を舐めまわして『おう、らぁぶ、らぁぶ、べぇりぃらぁぶ』なんて叫んでる祖父《じい》さまより、ずっと上よ」

「ですよね。権太郎さまに後《おく》れを取るはずがございませんよね。ああ、よかった」

「まっ、三嶋ったら」

そんなおしゃべりをして笑い合ったのは、ついこの前ではなかったか。あのときの珠子の言葉がどれほど嬉しかったか。ちゃんとわかっていてくださる、見ていてくださる、と胸がどれほど高鳴ったか。

それなのに、守役を解かれる？

そんなこと、そんなこと……。

「嫌です」

叫んでいた。

「そんなの嫌です。珠子さま、訳を、訳をお聞かせください。わたしはなぜ守役を外されるのです。お教えくださいませ。そうでなければ、とうてい承服できかねます」

「まあ、あきれた」

おみけが大きく息を吐いた。

「奥方さまに向かって、何という口の利きようでありましょう。礼儀も作法も武家たるものの心得も知らぬのでしょうかねえ。あ、そういえば、お糸さまは町方の出でいらっしゃいましたか。ほほ、そうであれば、致し方ないかもしれませんわねえ」

ほほほほほほ。

口元に手を置き、おみけは笑う。

鈴江の江戸屋敷に奉公に上がるさい、お糸は形だけさる旗本の養女となった。御末として水仕《みずし》や雑役に従うだけなら町方のままでかまうところはなかったが、お糸の父、きぬた屋芳佐衛門は、娘を行儀見習いの奉公に上げた。器量よしだけれどちょっと変わり者とうわさされる一人娘に、武家奉公の箔《はく》を付け、いい婿をもらうという算段だった。城主の奥方の近くに侍るとなると、形だけでも武士の子女でなければならない。そのために、かなりの金子《きんす》を使って、旗本の養女に仕立て上げたのだ。

馬鹿馬鹿しい。実に馬鹿馬鹿しい。

お糸はどこに奉公しようが、どこで生きようが、『きぬた屋』の娘ではないか。そこを曲げてまで出自を誤魔化すなんて愚の骨頂だと思う。奉公に上がり、珠子が武家だの町方だのまるで気にも留めず、むしろ、『きぬた屋』の暮らしに興を覚え、帳簿の付け方だの商売のイロハだのを奥仕えの女たちに教授してもらいたいと申し出る、そんな人柄（猫柄）だとわかってからは、その思いはさらに募った。何といっても、珠子は猫族なんだけどちょいと不思議な一族の姫だ。人間の、形にばかり拘《こだわ》り実を見ない愚かしさを見定めているのだろう。そういう珠子の下で、お糸は出自を隠すことなく、のびのびと奉公していた。諸侯の正室に仕えるための礼儀や作法はむろん必死で覚えたけれど、心が縮こまりかちかちに強張《こわば》ることは一度もなかった。実家《さと》を恥と考えたこともない。

ここで、おみけから嗤《わら》われようとは思ってもいなかった。

「おみけどの、何が致し方ないのです」

「おや、まあ怖い顔。そのように、すぐに情を面《おもて》に出すのも武士の子女には考えられぬこと。お糸どのは、さぞや奔放にお育ちになったのですねえ、ほほほ」

〝さま〟ではなく、〝どの〟とおみけは呼んだ。呼び方などどうでもいいが、そこにこちらを見下し、蔑《さげす》む響きがあるなら許し難い。

「町方の者はしょせん町方。武家とは格式が違いますゆえ。やはり、姫さまの守役は荷が重過ぎるでしょうよ。姫さまの御《おん》ためにもならぬのは必定《ひつじょう》。そのあたりが、おわかりにならぬのかしら。わたしがお糸どのなら我が身を恥じて、自らお役を引きますが、ほほほほほほ」

めらり。

胸の奥から炎が燃え立つ。

怒りの炎だ。身の内を焼き尽くすように広がっていく。

「お黙りなさい。この唐変木《とうへんぼく》が」

「と、唐変木ですって」

「唐変木じゃなかったら、空っぽ頭の減らず口しか叩けない大馬鹿女じゃないの」

「ままま、まっまっま、な、何という」

「文句があるなら言ってみなさいよ。ええ、そうですよ。あたしはちゃきちゃきの江戸の娘、筋金入りの町方さ。それがどうだっていうわけ？　だいたいね、あんた、武家の子女が武家の子女がって吠《ほ》えてるけどね、あんたのその着物を拵えたのも、簪《かんざし》を作ったのも、みんな町方の職人じゃないの。え？　わかってんの。米も野菜もあんた作れないでしょうが。魚を獲《と》れないでしょうが。え？　あんたにできることっていったら、べたべた化粧して、これでもかって簪やら笄《こうがい》やらを挿しまくって、おほほ馬鹿笑いすることぐらいでしょ。へっ、ちゃんちゃらおかしいね。あんたみたいな空頭の馬鹿女、生まれて初めて出逢《あ》ったよ。初めて出逢っても、べつにめでたくも、嬉しくもないけどさ」

「まあ、まあ……ば、馬鹿女ですって。町方の分際でよくもわたしを……。調子に乗って」

「調子に乗ってるのはどっちよ。だいたい、あんた、こっちを馬鹿にできるほどご立派なわけですかねえ。まさか、ただ武家の出だってだけで、それだけ威張り散らしてるわけじゃないでしょうね」

おみけが立ち上がった。眦《まなじり》が吊《つ》り上がり、こめかみに青筋が浮いている。鬼女もかくやという形相だ。美しいだけに、よけい怖い。

怖いけれど、怖《お》じ気はしない。怖じ気より怒りの方が大きい。

こんな女に見下されてたまるものか。こんな女に美由布姫さまを託すわけにはいかない。

お糸も立ち上がる。

「言いなさいよ。どれほどご立派なのか聞いてあげるわよ」

「おのれ、小娘が。どこまでも図に乗りおって」

おみけの声音が低くなる。地鳴りにも似た低い響きだ。

背筋がぞっとした。寒けが走る。

「そこまで言うなら聞かせてやる。聞いて驚くな」

「あんたみたいな女に驚かされるほど、お粗末な生き方してないわよ」

「むむむむ、ど、どこまで生意気な」

おみけの眦がさらに吊り上がったとき、珠子が言った。

「二人ともいいかげんにしやれ」

おみけの顔色が変わる。赤く上気していた頬から血の色がすうっと褪《あ》せていった。

「主の前で、いつまでいがみ合うつもりか」

「も、申し訳ございません」

おみけが平身低頭する。確かに、度が過ぎた振る舞いだった。お糸もひたすら平伏すしかなかった。

「そなたたちの騒がしさ、所を弁えぬ振る舞いには、もううんざりじゃ。二人ともに謹慎を言い渡す。当分、部屋から出るでない」

「奥方さま、それは……お、お待ちください」

おみけが身体を震わせる。しかし、珠子は取り合わなかった。

「誰か、誰かおらぬか」

「ここに」

隣室の襖《ふすま》が開いて、きりりと白鉢巻きをしめ、袖を括《くく》り、薙刀《なぎなた》を携えた番衆たちが入ってきた。三嶋が鍛えに鍛えた手練《てだれ》でもあった。

「この二人を部屋で謹慎させよ」

「畏まりました」

番衆たちに引き立てられる。

珠子さま。

部屋を出る寸前、お糸は必死の想いで珠子を見やった。

珠子は脇息にもたれ、あらぬ方向を見詰めていた。

――くっ、あと一歩というところで。

声が聞こえた。耳ではなく頭の中で聞こえたのだ。

同じように引き立てられていくおみけに、視線を移す。

怒りの情は既に凪《な》いでいた。そのかわりに、物悲しいような心持ちになっている。

もしかしたら、このまま屋敷を追われるかもしれない。

そんな想いに心が冷えていく。

「何があと一歩だったのです」

心の冷たさを忘れようと、お糸はおみけに声をかけた。

「え？」

「今、悔しがったでしょう。あと一歩というところでと呟いたではありませんか」

おみけの眉がひくりと動いた。

「……わたしは、何も呟いたりしておりませんが。そちらの空耳でございましょう」

おみけは顎を上げ、足を速めた。番衆に囲まれて、廊下を左に曲がる。お糸の部屋は右手にあった。

「よろしいかな。お赦しが出るまで静かになされませよ」

番衆の一人が、ぴしゃりと音を立てて障子を閉める。

言われるまでもない。騒ぐ元気などどこにも残っていない。

泣きたい。声を上げて、泣きたい。

部屋の真ん中にしゃがみ込み、お糸は両手で顔を覆った。

暇を出されるだろう。

もう二度と、鈴江の江戸屋敷に足を踏み入れるなと告げられるにちがいない。

珠子とも三嶋ともおかかやおさけとも、美由布姫とも逢えなくなるのだ。

辛い、辛過ぎて、心が千切れてしまう。

どうしよう、どうしよう、どうしたらいいの。

「大丈夫、大丈夫」

え？

「心配しなくていいよ。おらがついてる」

「えっ、誰？　どこにいるの」

「ここだよ。ここ」

カサカサと乾いた音がする。文机《ふづくえ》の方だ。そこに目をやり、お糸は腰を浮かした。

え？　え？　え？　まさか。

「わ、わらちゃん？」

「はい、わらちゃんでーす」

藁人形が文机の上から飛び降りてくる。

「よろしく、お願いしまーす」

藁人形のわらちゃんがお辞儀をする。多分、お辞儀をしたのだと思う。胴体と思《おぼ》しき辺りの真ん中で折れて、前に倒れたのだ。

「よ、よろしくって……、あんた、わ、藁人形でしょう」

「はい。正真正銘、混じりけなしの藁人形だでよ。自慢じゃねえけどもさ、藁より他には何にも使ってねえよ」

わらちゃんは胸を反《そ》らした。多分、胸を反らしたのだと思う。胴体と思しき辺りが僅かに反り返ったのだ。

ちょっと、おかしい。

ぎくしゃくした動きも、混じりけなしの藁人形と威張るところも、おかしい。お糸はつい、笑ってしまった。

わらちゃんの声はカサカサして乾いていた。藁が擦《こす》れる音そのものだ。美声ではないけれど、温かい。聞いていると心が落ち着く。笑ったので、余計に力みが抜けた。

「はい、こちらこそ、よろしく。でも、ちょっと驚いた。わらちゃん、どことなく変わってるとは感じてたけど、まさか、しゃべれるなんてねえ」

「お糸っぺのおかげだで」

「あたしの？　あたし、何にもしてないけど」

「いやぁ、たっぷりしてくれたでね。おらに、毎日、話しかけてくれたでねえか。『わらちゃん、おはよう』とか『今日は気持ちのいいお日和《ひより》だよ』とか」

「ああ、まあ、それは……」

お糸は昔から、気に入った物、気になった物に語りかける癖があるのだ。

幼いころからそうだった。

人形はもとより、花弁《はなびら》を開いたばかりの朝顔や牡丹《ぼたん》に、黄色い縞《しま》模様の美しい蜘蛛《くも》に、枝にとまった小鳥に、よく話しかけていた。

「やっと咲いたんだね。きれいな色だよ」

「ねえ、これからどこに行くつもり？　どうして、そんなにそわそわしてんの？」

「空の上からお江戸の町って、どんな風に見えるの？　大木戸の向こうまで飛んでいったこと、ある？　あるんだったら、羨《うらや》ましいな」

むろん、答えなど返ってこない。人形も花も蜘蛛も小鳥も、人など相手にしないという風にそっけなく黙っている。葉陰に隠れたり、飛び去ったりもする。それでも、お糸は満足していた。

娘と呼ばれる年頃になっても、その癖は直らなくて、時折、独り言のように物言わぬ物たちに語りかけたりする。わらちゃんにもそうだった。権太郎の下手なへのへのもへじは、よくよく見れば愛嬌《あいきよう》があって、ついしゃべりかけたくなる。

「悪い癖なのよ」

お糸は肩を竦《すく》めてみせた。

「おっかさんから、よく怒られてた。『誰もいないのにぶつぶつ呟くのはお止《や》め、みっともないじゃないか』って」

わらちゃんがかぶりを振った。多分、かぶりを振ったのだと思う。胴より上の部分が左右に揺れたのだ。

「みっともなくなんかねえで。お糸っぺが心を込めておらに話をしてくれたから、おら、力をもらえたんだ。それに、目や口までちゃんと描いてもらえたでなあ」

「え、ちゃんと描けてる？」

「うん。ちゃんと描けてる。おかげでよく見えるし、しゃべれる。おら、ほんとに嬉しいで」

へのへのもへじだ。横から見ても、前から眺めても〃ちゃんと描けてる〃からはほど遠い。それでもまあ、本人（人なのだろうか？）が満足しているのだから、よいのかもしれない。

権太郎さまは、ここまで見越して……。

いや、それはない。断じてない。

あのいいかげんでちゃらんぽらんで出たとこ勝負の権太郎さまが、何かを見越して何かをするなんて、ありえない。でも、まあ。

と、お糸は考え直す。

わらちゃんが喜んでいるのだから、良しとしましょうか。

「それに、お糸っぺは、おらの縛《いまし》めをとっぱらってくれたでな。命の恩人だでよ。ほんとに、ありがてえっさ」

「縛めって？」

「五寸釘《くぎ》さ、抜き取ってくれたで」

「ああ、あれね。わらちゃん、あれ、本当に呪いの釘なの？　丑《うし》の刻参りに使われたわけ？」

お糸はわらちゃんを抱き上げ、膝に乗せた。

「お糸っぺの膝、柔らかいし温《あった》かいで」

多分、笑ったのだろう。〃の〃の形の目が、ふにゃりと垂れる。

「わらちゃん、ちゃんと答えて。お膝から下ろしちゃうよ」

「答えるで、答えるで。おら、呪いの人形なんかでないがね。おら、ただの藁人形だ。花江《はなえ》っぺがおらを作ってくれたでなあ」

「花江っぺって？」

「佐竹の姫さまだったお方でや」

「佐竹の姫……、じゃあ利栄さまのご息女」

「そうだ。利栄っぺの初めての娘っ子だ。だで、利栄っぺはそりゃあもう可愛《かわい》がったみてえだな。花江っぺに『ととさま、ととさま』って呼ばれる度に、『おうおう、姫ぇ』なんて気持ち悪いほど甘ったるい声、出しとった。おら、そのころ、目も口もなかったで聞くことしかできんかったけど、利栄っぺのでれっとした感じは、ようわかったでな」

「その姫さまが、わらちゃんを作ってくれたのね」

「うん、花江っぺがおらを作ってくれたで。まだ五つだったのに、上手に作ってくれた。べべなんか着せて可愛がってくれた。優しい娘っ子だったでなあ。花江っぺも、おらのこと〝わらちゃん〟って呼んでたで。名前を付けて、話しかけて、一緒にねんねもしてくれた。そうやって大切にしてくれたで、おら、命を授かった。人形ってのは、どんなんでも大切にしてもろうたら命を授かるでよ。花江っぺがおらを抱っこして、その花江っぺを利栄っぺが抱っこして、よく庭を歩いたで。みんな幸せだったでなあ」

だったでなあ。

遠い昔を語るようなわらちゃんの物言いが、お糸の心に引っかかった。わらちゃんのへのへのもへじ顔を見詰める。

「わらちゃん、もしかして、花江姫さまは……」

カサッ。乾いた音を立てて、わらちゃんが頷く。

「六つにならずに亡くなったで」

「まあ……、それは、病で？」

「そうだな。病っちゃあ病かなあ。利栄っぺと庭を歩いてるときに、泉水に落っこちちまったんだ。足元がふらついて、じゃぼんと」

「じゃあ、溺れて」

「んにゃ。利栄っぺがすぐに飛び込んで助けたってが。けど、花江っぺはその前に風邪をひいてたんだな。十日も寝込んで、やっとこ元気になったばっかりで、『お外に出たい』って利栄っぺにせがんで庭で遊んでたんだで。足元がふらついたんも、ずっと寝てたからやでなあ。だで……、花江っぺ、ずぶ濡《ぬ》れになっちまったもんだからよ、また風邪をぶり返して……、前よりひどくて、高い熱が出て、三日も経たない間に息を引き取ったでなあ……」

わらちゃんの声が掠《かす》れて聞き取りづらくなる。

「まあ、そんなことが……」

お糸も語尾が震えるのをどうしようもなかった。

「利栄さま、たいそう、お嘆きになったでしょうねえ」

「そりゃあもう、傍《はた》で見ているのが辛いほどだったで。庭に連れ出しさえしなければとか、花江はわしが殺したようなものだとか、いつまでも泣いておらしたが」

お糸は胸を押さえ、唇を結んだ。

あくどくて、狡猾で、女好きで、調子乗りで、隙あらばと城主の座を狙《ねら》っている。今まで抱いていた利栄の姿が変わっていく。子煩悩《こぼんのう》で、可愛い盛りの娘を失った父親でもあったとは。むろん、利栄が欲深く、策略家であることは確かだろう。けれど、それだけではなかった。利栄は利栄なりに、父としての悲嘆《ひたん》を惨《むご》いほど味わっていたのだ。悪人だけの悪人も善人だけの善人もいない。そういうことだろうか。人という生き物の底知れなさに、また一つ触れた気がする。

「花江っぺの着物や玩具《おもちゃ》や使っていた器は、みんなまとめて蔵に仕舞われたんだ。見るのも辛いって……。おらもそのとき、箱ん中に一緒に詰め込まれちまった。そいで、そのまま長い長い時が経ったんだ。おら、もう頭がぼんやりしちまって、もうすぐ元の藁に戻るかもしんねえって覚悟してたで。そしたら、あの日……、突然、おら、箱ごとお日さまの下に出されたんだ。後で知ったけども、二十年に一度の蔵掃除の日だったってな。おら、もう頭がぼんやりの上にぼんやりしてて……なんもかんもぼんやりしてて……。そしたら、お腹んとこに急にどすっときてな」

わらちゃんが、お糸の膝の上で左右に揺れる。

「どすんときて、五寸釘が刺さってんだ。おら、もうびっくりだ。びっくりしたけど声もでないし、手も足も動かせなくて……。ただ、声だけは微かに聞こえたで。『これを言いがかりに使って』とか『呪ったことにして』とか『揺さぶって、仲間割れを』とか、そんな声だ。でも、それより、おら重くて辛くて、釘を何とかしたかったけどどうしようもなくて……。できることといったら、錆《さび》だらけの釘をちょっとでもきれいにしたんだ。おらに刺さっているところだけは、きれいにしたんだ。おらに命が宿ってるから、できたんだがや、それ以上は無理で。重いし辛いし、錆の匂いが臭いしで、おら、もう駄目だって観念してたんだ。けど、助かったで。お糸っぺが、おらの釘を抜いてくれた。おら、楽になった。名前を呼んでくれて、話しかけてくれた。おら、どんどん命がよみがえってきたで。お糸っぺのおかげで生き返ったで。花江っぺにもらった命を無駄に捨てずに済んだで。ありがてえ、ありがてえ」

わらちゃんの腕（と思われる）が動いて、端がほんの少しだけ重なった。手を合わせたのだろうか。

「そうか。だから釘の半分だけがぴかぴかだったんだね。わらちゃん、よく踏ん張ったね。えらいよ」

わらちゃんを抱きしめてやる。

「うえっ、うえっ、うえっ」

わらちゃんが泣き出す。

「あらあら、泣いちゃ駄目よ。涙で墨が流れちゃうでしょ。ね、泣いてないで教えて。わらちゃんに五寸釘を刺したの、利栄さまなの？」

「……わかんないで。頭、ぼうっとしてたし……」

「どんな些細《ささい》なことでもいいから、思い出してくれない？　ほんと、どんなことでもいいの」

泣いてる場合じゃない。剣呑な気配はすぐ近くまできている。

今のわらちゃんは、とても大事な話をしたのだ。恐れと昂《たか》ぶりに、指先の震えが止まらない。

「そう言われても……頭がぼうっとしてて……あっ！」

「思い出した？」

「ええ香りがしたで」

「香りって、どんな」

「うーん、甘い香りだ。でも花とかじゃなくて」

「もしかして、お香かしら」

「……かもしれねえ。お香って、花江っぺのお付きの者《もん》からも匂ったけど、あそこまでべっとりしてなかったで」

動悸《どうき》が強くなる。

剣呑な気配が強くなる。

「わらちゃん、今の話を三嶋さまに伝えてちょうだい」

「三嶋さまって……あの、でっかい虎みてえな女か」

「そうよ。みたいじゃなくて、そのものだけどね。そこのとこに拘らないでいいわよ。顔はおっかないけど、ほんとはおっかなくないからね」

「おら、虎ならそんなにおっかなくないで。山羊《やぎ》や牛は藁をくっちまうで傍《そば》に寄れないけど、虎なら大丈夫だ」

「そうか。じゃあお願いよ」

「けど、おら、上手く歩けねえし、歩いてるとこ見つかるとまずいでな。化け物とか妖怪なんて騒がれて、焼かれちまうかも」

「わかった。あたしに考えがある。いい？　ごにょごにょごにょ」

「ふむふむ。ごにょごにょだな。わかった。やってみるで」

「よしっ、力を合わせてやるぞ」

「おうっ、力を合わせてやるで」

「お糸どの」

　障子戸が開く。番衆の一人が薙刀を手に立っていた。背後にも一人、いる。こちらは小太刀《こだち》を手にしていた。

「先ほどから、何やら騒がしいようですが、どなたと話をしておられますか」

「あ、うるさかったかしら。独り言です。このような境遇に墜《お》ちた我が身を一人で嘆いておりました。どうか、我が心中、お察しくださいな」

「お察しは致します。しかし、あまり騒がしいと、わたくしどももお役目上、見過ごしてはおけませぬゆえ」

「はいはい、気を付けます。それより、お頼みしたいことがあるのですが」

お糸は立ち上がり、裾を引いて番衆の前に立った。裾の下からわらちゃんが這《は》い出す。

「三嶋さまにお会いしたいのですが」

「それはなりませぬ。ご自分が謹慎の身であることをお忘れか」

「ですよねえ。やっぱり無理ですよねえ。では、言伝《ことづて》をお願い致します。『糸は元気でおりますので、ご心配ありませぬ』と一言、お伝え願いたいのです」

番衆の眉間に皺《しわ》が寄った。

「しかし、それは」

「お願い致します。今度の件がお耳に入ったら、三嶋さまがどれほどご心痛になるか。あのお方は豪気に見えて、とても繊細なところがおありなので」

「三嶋さまが繊細？　いや、それはちょっと……」

そうよね。繊細と三嶋さまってどうやっても結びつかないわよねえ。でも、ここは無理を承知で押し通すしかないの。

お糸は番衆の耳元に囁《ささや》いた。

「あなたも三嶋さまに鍛えられた、いわばお弟子でしょう。言伝の一つぐらい叶《かな》えてくれても、罰《ばち》は当たりませんよ。ね、この先も、三嶋さまにお稽古をつけてもらうことだってないとは言い切れないでしょう」

むむむと番衆が唸《うな》った。三嶋の顔が頭の中に浮かんでいるのは確かだ。

「わかりました。では、一言、その言伝だけですよ。わたしがいなくても、決してお動きめさるな。もう一人、見張りがおるのをお忘れなきように」

小太刀の番衆が頷く。

「はいはい、もちろん」

お糸はにっこり笑って、頷く。その間に、わらちゃんは相手の裾の間に潜り込んだ。

「くれぐれも、おとなしく謹慎の意を示されよ。うん？」

「あら、どうかされました」

「今、裾の辺りで何やらカサカサと……」

「えー、カサカサ？　別に何もついておりませんが」

「いや、確かに何かが」

番衆が裾を持ち上げる。

「ああっ！」

「ひえっ、お糸どの、何事です。何故にそのような大声を」

「だって、お肌が」

「肌ですと？」

「あなたのお肌です。ちょっとかさついておられますよ。ええ、肌がカサカサ。だから、やたらカサカサを感じるんですわ。あ、わたくし、とーってもお肌にいいへちま水を持っておりますの。後で、お分け致しますわね。これをちょこちょこっと付けるだけで、お肌はつるつる、小じわも染《し》みもきれいに消えます」

「まあ、小じわも染みも？　本当ですか」

「本当ですって。嘘《うそ》なんかつきませんわ。お湯を使った後に、こう指先で軽くなじませて」

「ふむふむ」

「気になるところは入念に、でも決して力を入れ過ぎないで摩《す》り込むというより、ぱたぱたと叩いていく感じですね。ぱたぱた」

「なるほど、なるほど。それでお肌つるつる」

「小じわと染みに、きれいさっぱり縁切りです」

お糸は軽く手を振ってみせた。わらちゃんは上手くもぐり込めたらしい。とりあえず一安心だ。

「お糸どの、そのへちま水とやらはどのような」

「あっ、それが、今、ちょうど切らしておりました。すぐに実家《さと》より取り寄せます。お二人にも差し上げますわね。どうぞ、お楽しみに、ではでは、よろしく」

作り笑いのまま、障子を閉める。

「お肌ねえ。このごろ小じわが気になってたから」

「へちま水、ほんとに下さるかしらね」

番衆たちのひそひそ声の後、足音が一つ遠ざかっていった。

わらちゃん、頼んだよ。必ず三嶋さまに伝えて。

そっと手を合わせる。

まかせとけっぴ。

わらちゃんの返事が聞こえた気がした。

ゆっくり息を吸い、吐き出す。もう一度、吸って吐く。それでも心は落ち着かない。妙な胸騒ぎがする。

胸の内がざわついて、ざわついて、どうにもならないのだ。

三嶋もお糸も珠子から離れている。むろん、珠子付きの侍女は幾人か控えているだろうが、三嶋に匹敵する手練がいるわけもない。つまり、今、珠子の護衛はかなり手薄になっているのだ。

嫌な、とても嫌な心持ちがする。

お糸はその場にしゃがみ込み、目を閉じた。

わらちゃんは、夕餉《ゆうげ》の膳とともに帰ってきた。正しくは、夕餉の膳を運んできた台所番女中の帯に挟まって帰ってきた。

「お召し上がりください」

台所番は三十前後の丸顔の女だった。

「あ、ありがとう。でも、今、あまり食気がなくて」

お糸は曖昧に笑った。膳の上のものより、帯の間が気になる。早く、三嶋からの返事を聞きたい。苛々《いらいら》する。しかし、台所番は、お糸の心情など意に介さず、料理について しゃべり始めた。

「こちらの膳は、謹慎ということで質素な献立になっております。まず、こちらの錦糸玉子は謹慎に掛けまして、お立場を忘れないようにとの」

「わかりました。わかりました。あたし、ものすごく空腹なんです。今すぐにでも、錦糸玉子を食べたいんです。もうよろしいですから、はい、出て行ってください」

「しかし今、食気はないと」

「出て来たんです。突然、むくむくと現れたんです。あー、もうお膳の脚まで食べちゃいたい」

台所番を無理やり、押し出す。そのどさくさに紛れ、わらちゃんが帯から滑り出た。

「ああ、ちょっ、ちょっと待って。お糸どの、香の物はへちまの麹《こうじ》漬けでございますよ。わたしにもへちま水をぜひ。染みがこのところ目立ってきて」

「わかりました。一斗樽《いっとだる》で用意します。はい、じゃあ、それまでさよなら、さよなら」

何とか部屋から追い出すことができた。

「お糸っぺ」

「わらちゃん」

わらちゃんが膝に飛び乗ってくる。

「おら、行ってきたぞ。三嶋どんにちゃんと伝えたし、三嶋どんからも伝言をしっかり託《ことづか》ってきたでな」

「ありがとう、わらちゃん。でも、三嶋さまは三嶋っぺではなくて三嶋どんなのね」

「そうだっぴ。三嶋どんはやっぱ、どんだでなあ」

「うんうん。それで三嶋どん、じゃなくて三嶋さまは何て？」

わらちゃんの藁頭が揺れた。のの字の目が瞬《まばた》く……わけはなかったが、瞬いたように感じられた。

「三嶋どんが言うに、気ぃ付けろって」

「気を付ける？　珠子さまじゃなくてあたしが？」

「んだで。今、お屋敷で一番、危ねえのってお糸っぺらしいだでな。お糸っぺが狙われるんでねえかってよ」

「あたしが、どうして？　いったい誰に狙われたりするの？」

そのとき、障子に番衆たちの影が映った。

「いけない。わらちゃん、声を潜《ひそ》めて」

「うん。だからごにょごにょ」

「えっ？」

「で、ごにょで、ごにょごにょ」

「ええっ。そ、そんなことがあるの」

「お糸っぺ、声が大きいで。潜めて、潜めて」

「あ、はい。でも、驚いた。やだ、心の臓がばくばくしてる」

「まだ続きがあるだで。ごにょごにょ」

「うん、うん。そこは、ごにょごにょなのね」

「そうだで。さらにごにょごにょ」

「うわぁ、すごいことになっちゃうわ。でも、やはりごにょごにょでごにょごにょ」

「そうそう、ごにょにょにょごにょ」

「ごにょにょによ。ごにゃーん」

「お糸っぺ。それじゃ猫だでよ」

お糸とわらちゃんのやりとりは暫《しばら》く続いた。

その夜、鈴江三万石江戸屋敷奥の廊下を、一つの影がゆっくりと進んでいた。黒い布を頭から被《かぶ》り、裾を長く引きずっている。

既に子《ね》の刻を回っている。空に月はなく星も見えない。分厚い夜雲に覆われ、どこまでも暗かった。地上も同じだ。闇はどろどろと粘り、吸い込めばそのまま身体の内に溜《た》まりそうにも感じられた。

「誰か」

誰何《すいか》の声が響く。

龕灯《がんどう》を手にした番衆たちだった。夜回りの最中なのだ。白い鉢巻きに白い襷《たすき》、そして薙刀《なぎなた》を手にしている。いずれも隙の無い身ごなしだ。

「この夜更けに、どこに行く。どこの部屋の者か」

「……」

「なぜ黙っておる。ここから先は謹慎者の室《しつ》じゃ。近づくことは許さぬ。去《い》ね」

「邪魔をするな」

「なんと申した」

「邪魔をするな、わたしの邪魔をするな」

「おのれ、怪しいやつめが。おのおのがた、ご油断めさるな」

「おうっ」

三人の番衆たちが、一斉に薙刀を構えた。粒揃《つぶぞろ》いの腕前らしく、髪の毛一筋の乱れもない。

くっくっくっ。

低い笑いが黒布の下から聞こえてきた。闇そのものが笑っているようだ。あるいは闇から笑いが滲み出ているようだ。

「何がおかしい」

くっくっくっ。くっくっくっ。

「曲者《くせもの》が。とおっ」

龕灯の明かりの中、一人の番衆が影に斬りつけた。しかし、悲鳴を上げたのは番衆の方だった。

「きゃああっ」

同時に薙刀の刃《やいば》が二つに折れた。

「ば、化け物……」

布の下には爛々《らんらん》と光る二つの目があった。その光は白く、明らかに人のものではなかった。

白い光がさらに強くなる。

「ぐえっ」

くぐもった奇声を上げて、番衆が次々に倒れる。口から泡を吹いている者もいた。

「ふふん、口ほどにもない。これでは役目は果たせぬのう」

くっくっくっ。くっくっくっ。

低い笑い声を漏らしながら、影はさらに廊下を進む。

奥まった一室の前でその動きが止まった。

はらり。被り物が落ちる。指が障子戸を静かに開けていく。

くっくっくっ。くっくっくっ。

笑い声はまだ続いている。

部屋の中には、行灯《あんどん》が点《つ》いていた。淡い明かりが、夜具をぼんやりと照らし出している。夜具は少し盛り上がり、寝息が聞こえる。女の髪の香りが微かに匂った。

「眠っているか、お糸。くっくっくっ。ではそのまま、決して目覚めぬ死出の旅に発《た》つがよい」

短刀が行灯の光を弾《はじ》いた。

「その喉《のど》を掻《か》き切って、あの世に送ってやろうぞ」

ぐわぴー、ぐわわぴー。

「うん？　何だ、これは。まさか、鼾《いびき》？」

一瞬の迷いをついて、夜具と野太い怒声がぶつかってきた。

「やれるものなら、やってみろ。その前におまえの喉笛を食い千切ってくれるわ」

「みっ、三嶋。なぜ、ここに」

「ふふん。おまえの企てなどとっくにお見通しだ。おまえがお糸を狙ってここにくることは、わかっていた。だから、待ち伏せしておったのよ。ふふふ、畏《おそ》れ入ったか」

その一言を合図に、障子戸が開いた。番衆たちがなだれ込んでくる。

三嶋が告げた。

「もうどこにも逃げられぬぞ。観念せい、おみけ」

「うぬぬぬぬぬ」

番衆たちの龕灯の光を浴びて、おみけの顔が浮かび上がった。眼は吊り上がり、唇は異様なほど紅《あか》い。

「おのれ、おのれ。罠《わな》にはめたな、三嶋」

「はめたがどうした。そちらこそ、闇に忍んでお糸を殺しにくるとは言語道断。ここで、わたしが成敗してくれるわ」

「は、成敗だと？　図体がでかいだけの虎女に、わたしが殺《や》られるわけがあるまい。ふふん、望むところだ。そなたとは、いずれ、決着をつけねばならなかった。よい機会だ。かかって来るがいい。そのみっともない面《つら》を血に染めてやる」

「大口をたたくな。がおうぅぅぅ」

三嶋が吼《ほ》えた。腹にずんと応える声だ。

「いよいよ、は、始まりますよ」

お糸は襖《ふすま》を僅かに開けて、隣室を覗き込んでいた。

「お糸ちゃん、ちょっと代わってよ。あたしも見たいのよ」

珠子がお糸を押しのける。

「うわっ、ほんとだ。いよいよだわ。すごい。さすがに迫力ある。ああっ、三嶋が攻撃開始よ。うわっのうわっ。おみけったら身が軽い。三嶋の攻撃を難なく避《よ》けたわ」

「珠子さま、お一人だけ、ずるいです、わたしにも見せてください」

「駄目よ。今、すごくいいとこなんだから。あっ、おみけが短刀を振りかざして飛びかかってきたっ。三嶋、横に飛び退《の》いた。さすがに無駄のない動き。見てて気持ちいいわね」

「わたしは、ちっとも気持ちよくありません。珠子さま、代わってくださいったら」

「駄目だって言ったでしょ。ちょっとお糸ちゃん、押さないで」

「もう、わたしだって見たいんですって」

「ああ、危ない」

襖が音を立てて、外れた。

お糸と珠子は重なり合って、倒れ込む。

「あ〜ぁ、お約束のどたばただっぺな」

わらちゃんが呟いた。

珠子は起き上がると、口元に手をやり優雅に笑った。

「おほほほほほ」

「こちらのことは一切、気にせずともよい。二人とも続けて、続けて。おほほほほ」

「珠子！」

おみけがかっと目を見開く。口が耳まで裂けた。鋭い歯がはっきりと見える。そして耳が、金茶色の毛に包まれた尖《とが》った耳が鬢《びん》の上ににょきりと現れた。

き、きつね？

お糸は驚きのあまり尻もちをつきそうになった。

「そなた、骨抜きにしてやったと思うたのに」

「骨抜き？　ふふん、それってあのお香を使って、あたしをいいように操れると思ってたってことかしら」

珠子の表情がちょっと意地悪くなる。

意地悪くなっても可愛い。その可愛い意地悪顔で、珠子は不敵に笑っている。

「だったら、おあいにくさま。あたしにはそーいうの効かないから。あの程度の香りでやられちゃうほど柔《やわ》にはできてないの。残念でしたねーだ」

「そうじゃ、おみけにすり替わって、珠子さまに近づき意のままに動かそうとの企て、端《はな》から破れておるぞ。だから、わたしと珠子さまで一芝居うって、おまえを油断させ正体を露《あら》わにさせてやったのよ。かかかかか、もう逃れられんぞ、観念せいよ、艶耶子。かかかかかか」

三嶋が高らかに笑う。

かかかかか。

にゃにゃにゃにゃにゃ。

わはははははは。

番衆たちも口々に笑い声をたてた。みんな、頭に小さな耳が生えている。どうやら、今夜の番衆はみんな、猫族なんだけどちょいと不思議な一族、略してちょいと不思議一族らしい。

それにしても、艶耶子とは？

どこかで聞いた覚えのある名前だ。どこだっただろう。

ふっと権太郎の顔が浮かんだ。

どうしてだか、鍔《つば》の広い異国の被り物（金箔《きんぱく》でも貼ってるのか、やたらぴかぴか輝いている）を着け、数珠《じゅず》つなぎになった紅《べに》や青の石を首から三重にぶらさげている。相も変わらぬ派手な格好だ。頭に浮かんだだけで、眩《まぶ》しい。

権太郎さま。そうだ、権太郎さまだわ。

「権太郎さまがちょっかいを出した妖《あや》し狐《ぎつね》の姫ぎみ！」

「そうじゃ」

三嶋が頷く。

「もっとも姫ぎみと呼ばれてもおかしくなかったのは、遥か昔のこと。今は、けっこう年季の入った年増《としま》であるが」

「年増だと。おまえのような生まれたときから老け顔の女に言われとうないわ」

艶耶子は既におみけの姿をかなぐりすてていた。耳がさらに尖り、全身を金茶色の毛が覆う。お尻には見事な九つの尾が広がっていた。尾は白銀一色で眩しいほど輝いている。

目を瞠《みは》るほど美しい狐だ。美狐《びこ》中の美狐だ。妖し狐の眷属《けんぞく》は付け尾をしていると前に三嶋は謗《そし》っていたが、とても偽物には見えない。正真正銘の九尾の狐だ。

「ふふんのふん、わたしの生まれたときの顔など知りもせぬくせに。そういう、いいかげんなところが狐の卑しいところよのう。権太郎さまも、おまえたちの卑しさにうんざりして、心が離れたのではないか」

「あんなちゃらんぽらん男の心など、離れようが飛んで行こうがどうでもよい。外れた富くじほどの価《あたい》もない」

「またまた、そんな強がりを。まあ、ちゃらんぽらんなのは認めざるをえないが」

「ちゃらんぽらんで、頭も尻も軽くて、派手好きで、周りの迷惑を考えず、ちょっといい女にはすぐでれでれして、そのくせ、女房には頭が上がらぬ駄目男ではないか」

うーむと、三嶋が唸った。

「それも認める。悔しいが、確かにそのとおりだ。納得するしかない」

「ちょっと、ちょっと三嶋さま」

お糸は三嶋の袖を引っ張った。

「ここで納得されないでください。権太郎さまは間違いなくちゃらんぽらんですけれど、今はそっちじゃなく、珠子さまを操ろうと企んだことの方が重要です」

「あ、うむ。わかっておる。艶耶子、権太郎さまに振られた腹いせに珠子さまに害をなそうとするとは、言語道断であるぞ」

「冗談じゃないよ」

とたん、艶耶子の口調がはすっぱになる。

「早とちりもいいかげんにしといてもらいたいね。何で、このあたしが、玉藻前より百倍美しいとうわさされているあたしが、権太郎みたいなちんけな男に振られなきゃならないんだよ。けっ、嗤わせるんじゃないよ。あんなの、こっちから願い下げの払い下げ、丸めて捨ててお終いじゃないか。ほんと、勘違いしないでもらいたいね。あたしは、もっと高尚かつ深い考えで動いてんだ」

「と、言いますと？」

お糸は身を乗り出して尋ねる。

「やはり、鈴江乗っ取りの企みがあるのですか」

ぎろり。艶耶子の目が底光りする。

お糸は身体を縮めた。しかし、逃げはしない。睨《にら》まれて、すごすご引き下がっていては、江戸っ娘《こ》の名が廃《すた》る。

「馬鹿におしでないよ。二万石だの三万石だのって小国なんか、このあたしが欲しがるわけないだろ。ふん、あたしの美貌をもってすれば公方《くぼう》だっていちころなんだよ。へっ、畏れ入りな」

「いや、畏れ入ったりはしませんけど、それじゃ、鈴江を乗っ取るつもりはないわけですね」

「あるさ。ばりばり、あるね」

艶耶子の尖った鼻先がひくっと動いた。

「はあ？　だってさっき、欲しがるわけないって」

「欲しくなんてないね。ただ、むかつくだけさ」

「むかつく？」

「あんな、ちゃらんぽらん男の娘が正室だって？　ふざけんじゃないわよ。しかも鈴江みたいな良いところのさ」

「鈴江って、良いところなのですか」

ゆっくりと丁寧に問うてみる。

「良いところじゃないか。山あり川あり海ありで、冬が暖かなわりに夏も過ごし易《やす》いしねえ」

「ふむふむ。なるほど。冬暖かくて夏涼しいって、わんだぁふるぅですよねえ」

「は？」

「あ、いえいえ。鈴江は海の幸、山の幸、川の幸にも恵まれているとか。もう、お恵みのてんこもりですわねえ」

「そうそう。とくに、秋の野葡萄《ぶどう》がめちゃくちゃ美味《うま》いんだよねえ。甘酸っぱくて、汁がたっぷりで。それに、魚の美味しいことと言ったら、もう、たまんないわよ。春夏秋冬、どの季節も美味《おい》しい魚が獲れんの。しかも海と川の両方で。初夏の鮎《あゆ》なんか、小振りなんだけど身が香ばしくてさ……あ、思い出しただけで」

ずるずると音をさせて、艶耶子は涎《よだれ》を呑み込んだ。

「何より、人が好《よ》いのよ。ぼーっとしてるやつが多くてさ、ちょっとやそっとじゃ驚かないの。うちの一族では二百六歳と四百二十八歳のときに、子どものお祝いをするんだけど」

二百六歳と四百二十八歳って、中途半端過ぎないか？　それに、その年でも、まだ子どもなのだろうか？

「二百六歳って、人間の年で言えば三つぐらいかな」

珠子がそっと教えてくれた。

「子どもが一匹、二百六歳のお祝いが嬉しくて里近くの林の中で、歌ったり踊ったりしてたのよ。それを、たまたま通りかかった柴《しば》刈りの爺《じい》さんに見られちゃったのよ。でさ、あんただったらどうする？」

「え、歌ってるとこをお爺さんに見られたら、ですか」

「歌ってる狐を林の中で見たらだよ」

「そりゃあ、驚きます。びっくりして、後退《ずさ》りして、石につまずいて転びそうになったところを何とか踏ん張ってたりすると思います」

「……ずい分、細かいね。まあ、そうだよね。驚くよね。でもって、頭に血が上り易い男だったら、化け物だの妖怪だのと騒いで、ずどんと一発、その子を殺しちゃうこともありうるかもしれない」

「そりゃまあ、銃を持ってたらありえますね」

相槌《あいづち》を打つ。

銃にしろ刀にしろ、武器を持てば人は逸《はや》りがちになる。歌っている子狐に向けて発砲するなんて、十分にありうることかもしれない。

「だろ？　でも、その爺さん、どうしたと思う」

「どうしたんでしょうか」

「手を叩いたんだよ。つまり、手拍《てばた》きしたわけ。『上手い、上手い。おまえは歌が上手だのう』なんて喜んじゃって、暫く子狐と一緒に歌って、遊んだんだって。鈴江の人間ってのは、城主を筆頭にそういう類《たぐい》の呑気者《のんきもの》が多いの。利栄のように欲の皮が突っ張ったやつもいるけどさ。大概は呑気でよっぽどのことが、いやいや、よっぽどのことでも受け入れちゃうんだよねえ。そーいうの、こっちとしたら暮らし易いじゃないか。化け物だの妖怪だのとぎゃあぎゃあ騒がれるより、まずは受け入れて、まあ一緒に生きてもいいんでないのって方が、ずっと楽だもんね。わかるだろ」

「わかります」

「よろしい。まあ、そういうことで鈴江ってのは、人にとっても、我ら名門狐族にとっても暮らし易いとこなんだよ」

「名門なんですね」

「名門中の名門だよ。あたしたち名門一族の住処《すみか》となるのは、誉《ほま》れだよ。鈴江にとっても誉れ高いことなんだ。それが、どうよ」

「どうなんです」

「化け猫の一族が大きな顔してのさばって、にゃあにゃあにゃあにゃあ、うるさいったらありゃしない。猫族なんて鼠《ねずみ》を捕まえるか、鰹節《かつおぶし》を齧《かじ》るかしか能がないくせに、我が物顔で偉そうにしちゃって。あまつさえ、どうたぶらかしたか知らないけど、ちゃっかり城主の正室に納まってやんの。ちゃらんぽらん男の娘のくせにちゃっかり納まってる。つまり、ちゃらんぽらんとちゃっかりが対になってんだよ。そーいうの許せないほどむかつくじゃない」

「許せないのは、こっちだ」

三嶋が吼えた。

「黙って聞いていれば好き放題、ぬかしおって。我ら一族と珠子さまを謗った罪は重いぞ。死ぬほど後悔させてやるわ」

じりっ。

三嶋の怒りに呼応するように、番衆の輪が縮まる。

「でも、結局、艶耶子さまって鈴江が気に入ってるんですよね」

お糸は珠子に囁く。

「そういうことよね。公方さまでもいちころのわりには、鈴江に拘《こだわ》ってる感、いっぱいね」

「お気に入りの土地に、先に珠子さまたち、ちょいと不思議一族がいたのが気に食わないってわけですね」

「そうそう。おまけに、うちのだでぃーに振られちゃったから、ちょいと不思議一族憎しが高じちゃったのよね」

「権太郎さまが悪いですね」

「悪いわね、母上にしっかり、お仕置きしてもらわなくちゃ」

「覚悟せよ、艶耶子」

三嶋の吼え声が再び響く。

「うるさい、覚悟するのはそっちだ」

艶耶子が九尾を振る。

銀色の光が放たれた。

眩しい。目を開けていられない。

「珠子、そなたの命、貰《もら》い受けるぞ」

銀色の光が珠子にぶつかっていった。

「ああっ」

珠子の悲鳴が上がる。

「珠子さま」

お糸は必死で目を開けようとした。

珠子さまを、珠子さまをお守りしなければ。珠子さま。

お糸は打掛を脱ぎ捨て、懐剣を握りしめた。そして、光の中に飛び込んでいった。

「きゃぁぁっ」

かん高い悲鳴が耳の奥まで響いてくる。

「珠子さま」

お糸はその場に立ち竦《すく》んだ。

動けない。

目の前の光景に、足だけでなく身体も心も竦んでいた。

珠子さま？

唾を呑み込む。目を瞠る。

目の前にいるのは珠子だ。珠子に違いない。しかし、お糸の知っている珠子とは違う。

床に流れるほどの長い黒髪、そこから二本の角が……いや、角ではない。耳だ。ぴんと尖った白金色《はくきんしょく》の耳が覗いている。両眼は青く輝き、両頰に長針にも似たヒゲがはえていた。一尺（約三十センチ）はありそうだ。小袖から覗いた腕は、白金と黒と純白三色の毛に覆われ、どの色も鮮やかに輝いていた。

珠子の周りには紫霧が漂い、ところどころで渦巻いている。風もないのに黒髪が広がり、揺れる。身の丈は六尺をゆうに超えているだろう。

その足元には艶耶子がうつ伏せに倒れ、珠子が背中を踏みつけていた。踏みつけるというより、軽く乗せているという感じだ。それなのに、艶耶子は両手両足をばたつかせ、必死で逃れようとしている。珠子の足を振り払うことができないのだ。

これが、珠子さまの本当のお姿……。

怖いとは思わない。ただ、今まで自分が見てきたものは何だったのだろうと思う。可憐《かれん》でお茶目で、でも、凜《りん》として、かと思えば、わりに的外れなところもあって、おもしろくて、やっぱり可愛くて……。

目の前の異形《いぎょう》とはあまりに隔たりがある。

「うう……苦しい。放せ、放せ、珠子」

「放さぬ」

珠子が言い放った。声音にも、こちらを圧するような威厳がある。その分、軽やかさや明るさとは無縁だった。

お糸は我知らず、身を縮めていた。

「艶耶子、そなた、おみけを如何した」

「おみけだと？　あの虎女が寄越した間者か」

ほとんど身動きがとれないはずなのに、艶耶子はにやりと笑った。

「身の程知らずにも、屋敷内を嗅ぎ回りおって。ふふ、この手で成敗してやったわ」

「成敗じゃと」

三嶋が打掛を脱ぎ捨て、吼えた。こちらも頭に見事な耳がはえている。袖から覗いた腕も剛毛に包まれ、刃にも似た爪が剝《む》き出しになっていた。

「お糸っぺ」

襟の間から、わらちゃんが顔を出す。

「すごいことになったっぺ」

「そうね」

「びっくりだっぺ」

「ええ、珠子さまのお姿には、正直、びっくりだっぺね」

「三嶋どんには、びっくりしないのけ」

「うーん、正直、普段とそう変わってないような気がする。ちょっと、毛深くなった

「当たり前だろうが」

「ぐわっ。艶耶子、そなた、おみけを殺したのか」

わらちゃんが頷いたのと同時に、三嶋が再び吼えた。

「んだな」

ぐらい」


艶耶子も吼えた。開いた口の中で、鋭い牙《きば》がぎらつく。

「間者の正体がばれれば、首を刎《は》ねられるのは当然のこと。その覚悟もなく、おまえは配下の者を遣わしたのか。とすれば、三嶋、とんだ甘ちゃんよのお。笑止、笑止」

わらちゃんが乾いた音をたて身を震わせた。お糸も震えそうになる。

おみけどのは本当に首を刎ねられたのかしら。

だとしたら、惨い。

本物のおみけに会ったことはないが、上司の命を受けて敵地に出向き、あえなく命を落としたとすれば、あまりに哀れではないか。

うーん。わらちゃんが唸った。

「けんど、利栄っぺの屋敷で血の臭いは嗅がなかった気ぃするけどなあ。でも、わかんないっぺ」

「おのれ、珠子さまに害をなすばかりか、おみけの命まで奪うとは。許さん。ここで八つ裂きにしてくれるわ」

「へっ、卑怯者《ひきょうもの》、卑怯虎。動けない相手をなぶるつもりか」

「卑怯者だと、聞き捨てならぬ。珠子さま、お御足《みあし》をお離しくださいませ。この、女狐を完膚《かんぷ》なきまでに叩きのめしてやりまする」

珠子が一つ、息を吐いた。

足を離す。

とたん、艶耶子の身体が銀色に輝きながら、珠子に襲いかかった。それより一瞬早く、珠子が身を捻《ひね》る。艶耶子の爪が空《くう》を掻いた。

「おのれ、まだ、懲《こ》りぬか」

三嶋が完全に虎となり、艶耶子に飛びかかる。

「ぐおうっ」

「ぐわぁっ」

銀色の九尾の狐と巨大な虎が縺《もつ》れ合い、絡まり合う。

江戸屋敷が揺れた。

光が飛び散り、眩しくて目を開けていられない。

「わ、わらちゃん、どうなってるの」

「どうなってるったって……、三嶋どんが狐どんの肩に食いつこうとしていて、それで、えっと、狐どんの尻尾《しっぽ》が三嶋どんの首に巻きついていて、ああっ」

「ど、どうしたの」

「三嶋どんが引きずり倒された。おそるべし、尻尾力。おお、ここぞとばかりに、狐どんが三嶋どんの喉笛を狙う。三嶋どん、危うし。がんばれ、三嶋どん。おお、おお、おお、三嶋どんが攻撃をかわし、逆に狐どんにぶつかっていく。狐どんが吹っ飛んだぁ。三嶋どんの体当たり、ものすごい威力であります。勝負の行方、まるで読めません。まさに、名勝負、歴史に残る名勝負であります。りあるたいむぅで、目にすることができるとは、何という幸せでありましょうか」

「わ、わらちゃん、りあるたいむぅって何よ。急に性格、変わったんじゃないの」

「はっ、そうだっぺか。何か、血が騒いじまったっぺ。藁人形なのに血が騒ぐって、よっぽどのことだっぺ、うわわわ」

「きゃあ」

どどん、どすん。どどどーん、どすん。

ものすごい揺れにお糸はわらちゃんを抱きしめ、しゃがみ込んだ。

がおうっ。

ぐわぁううっ。

二つの咆哮《ほうこう》とともに風が起こる。身体が浮くほどの強風だ。

「きゃあ、わらちゃん」

「ひえっ、お糸っぺ、怖いよう。飛ばされるよう」

わらちゃんを襟元に突っ込み、身体を丸める。

本当に吹き飛ばされそうだ。

お糸は目を閉じたまま、必死で畳にへばりついていた。

ぐあああああっ。

ぎゃああああああっ。

ぐううう。

ぎゃあぅうぅうぅう。

一瞬、気を失っていたのだろうか。ふと、気が付くと風が止《や》んでいた。雄叫《おたけ》びも聞こえない。

「……お、お糸っぺ……大丈夫っぺか」

わらちゃんが、這《は》い出してくる。

「わらちゃんも……怪我《けが》してない？」

「足んとこの藁が二本、千切れたっぺ。でも、新しい藁を入れたらなおるっぺよ」

「それなら、後でちゃんと入れてあげるね。でも、何か静かね」

「静かだっぺ。戦いにケリがついたんだっぺか」

「そ、そうなの。三嶋さまはどうなった？」

「わかんねえっぺ」

「そうよね。わかるわけ、ないよね。見てみなくちゃ。でも、ちょっと怖い。まさか、三嶋さまが敗れていたなんて……」

「三嶋どんが負けるわけないっぺよ」

「そう、そうだよね。わらちゃん、様子を見てみて。ほら」

「えっ、おら、やだっぺ。怖いっぺ」

暴れるわらちゃんを肩越しに持ち上げる。

「うわっ、三嶋どんが」

「えっ、三嶋さまがどうしたの」

とっさに、振り向いていた。

「まあっ」と叫んだつもりだが、声が出ない。

三嶋は既に人の姿に戻っていた。しかし、小袖のあちこちは破れ、血が滲んでいる。はあはあと荒い息を繰り返していた。そして、床の間近くに艶耶子が倒れていた。やはり血に塗《まみ》れている。こちらも人の形《なり》はしているが、九つの尾は消えていなかった。しかし、ぐったりと垂れた尾は光も色も褪《あ》せ、灰色のぼろ布《きれ》がぶら下がっているようだ。

部屋はあれほど揺れたにもかかわらず、何も変わってはいなかった。違い棚の香炉さえ、落ちていない。

「思い……知ったか……艶……耶子。止《とど》めを刺し……てくれるわ。覚悟……せい」

息を弾ませながら、三嶋が懐剣を抜いた。

ぎらり。刃がきらめく。蒼白《あおじろ》いきらめきだ。

お糸は悲鳴を上げた。

悲鳴を上げながら、三嶋の腕に縋《すが》りつく。

「三嶋さま、止めて、止めてください」

「お糸、放せ。放さぬか」

「放しません。駄目です。殺生はお止めください。わたしは、わたしは誰であろうと、三嶋さまが誰かを殺すところなど見たくはございません」

涙が溢れる。

「お糸、しかし……」

「お糸の言うとおりじゃ、三嶋」

珠子が前に進み出た。いつもの、珠子だ。耳も尻尾もない。愛らしくて、優しげで、溌剌《はつらつ》としている。

お糸はなぜか、珠子から目を逸《そ》らしてしまった。

「既に勝敗は決した。無駄な殺生をするでない」

それから、伏したまま喘《あえ》ぐ艶耶子の前に立った。

「艶耶子、これでわかったであろう。そなたでは三嶋には勝てぬ」

「く……」

「命までは取らぬ。鈴江から出ていけとも言わぬ。ただ、利栄どのを使ってのお家乗っ取り。それだけは見過ごすことはできぬ。潔く負けを認め、鈴江からも利栄どのからも手を引くのじゃ。それだけは約束しや」

珠子が胸を張った。

珠子の方としての威厳が放たれる。お糸も三嶋も、その場に平伏していた。

くっくっくっ。

笑い声が響く。顔を上げたお糸の前に、波打つ背中があった。

くっくっくっ。

くっくっくっ。

えっ、笑ってるの？　どうして？

お糸が唾を呑み込む間にも、笑声はかん高く、大きくなっていく。耳障りな、頭に突き刺さってくる声だ。

「何がおかしい。黙らぬか」

三嶋が飛び起き、足を踏み鳴らした。

「黙れ、艶耶子。それとも、恐ろしさのあまり狂うたか」

ぴたりと声が止んだ。

艶耶子がゆっくりと上半身を起こす。頬に血の筋がいくつも流れている。三嶋の爪で傷付けられたのだ。

「恐ろしさのあまりだと。ふん、嗤わせるな。おまえたちを恐れてなどおるものか。ちゃんちゃらおかしくて、臍《へそ》で味噌汁《みそしる》が作れるわ」

「どんなお臍なんですか。茶を沸かすどころか味噌汁まで作っちゃうのって、そうとうなものですが」

「うるさい、小娘！　余計な口を挟むな」

「はい、ごめんなさい」

お糸は肩を窄《すぼ》めた。わらちゃんも同じ格好をする。

「嗤ったのはな、おまえたちがあまりにめでたいからだ。馬鹿者めが。これで、わたしに勝ったつもりか。三嶋、珠子、まだまだ甘いのう。かかかかかか」

「何だと」

「ふふ、あの足音が聞こえぬか」

「え？」

足音だ。廊下を走る足音が近づいてくる。艶耶子は、瞬く間におみけの姿に変化《へんげ》し、身を捩《よじ》って叫んだ。

「きゃーっ、助けてーっ」

同時に襖が開き、数人の武士がなだれ込んできた。みんな白紐《ひも》で袖を括《くく》り、股立《ももだ》ちをとっている。先頭にいるのは、利栄の小姓、坂城夢之介だ。

利栄さまのご家臣だわ。

お糸の頭の中で火花が散った。

危ない！

「みなさま。化け猫です。化け猫が奥方さまの形《なり》をしております。ご油断めさるな」

艶耶子が珠子を指差した。

「無礼者」

珠子が一喝する。

「坂城、ここをどこと思うておる。屋敷奥であるぞ」

落ち着いて、堂々とした声音が響き渡る。武士たちが膝をついた。

「主君の正室を主《あるじ》とする場所に、何の断りもなく踏み込むとは不届き千万。如何なつもりか。事と次第によっては容赦せぬ」

「そ、それは、その……畏れながら、奥方さまは猫に取り憑《つ》かれておると聞き及び……」

夢之介がしどろもどろになりながら、さらに深く頭を下げた。

「騙《だま》されてはなりませぬ。坂城さま。これは奥方さまではなく化け猫ですぞ」

艶耶子が地団駄を踏む。

「それが証に、坂城さま、例の物を」

「え？」

「例の物です。用意してこられたんでしょう。もう、じれったい」

「あ、これでござるか」

夢之介が懐から取り出したのは、お手玉を二つ合わせたほどの布の玉だった。

「それです。貸して。とおうっ」

気合とともに投げられた玉は一つは珠子の肩に、もう一つは三嶋の顔に当たった。

白い粉が四方に散った。

「ああっ」

珠子が口元を手で押さえた。

「うおうっ、こ、これは」

三嶋がよろめく。

「おほほほ、どうよ、どうよ。これぞ〝木天蓼《またたび》玉〟。たっぷりと味わうがいい。おほほほほ。ちょっと、何をぼんやりしてるの。みんな、化け猫の正体を引きずり出すのよ。早く、早くしなさい。ぐずぐずすんじゃないよ」

艶耶子に煽《あお》られて、武士たちが次々と〝木天蓼玉〟を投げつけた。粉が煙のように漂っていく。

珠子の眼つきがとろりととけ、その場にくずおれる。三嶋も口の端から涎《よだれ》を垂らしながらしゃがみ込んでしまった。心ここにあらずという眼つきだ。番衆たちも、次々と倒れ込んでいく。

　珠子の鬢の間から猫耳が覗く。

「ほらほらご覧なさい。化け猫の正体が露わになるわよ」

　艶耶子が勝ち誇る。

「ま、木天蓼の粉だなんて」

　お糸は慌てた。

　このままじゃ、珠子さまが人の形《なり》でいられなくなる。何とかしなくちゃ、何とかしなくちゃ。

「木天蓼っちゅうのは、あの木天蓼っぺか」

「そうよ、猫がとろとろになっちゃう木天蓼よ」

「山地に自生し、葉は円形。熱湯に浸して乾燥させた果実は中風の特効薬とされる。また強壮に効があり、食べればまた旅を続けられる実というのが名前の由来とされているが、これは俗説の域を出ないの、木天蓼っぺか」

「……わらちゃん、物知りなのね、なんて感心してる場合じゃない。待ちなさい。待て、待て」

　お糸は両手を広げ、珠子の前に立った。

あれこれ考えている暇はない。

「いいかげんにしなさい。この、不忠者どもが」

〝木天蓼玉〟が一つ飛んできて、もろに額に当たった。粉が目に染みる。しかし、お糸は仁王立ちになったまま、微動だにしなかった。

「そなたたち、己が何をしているのかわかっておるのですか。畏れ多くもご正室さまに対して狼藉《ろうぜき》を働いておるのですぞ」

武士たちの動きが止まる。顔を見合わせる者、玉を握りしめる者、うつむく者、戸惑いが広がる。

「騙されんじゃないわよ」

艶耶子が声を張り上げた。

「何が正室だよ。ただの化け猫じゃないか。それが証拠に」

「お黙り！」

艶耶子の金切り声を遮る。

「ここにおわすは間違いなく鈴江三万石ご正室、珠子の方さまなるぞ。人とか猫とか、そのようなことはどうでもよい。些細なことではありませぬか。大事は臣下としての道じゃ。武士として、主君のご正室に歯向かうとはいかなる所存じゃ。恥を知れ」

夢之介が大きく目を見開き、見詰めてくる。お糸は、その視線を受け止め、若侍を見据える。

「如何じゃ、坂城。臣下の道を何と心得るか」

「は、ははーっ」

夢之介が両手を畳につく。他の武士たちも同様に頭を深く下げた。

「ちょっ、ちょっと、あんたたち何やってんの。騙されちゃ駄目だって。人とか猫とか、どうでもいいわけないでしょ。些細なことじゃないでしょ。こんなへちゃむくれの小娘に誤魔化されてどうすんのよ。しっかりしな」

「黙んなさい。そちらこそ、化けそこなった狐のくせに大口をたたくんじゃない」

「ば、化けそこなっただと」

「そうじゃないの。しかも、弱っちいくせに、いいえ、弱っちいからよね、きゃんきゃんきゃんきゃん吼えまくって。あんたねえ、こっちに喧嘩《けんか》売るぐらいなら、珠子さまの半分でも威厳を具えてみなさいよ。まったく、人だか狐だかわかんないような半端者でさ。そんなんじゃ、百年経っても三嶋さまには敵わないわねえ」

「おのれ、半端者とは聞き捨てならん。よくも、そこまで虚仮《こけ》にしてくれたね、お糸」

「へへん、苔《こけ》でも黴《かび》でもはやしときゃいいでしょ。半端だから半端だって言ったのよ。今のあんたはね、ただの狐顔のおばさんなんだからね。笑っちゃうわよ。狸顔《たぬきがお》のおじさんの方がずーっとマシじゃないの」

「お糸っぺ、言ってることの意味がわかんないっぺ」

わらちゃんが呟いたけれど、お糸の他には誰の耳にも届かなかった。

「利栄さまの心の弱さにつけ込んで上手いこと立ち回ったつもりなんでしょうけどね、そうは問屋が卸さないわよ。あんたみたいな、半端狐に乗っ取られるほど、鈴江は柔じゃないんだから。九つの尻尾をきれいに巻いて、とっとと退散しなさいよ」

「おのれ、おのれ、小娘が」

艶耶子が一瞬で九尾の狐に変化《へんげ》する。しかし、先刻の光り輝く面影はまるでなかった。迫力もない。あちこちに傷を負い、その傷からまだ血が滴っていた。毛色は濁った灰色で、血に汚れている。それでも、艶耶子は鋭い牙をかちかちと鳴らし、お糸をはったと睨みつけてきた。

「小娘、食い殺してやるわ。観念しろ」

「ひえっ」と、わらちゃんが身を縮めた。

お糸は懐剣の鞘《さや》を払う。

正直、怖い。怖いけれど逃げるわけにはいかない。

この日のために、この時のために、剣の稽古に励んできたのだ。

三嶋さま、見ていてください。ご指南、無駄にはいたしません。

お糸は懐剣を構え、気息を整えた。

艶耶子が襲いかかってくる。お糸は腰を据え、剣を横に払った。艶耶子は身体を反転させて飛び退《すさ》る。

「ええいっ」

気合とともに踏み込んでいく。しかし、艶耶子は素早く、横に飛んだ。

「ふん、人のくせにやるじゃないか。けど、ここまでだよ。お糸」

大狐の牙が光る。爪が振り下ろされる。とっさに避けたけれど足がもつれた。

「けけけ、口のわりには隙だらけではないか。お糸、これでおしまいだ。死ね」

そのとき、お糸の前に人影が飛び出してきた。

「妖狐、成敗致す」

「まっ、坂城さま」

夢之介がお糸と艶耶子の間に立ち塞《ふさ》がる。

白刃が一閃《いっせん》した。

「ぎゃあっ」

艶耶子がのけぞる。その腕から鮮血が散った。

「くっ、くそ。身体が思うように動かぬ。三嶋にやられた傷が……くっ、む、無念」

「お糸どのには指一本、触れさせぬ。妖狐、覚悟」

夢之介は一歩踏み出すと、正眼の構えから真っ直ぐに斬り込んだ。また、血が飛び散る。武士たちも刀を手に、艶耶子の周りを囲む。

「ぐわっ。く、悔しい。おのれ、この怨《うら》み、いつか、いつか晴らしてやる。覚えておけよ」

ばさっ。灰色の九尾が扇のように広がった。

生臭い風が起こる。

立っていられないほどの強風だ。

「きゃあ」

「うわわわわ」

お糸も夢之介も武士たちもなぎ倒され、転がった。

かかかかかか。

哄笑《こうしょう》が頭上で響く。

「この借りはいずれ返してやる。楽しみに待ってな。珠子、おまえの正体は知られてしまったよ。幾ら呑気者の長義だって、化け猫を正室にはしておくまいよ。あははははは。おまえも、もう終わりさ。あはははははははは」

その声が消えると、辺りは信じられないほど静かになった。武士たちは転がったまま、呆然《ぼうぜん》としている。番衆たちは、まだ動けずにいた。

「珠子さま」

お糸は這うようにして珠子の傍らに寄った。必死で、抱き起こす。

「大丈夫でございますか、珠子さま。珠子さま」

「お糸ちゃん……」

珠子が顔を上げる。涙が頰を伝っていた。

「もう駄目……。力が入らなくて、人の姿に戻れないの」

「珠子さま」

「こんな姿を長義さまに見られたら……。艶耶子の言うとおりよ、わたしはもう、終わりだわ。ここにはいられない」

「そんなことおっしゃらないでください。殿さまは、珠子さまをあれほど愛《いと》しんでおられるではありませんか。殿さまのお心をお信じくださいませ」

「駄目よ。それは、わたしが人であってこそ……。ずっと隠していたのに、隠し通していたかったのに。お糸ちゃんも見たでしょ。わたしの本当の姿。長義さまが、あんなわたしを妻とお呼びになるわけがないわ。うう……。お糸ちゃん、どうしよう」

珠子が嗚咽《おえつ》をもらす。鶴女房《つるにょうぼう》も葛《くず》の葉《は》も正体を夫に知られて、去っていった。去っていかざるをえなかった。

「いいえ、いいえ。どのようなお姿でも、珠子さまは珠子さまです。わたくしなら、珠子さまが珠子さまである限り、お側にお仕え致します。殿さまだとて同じでございますよ」

「そのとおりだ」

背後の声に、振り向く。

「殿さま」

長義がそこにいた。真剣な面持ちで立っていた。

お糸も夢之介たちも番衆や三嶋も、その場で身を低くする。

珠子は泣きながら、耳を隠そうと手で頭を覆った。

「お糸の言うとおりだ。珠子、そなたが猫であろうと人であろうとかまわぬ。珠子は珠子、わしのたった一人の室だ」

「長義さま……でも、わたしは……」

「手を離せ。そなたの可愛い耳を見せてくれ」

長義は膝をつき、珠子をしっかりと抱きしめた。

「珠子が猫族……えっと、猫族なんだけどちょいと不思議な一族の姫だったことは、とっくに知っておった。義父上《ちちうえ》からお聞きしておったからな」

「えっ、だでぃーから？」

「そう。たとえ、人でなくても終生添い遂げられるかと詰め寄られ、もちろんだと答えた。わしの妻、わしの室は珠子しかおらぬ。珠子、どこにも行くな。一生、わしの傍らにいてくれ。そなたのいない日々など、もはや考えられぬのだ」

「そんな、もったいないお言葉を」

珠子がわっと泣き伏す。

お糸も泣いていた。

三嶋も夢之介も武士たちも涙を浮かべ、すすり泣く。

「珠ちゃん、大好きだにゃん」

長義が珠子の耳元に囁いた。

その囁きは、すぐ近くにいたお糸とわらちゃんにしか聞こえなかったようだ。

「泣けるけど、ちょっとあほらしい気もするのおらだけっぺ？」

わらちゃんが、カサカサと藁の擦れ合う音をたてた。


「まあ、わしに任せろ」

権太郎が髭《ひげ》を撫《な》でながら、言った。

今日も、きらきらぴかぴかの石を無数にくっ付けたマントと同色の真っ赤な短袴《たんこ》という、派手な上にも派手な出で立ちだ。

「武士どもの頭からおまえの正体についての記憶だけ消してやる。大丈夫、そのぐらいわけない。のぅぷろうぶれむじゃ」

「結構よ」

珠子がつんと横を向いた。

「そんな姑息《こそく》なことしなくても、いいです。長義さまがわたしのことを受け止めてくださったのですもの。誰が何を言おうと、どんなうわさが立とうと、平気よ」

「あ、それは大丈夫かと思います」

お糸は身を乗り出した。

「坂城さまが、おっしゃっておられました。このことは我らの胸に深く秘して、決して他言はしないと」

夢之介たちは主君の正室に狼藉を働いたとして、切腹を覚悟していた。しかし、長義は全てを不問に付し、切腹を含む自刃を固く禁じたのだ。そして、

「全ては妖狐に操られてのこと、そなたたちに罪はない。むろん、叔父上もそうじゃ。よいな、ゆめゆめ早まるでないぞ。そなたたちにはこの先、鈴江のためにしっかりと働いてもらわねばならぬ。頼りにしておるのだ」

と、告げた。

夢之介たちはそこでも落涙し、深く頭《こうべ》を垂れた。

利栄は憑き物が落ちたように大人しくなり、政《まつりごと》への興も城主の座への執念もことごとく失ったように見えた。ひどく老いて、一刻も早く鈴江に帰りたいと長義に訴えているとか。間もなく、帰途に就くのだろう。

「だいたい、今度のことは全てだでぃーが因《もと》なのですからね」

珠子がくいっと顎を上げた。

「そうでございますとも。いいかげんに、女遊び、火遊びはお止めくださいな。ほんと、考えれば艶耶子も気の毒ですよ。権太郎さまに弄《もてあそ》ばれて……。やったことは許

せませんが、心中を推し量ると、まあ哀れにも思えますねえ」

「いや、待て待て二人とも。わしは、誰も弄んだりはしてないぞ。つーやんと付き合ってたのは桜子と出逢《であ》う前なんだからな。つーやんとは何というか、徐々に気持ちが離れて……うーん、まことに男女の仲は奇妙なものよのう」

権太郎が腕組みして、独り合点に頷く。

「でも、珠子さまと殿さまは、真実、結びついておられますものね」

「あら、お糸ちゃん、嫌だわ。きゃっ、恥ずかしい」

「恥ずかしがらずともよろしいですわ。本当のことですもの。殿さまのあのお言葉『そなたのいない日々など、もはや考えられぬのだ』。もう、じーんと痺《しび》れちゃいました。すてきです」

「やだ。もう、止《や》めてよ。からかわないで」

「あら、ご本心は喜んでおられるのでしょう、ふふふ」

「やだぁ。からかわないでったら。ふふん、そっちこそ、どうなのかしらねえ」

「は？　わたくしが何か？」

「坂城のこと。なーんか、お糸ちゃんにぞっこんらしいじゃない」

珠子がすうっと目を細め、にやっと笑った。

頰が熱くなる、腋《わき》の下に汗が滲んだ。

「お糸どのの、あの何物にも動じぬ姿が眼裏《まなうら》から消えませぬ」

数日前、屋敷内で呼び止められ、夢之介から告げられた。お糸が珠子を庇《かば》って武士たちに向かい合った様が、妖狐と戦った姿が忘れられないというのだ。

「それがしもお糸どののように、どんな困難にも堂々と立ち向かう者でありたいと強く思いました」

「まあ、坂城さま、そのような……」

絶句してしまう。

思い返せば、ずい分とはしたない物言いをしてしまった。むしろ、きれいさっぱり忘れてほしい。

「お糸どの」

「はい」

「それがしは、間もなく国元に帰らねばなりません。しかし、年が明け、春がくれば江戸詰めの任を得て、また、この屋敷に戻って参ります」

「……はい」

「それまで、待っていてはくださらぬか」

「はい？」

「無理にとは申しませぬ。ただ……待っていていただきたい。それがしはそれを励みに、一日一日《ひとひひとひ》を過ごす所存でござる」

「坂城さま。で、でも、わたしは町人の娘です」

「ご正室さまは、お猫でござろう」

「はあ。猫と申しますか、猫族なんだけどちょいと不思議な一族なのです」

「人と猫の違いに比べれば、武士と町人の違いなど何程のこともござらん」

「ま、まあ、そう言ってしまえばそうですけど」

「お糸どの」

「はいっ」

不意に抱きすくめられた。背中に腕が回る。

まあ、そんな強引な。あ、でも……。

夢之介の胸に頰を付け、お糸は目を閉じた。

「あ、そういえば、本物のおみけどのは無事に生きておいでだそうですね」

それも夢之介から聞いた。

瀕死の三毛猫を処分し埋めるように利栄から命じられたにもかかわらず、自宅に匿《かくま》っていたのだと。

「それがし、生来の猫好きでして。どうしても殺すことができなかったのです。今でも、我が家で他の猫ともども健《すこ》やかに生きております。あのときは、屋敷内で悪さをした野良猫だと聞いておりました。哀れとは思いましたが、まさか三嶋さまの配下であったとは。驚きました」

夢之介の一言を伝えたとき、三嶋の目から水滴が零れた。それが涙だと気付くのに、一寸《ちょっと》の間がいったほど大粒の涙だった。

「よかったですよねえ。ほんと、よかった」

「またあ、さりげなく話題を変えないで。まっ、坂城の優しい人柄をそれとなく匂わせているつもりなのかしらね」

「そんなんじゃありません。もう、怒りますよ、珠子さま」

「やだ、可愛い。お糸ちゃん、顔が赤くなってる。きゃはは」

「珠子さまこそ。幸せ過ぎって顔に書いてあります。あはははは」

「何かおかしいわね。にゃははは」

「ほんとです。はははは」

権太郎の膝に座っていたわらちゃんが、首を左右に振った。

「珠子さまとお糸っぺ、何であんなに笑ってんだっぺ」

「まったく、わからん。女心はいつでもみすてりぃじゃ」

「永遠の謎だっぺな」

「まさに、それよ」

わらちゃんと権太郎は同時にため息を吐《つ》いた。

鈴江三万石江戸屋敷は今日も、笑い声に包まれている。にゃん。

# 解説――心躍る王道のエンターテインメント

ライター・書評家　朝宮運河《あさみやうんが》

本書は『バッテリー』『NO.6』などで知られる作家・あさのあつこが二〇一八年に発表したユーモア時代長編『にゃん！ 鈴江藩江戸屋敷見聞帳』待望の文庫版である。本書の「序」にあたる部分は書き下ろしアンソロジー『てのひら猫語り 書き下ろし時代小説集』（招き猫文庫、二〇一四年）に掲載され、それ以降は長編として白泉社のウェブサイトに連載された。

……といった基本事項はさっと片付けて物語の紹介に移りたいが、まず声を大にして言っておきたいのは、本書がとにかく楽しい小説であるということだ。底抜けに明るく、読んでいると心の霧が晴れていくような痛快娯楽エンターテインメント小説なので、最近ちょっと元気がないという方、物語に勇気をもらいたいと思っている方は、迷うことなく本書をレジに持っていってほしい。

主人公・お糸《いと》は十六歳。本所深川《ほんじょふかがわ》にある裕福な呉服屋の一人娘である彼女には、見えないものを感じ取る不思議な力があった。そんな彼女は好奇の目を向けられ、しばらく行儀見習いの奉公に出ることになる。縁を頼って向かったのは、三万石の小国・鈴江《すずえ》の江戸屋敷だった。当初は不安を抱えていたお糸だが、邸内は秩序がありつつも闊達《かったつ》な空気が流れており、働きやすい環境にほっと胸をなで下ろす。

ところがある日、お糸はとんでもない事実に気づいてしまう。鈴江の殿さまの正室・珠子《たまこ》の正体がどうやら三毛猫らしいのだ！

誰にも言えずに思い悩んでいたお糸は、珠子の部屋に招かれ、ある秘密を明かされる。珠子は人間に化《ば》けることのできる「猫族なんだけどちょいと不思議な一族」の出身で、千年もの長寿を誇る（といっても一族ではまだ若い方らしい）妖猫《ようびょう》だった。珠子が人間のふりをして暮らしているのは、鈴江の殿さま伊集山城守長義《いじゅうやましろのかみながよし》に一目惚《ひとめぼ》れしたから。珠子に付き従う女中のおかかとおさけも猫の化身、上臈《じょうろう》の三嶋《みしま》は虎の化身だったが、そのことに気づいている者は屋敷内にいない。

一見平和そうに見える江戸屋敷には、目下《もっか》さまざまな困難が降りかかっていた。公儀（徳川幕府）の隠密《おんみつ》は、国を取りつぶそうと家中の様子を探っているし、長義の叔父にあたる佐竹嘉門利栄《さたけかもんとしひで》が主《あるじ》の座を狙って陰謀を巡らせている。もともと江戸っ子で情に厚く、曲がったことが大嫌い。そのうえ大の猫好きでもあるお糸は、可愛《かわい》らしい珠子の力になろうと決意するのだった、というのが物語の冒頭である。

猫が人間に化けるなんて突飛な、と思われるかもしれないが、古典文学や大衆芸能の歴史をふり返ってみるとそれほど意外でもない。猫ならぬ妖狐《ようこ》が美女の姿となり、時の権力者に寵愛《ちょうあい》されるという、いわゆる「九尾《きゅうび》の狐《きつね》」の伝説は謡曲『殺生石《せっしょうせき》』や読本《よみほん》『絵本三国妖婦伝《えほんさんごくようふでん》』などでおなじみの展開だし、映画の世界では〈怪猫もの〉と呼ばれるジャンルが戦前から戦後にかけて人気を博した。作者がこうした先行例をイメージしながら（作中では九尾の狐伝説を扱った歌舞伎『玉藻前御園公服《たまものまえくもいのはれぎぬ》』の名があげられている）、それらを換骨奪胎《かんこつだったい》し、豊かな物語空間を作りあげていることは明らかなのだが、長くなるので詳述はしない。

それよりもこの小説は、愛くるしい猫たちの姿に癒《い》やされながら、テンポのいいギャグにお腹を抱え、ハラハラドキドキの物語に身をまかせるのが正しい読み方だろう。

特筆すべきは何といっても物語の全編にちりばめられたボケとツッコミの応酬だ。

気を抜くとすぐデレデレになるお茶目な珠子、見た目だけでなく性格まで獰猛《どうもう》な虎そのものの三嶋、そして頭の回転が速く意外にノリがいいお糸。この三人のかけ合いだけでも十分におかしいのだが、そこに珠子の父で一族の長《おさ》である権太郎《ごんたろう》、自称・だでぃーが加わることでさらにコメディー濃度が高くなってくる。

ぶっ飛んだファッションに身を包んだ権太郎がくり出すおやじギャグと、女性陣による容赦《ようしゃ》のないツッコミの嵐。あさのあつこといえば、お笑いの道を目指す少年を描いた『THE MANZAI』や、ギャグ満載の高校野球小説『さいとう市立さいとう高校野球部』の作者でもある。「笑い」にこだわった作家であることは知っていたが、それにしてもここまでやりますか⁉ 潔いほどエンターテインメントに徹した作風に、作者のプロ意識をあらためて垣間見《かいまみ》るとともに、あちこちで声を出して笑ってしまった。

権太郎によると鈴江と珠子にはいよいよ危機が迫っているという。権太郎とも四千年の因縁で結ばれているという恐ろしい敵の正体とは？ やがて長義と叔父の利栄が相次いで江戸屋敷にやってくることで、物語はクライマックスに向け大きく動き始める。

こうした鈴江のお家騒動に加え、物語にはもうひとつ見逃せない軸がある。それはお糸の成長小説としての側面だ。　豊かな商家に生まれ育ったお糸は、これまで何不自由のない生活を送ってきた。両親は彼女がいい結婚相手を見つけ、子宝に恵まれることが幸せと信じて疑わない。しかしお糸の胸の中には「平穏な一生を自分が送れるとはどうしても考えられない」という思いが渦を巻いている。

珠子や三嶋との賑《にぎ》やかな生活が、そんな彼女の人生に新しい色をつけ加えていく。なにしろ珠子は一千歳、あの薬子《くすこ》の変《へん》も大坂城落城も目撃しているというのだから、視野の広さが人間とはまるで違う。珠子の言葉に驚きながら、お糸が自分の人生を見つめなおしていく姿は、現代を生きる私たちにも共感できるものだろう。

個人的に印象的だったシーンがいくつかある。ひとつは世界各国を巡ってきた権太郎から、お糸がアメリカの政治について話を聞くくだり。アメリカでは国の代表者を国民が選んでいると聞かされ、身分社会に生きるお糸はショックを受けるのだ。

もうひとつが物語のキーパーソンに辛《つら》い過去があることを知り、「人という生き物の底知れなさ」を悟るくだりである。世の中には絶対的な悪人も善人もいない。皆それぞれの事情を抱えて生きている。陰謀渦巻く事件の関係者となったことで、お糸は人間社会の広さと深さに触れるのだ。

この成長物語のテーマをあえて言葉にするなら〝自由〟ということだろう。地位や性別にとらわれず「自分一人の者として立つ」ことの大切さと難しさ。作者が物語の向こうからそっと投げかけているこのボールをうまくキャッチできれば、笑いと感動に満ちた本書がさらに忘れがたいものになるはずだ。

さて、本文よりも先に解説を読んでいるという皆さん、そろそろ物語の開幕です。お茶とお菓子の準備はいいですか？　一気読み必至のエンターテインメントを、どうか心ゆくまで味わっていただきたい。

単行本刊行時以来のファンとしては作者がお住まいだという岡山県の方角に向かって、「続編もぜひ書いてください。成長したお糸の姿を読んでみたいんです」と手を合わせながら、この拙《つたな》い解説を終えることにしよう。

自分らしく生きようとする少女と、可愛らしい猫たちに幸あれ！

（本書は平成三十年四月、白泉社から刊行された
『にゃん！　鈴江藩江戸屋敷見聞帳』を改題の上、
著者が改稿・修正したものです）

一〇〇字書評

切・り・取・り・線

**購買動機**（新聞、雑誌名を記入するか、あるいは○をつけてください）

□（　　　　　　　　　　　　　）の広告を見て
□（　　　　　　　　　　　　　）の書評を見て
□ 知人のすすめで　　　　□ タイトルに惹かれて
□ カバーが良かったから　□ 内容が面白そうだから
□ 好きな作家だから　　　□ 好きな分野の本だから

・最近、最も感銘を受けた作品名をお書き下さい

・あなたのお好きな作家名をお書き下さい

・その他、ご要望がありましたらお書き下さい

| | | | | | |
|---|---|---|---|---|---|
| 住所 | 〒 | | | | |
| 氏名 | | 職業 | | 年齢 | |
| Eメール | ※携帯には配信できません | | 新刊情報等のメール配信を 希望する・しない | | |

この本の感想を、編集部までお寄せいただけたらありがたく存じます。今後の企画の参考にさせていただきます。Eメールでも結構です。

いただいた「一〇〇字書評」は、新聞・雑誌等に紹介させていただくことがあります。その場合はお礼として特製図書カードを差し上げます。

前ページの原稿用紙に書評をお書きの上、切り取り、左記までお送り下さい。宛先の住所は不要です。

なお、ご記入いただいたお名前、ご住所等は、書評紹介の事前了解、謝礼のお届けのためだけに利用し、そのほかの目的のために利用することはありません。

〒一〇一－八七〇一
祥伝社文庫編集長　清水寿明
電話　〇三（三二六五）二〇八〇

祥伝社ホームページの「ブックレビュー」からも、書き込めます。
www.shodensha.co.jp/bookreview

祥伝社文庫


にゃん！　鈴江《すずえ》三万石《さんまんごく》江戸《えど》屋敷《やしき》見聞帳《けんぶんちよう》

令和 3 年 8 月 20 日　初版第 1 刷発行
令和 6 年 11 月 10 日　第 14 刷発行

著　者　あさのあつこ
発行者　辻　浩明
発行所　祥伝社《しようでんしや》
東京都千代田区神田神保町 3-3
〒101-8701
電話　03（3265）2081（販売）
電話　03（3265）2080（編集）
電話　03（3265）3622（製作）
www.shodensha.co.jp

印刷所　萩原印刷
製本所　ナショナル製本
カバーフォーマットデザイン　中原達治





Printed in Japan ©2021, Atsuko Asano　ISBN978-4-396-34752-9 C0193

# 祥伝社文庫の好評既刊

あさのあつこ かわうそ お江戸恋語り。

〈川獺《かわうそ》〉と名乗る男に出逢い恋に落ちたお八重《やえ》。その瞬間《とき》から人生が一変。謎が、死が、災厄が忍び寄ってきた……。

あさのあつこ 天を灼《や》く

父は切腹、過酷な運命を背負った武士の子は、何を知り、いかなる生を選ぶのか。青春時代小説シリーズ第一弾！

あさのあつこ 地に滾《たぎ》る

藩政刷新を願い、追手の囮となるため脱藩した伊吹藤士郎。異母兄と共に江戸を目指すが……。シリーズ第二弾！

あさのあつこ 人を乞《こ》う

政の光と影に翻弄された天羽藩上士の子・伊吹藤士郎と異母兄・柘植左京。父の死を乗り越えふたりが選んだ道とは。

西條奈加 御師弥五郎《おんしやごろう》 お伊勢参り道中記

無頼の御師が誘う旅は、笑いあり涙あり、謎もあり――騒動ばかりの東海道をゆく、痛快時代ロードノベル誕生。

西條奈加 六花落々《りっかふるふる》

「雪の形を見てみたい」自然の不思議に魅入られて、幕末の動乱と政に翻弄された古河藩下士・尚七の物語。

# 祥伝社文庫の好評既刊

西條奈加

## 銀杏《ぎんなん》手ならい

手習所『銀杏堂』に集う筆子とともに成長していく日々。新米女師匠・萌の奮闘を描く、時代人情小説の傑作。

朝井まかて

## 落陽

献木十万本、勤労奉仕のべ十一万人、完成は百五十年後。明治神宮創建を通し、天皇と日本人の絆に迫る入魂作！

志川節子

## 花鳥茶屋せせらぎ

上野不忍池の花鳥茶屋に集う幼馴染の若者たちが、巣立ちに向かって懸命に生きる、芳醇で瑞々しい傑作時代小説。

神楽坂　淳

## 金四郎の妻ですが

大身旗本堀田家の一人娘けいが、嫁ぐように命じられた男は、なんと博打好きの遊び人――遠山金四郎だった！

神楽坂　淳

## 金四郎の妻ですが２

借金の請人になった遊び人金四郎。返済の鍵は天ぷらを流行らせること⁉知恵を絞るけいと金四郎に迫る罠とは。

神楽坂　淳

## 金四郎の妻ですが３

「一月《ひとつき》以内に女房と認められなければ、他の男との縁談を進める」父の宣言に、けいは……。夫婦（未満）の捕物帳。

# 祥伝社文庫の好評既刊

有馬美季子
## はないちもんめ
口やかましいが憎めない大女将・お紋、美貌で姉御肌の女将・お市、見習い娘・お花。女三代かしまし料理屋繁盛記！

有馬美季子
## はないちもんめ　秋祭り
お花、お市、お紋が見守るすぐそばで、娘が不審な死を遂げた——。食中りか毒か。女三人が謎を解く！

有馬美季子
## はないちもんめ　冬の人魚
北紺屋町の料理屋〝はないちもんめ〟で「怪談噺の会」が催された。季節外れの人魚の怪談は好評を博すが……？

有馬美季子
## はないちもんめ　夏の黒猫
川開きに賑わう両国で、大の大人が神隠し!? 評判の料理屋〈はないちもんめ〉にまたも難事件が持ち込まれ……。

有馬美季子
## はないちもんめ　梅酒の香
座敷牢に囚われの青年がただ一つ欲したもの。それは梅の形をした料理。誰にも心当たりのない味を再現できるか？

有馬美季子
## はないちもんめ　世直しうどん
奇妙な組み合わせの品書きを欲した分限者が、祝いの席で毒殺された。遺産を狙う縁者全員が怪しいが……。